**Lawrence
Block**

Telling Lies for Fun & Profit

布洛克小说
写作手册

A Manual for Fiction Writers

[美] 劳伦斯·布洛克 著
（Lawrence Block）

徐菊 译

人民文学出版社

著作权合同登记号　图字 01-2022-1197

Telling Lies for Fun & Profit: A Manual for Fiction Writers
By Lawrence Block
Copyright © 1981 by Lawrence Block
Published by agreement with Baror International, Inc., Armonk, New York, U.S.A. through The Grayhawk Agency Ltd.

图书在版编目（CIP）数据

布洛克小说写作手册/（美）劳伦斯·布洛克著；徐菊译. —北京：人民文学出版社，2022
ISBN 978-7-02-017515-4

Ⅰ.①布… Ⅱ.①劳… ②徐… Ⅲ.①小说创作—手册 Ⅳ.①I054-62

中国版本图书馆 CIP 数据核字（2022）第 181888 号

责任编辑　汪　徽
装帧设计　李思安
责任印制　张　娜

出版发行　人民文学出版社
社　　址　北京市朝内大街 166 号
邮政编码　100705

印　　刷　三河市延风印装有限公司
经　　销　全国新华书店等

字　　数　209 千字
开　　本　880 毫米×1230 毫米　1/32
印　　张　9.375　插页
印　　数　1—5000
版　　次　2022 年 11 月北京第 1 版
印　　次　2022 年 11 月第 1 次印刷

书　　号　978-7-02-017515-4
定　　价　62.00 元

如有印装质量问题，请与本社图书销售中心调换。电话：010-65233595

目 录

前言 ……………………………………………………… 1

第一章 说谎的行当:论小说职业

1. 确定你的目标 ………………………………………… 1
2. 研究市场 ……………………………………………… 6
3. 决定,决定 …………………………………………… 11
4. 小说入门 ……………………………………………… 17
5. 长篇小说的长度 ……………………………………… 22
6. 周日作家 ……………………………………………… 27
7. "亲爱的乔" …………………………………………… 32
8. 作家的阅读方法 ……………………………………… 37
9. 百折不挠 ……………………………………………… 42
10. 比克、斯奎托普、派克、高仕 ……………………… 48
11. "双脑"写作 ………………………………………… 53
12. 不只是天赋 …………………………………………… 61

第二章 埋头苦干,努力写作:论写小说的纪律

13. 小说家的时间 ………………………………………… 73

14. 胡萝卜与大棒 …… 78
15. 创意拖延法 …… 84
16. 暂停 …… 89
17. 只管去写 …… 95
18. 倘若你读得懂 …… 100
19. 淘洗垃圾 …… 107
20. 请人阅读 …… 114
21. 从两端烧木筏 …… 119
22. 创意性剽窃 …… 125
23. 创意从哪里来？ …… 131

第三章 啊，多么复杂的网：论小说结构 …… 143
24. 开场 …… 143
25. 故事从中间开始 …… 149
26. 向前跳，再往后退 …… 155
27. 不要乘坐地铁D线 …… 160
28. "我"占多数 …… 166
29. 情节这件事 …… 172
30. 不要再当"好好先生" …… 177
31. 你找到"问题"了吗？ …… 183
32. 判断距离 …… 190
33. 这是个框架 …… 195
34. 文件记录 …… 201
35. 惊奇！ …… 209

第四章 推敲文字：论小说技艺 …… 216
36. 从不道歉，从不解释 …… 216

37. 他说,她说 221

38. 充满活力和激情的动词 227

39. 如何修饰情绪波动 233

40. 闭上眼睛写作 239

41. 你哼几个小节……我来假装 244

42. 塑造角色 249

43. 选取角色 254

44. 如何取名 260

45. 重复演出,再度作战 266

46. 书名总是能改 278

第五章　这难道不是真的吗:论小说创作心理 285

　　47. 作家的祈祷 285

前　言

1975年夏天,我踏上旅途。我放弃了纽约的公寓,将大半辈子的家产变卖或者送人,剩下的打包扔进一辆破旅行车后车厢,就开车出发了,目的地是洛杉矶。

这一路我花了八个月的时间。我先驾车沿着海岸线南下,到达佛罗里达,然后悠然西行。我会在某地逗留几日,或者数周,然后一时兴起就会走人。曾有一次,我因为一家汽车旅馆的电视接收不到我想看的足球比赛就结账离开,驾车奔了五英里①才另外找到一家。

在此期间,我继续写作。毕竟,自大学开始,除了写作,我就几乎没干过别的啥事。我写好了一部小说初稿,几经修改,最终成书,书名为《爱丽尔》(Ariel)。还有几本书,我写了五六十页就写不下去了。现在想起那几本书,只觉得它们是朽树上结出的烂果。

我也开始写多年没碰过的短篇小说。我还写了一篇名为《小说创意从何而来》的文章,这篇文章是我头天驾车从北卡罗来纳州威尔明顿往西的路上打好腹稿,第二天早晨在一家汽车旅馆房

---

① 英里:英制距离单位,约合1.609公里。——译者注(本书如无特别说明,注释皆为译者注)

间里打好字,第三天下午从南卡罗来纳州格林威尔的一家邮政所寄走的。

当时我对自己即将要做的事情一无所知。

半年后,我住在好莱坞的魔法旅馆。有一天我想起那篇寄给《作家文摘》(Writer's Digest)的文章一直杳无音讯,就写信询问情况。结果《作家文摘》的编辑约翰·布雷迪(John Brady)给我打来电话。他几个月来一直想刊发那篇文章,但秘书弄错了我的地址,回信出了岔子。我们讨论了两处他希望我修改的地方,我提及会在八月开车东归,他邀请我如果路过辛辛那提附近,不妨和他打个招呼。

到了八月,我断定《作家文摘》需要一个小说专栏,决定回纽约的途中在辛辛那提停留。于是就有了一次丰盛的午餐,然后我继续开车东归,同时带回了一份作业,那就是撰写关于小说技巧的专栏文章,两月一篇。在写了五六篇专栏文章后,编辑部做了某些调整,我的专栏文章变成每月一篇,自此我就一直写了下去。

回望过去,我觉得自己很想知道,当初是什么原因促使我写那篇关于小说创意来源的专栏文章。我能想到的原因有两点:其一,当时我有几个月完全没机会与其他作家当面交流,我猜自己正感到孤独,肯定会专注于思考自己工作的本质及其基本过程;其二,我在长期搁笔后又重新开始写短篇小说,种种情节构想纷至沓来,浮现在脑海中,我觉得这个过程颇为有趣,值得写出来。

当然我从未料到,一篇谈小说创意的小文章,从此会让我投入大量时间去写如何写作。但事情就这样发生了,除了每月的支票和开专栏的自得,还有一些有趣的效果。

有句老生常谈的话,说作家这个职业每天要工作二十四小时

（参见本书第13节《小说家的时间》），我不知道是否真的如此，只知道自己花在专栏上的时间，远超实际写作的时间。我所读的任何东西，都可能是供给这个特定磨坊的谷物。有没有哪位作家会以有趣的方式预告作品的情节走向呢？嗯，我该不该写一篇专栏文章专门谈这种文学技巧呢？还有别的例子吗？比如这方面不成功的例子？

同样道理，对于其他作家如何谈论写作，我越来越感兴趣，不管他们是在谈论写作方法、提供写作秘诀，还是就这个职业的本质发表评论，我都感兴趣。我一直做剪报，但经常会弄丢。

《作家文摘》的那位才女编辑罗丝·阿德金斯（Rose Adkins），每年都给我写一两封哀怨信，请我提供接下来准备写的专栏文章主题，越多越好。我每年也回个一两封信，试图让她明白，这活儿比叫我提供月球背面地图还难。我时常觉得，自己写完本次专栏，会把这份工作推掉，因为我可能再也想不出可行的专栏文章主题。但在接下来的三十天内，不知怎么，总会有个题目冒出来，让我靠近它。于是我坚信，同样的情形还会发生。

况且，每月专栏不只是一般意义上的写作，它还提供了双向交流的管道。从开设专栏之初，我就一直收到大量的来信：有提建议的，有寻求建议的，有对我说过或没说过的话表示感谢或批评的。来信的数量之多，热情之巨，让我感到编织文字这个行当，对于我们作家来说还是蛮有意义的。不管我们在艺术上或商业上成功与否，不管我们是风华正茂，还是年华老去，写作都是作家必须履行的责任。

读者来信常常为我的专栏提供新思路。同样重要的是，这些来信让我与读者保持联系，了解到他们对我作品的反馈。每封读者来信我都看,并且大多都回复了,尤其那些随函附回邮信封的,更是必回信件。忠言寄语智者……

这本书可以说起源于这些信件。许多读者写信建议我将专栏文章结集成书出版。我也承认自己恰好有这个念头,这些信使我确信,本书确实有市场需求。

将持续四年的专栏文章编辑成书,这经历颇有趣味。我没怎么修订,大多是把"专栏"改成"章节",将重复的地方删节。对于文中的文法错误和事实谬误,我也顺便加以修订,虽然我内心明白,这些修订难免还会有不少疏漏。

重读这些文章,有时我惊讶自己对同一件事喋喋不休,有时又觉得自己在不同时间给出的建议似乎相互抵触。最终我决定不必为此负疚,因为我觉得,这些文章写于不同时间,基于不同视角,出现上述情况在所难免。

在本书的成书过程中,我要感谢下列人士:《作家文摘》的热心同人,尤其是约翰·布雷迪、罗丝·阿德金斯、比尔·布罗豪(Bill Brohaugh),以及发行人迪克·罗森塔尔(Dick Rosenthal)。他们自专栏开设之初,就始终不倦地给予我支持和帮助。同时,如果没有阿波出版社(Arbor House)的唐·范恩(Don Fine)的热情鼓励,此书也不会出版。就我所知,在出版界,没有谁比阿波出版社更关心小说创作,该公司对出版此类作品的信心和尊重,可谓独一无二。

负责此书编排的是阿波出版社的编辑贾里德·基林(Jared Kieling)。正是他独具慧眼,看出这些专栏文章可按其内在逻辑分成四大领域:小说职业、纪律、结构与技艺。我衷心赞同他的分法,因为这种分法,比我先前所想到的按发表日期和字母顺序编排,可能对读者更为有用。

我写专栏时,不可能知道是否有读者觉得这些文章有用。依我看,本书的第四部分,对小说创作者而言最为具体实用,但是,越是一般励志的文章,越会吸引大量的读者来信。当然喽,这些文章让你起兴提笔写信,但不代表一定对你有用。

同样,我也不知道读者会如何评价此书,我只知道一篇篇专栏文章写下来,这种经历对我而言弥足珍贵。在此感谢此书所有的读者,感谢你们赐予我这个机会。

写于纽约市
1981年3月9日

第一章 说谎的行当：论小说职业

1. 确定你的目标

两个月前，我回到安提奥克学院（Antioch College）讲授关于小说技巧的深度研究课程，为期一周。穿过校园时，我首先想起的，是我刚上大学那年见到的那一幅漫画，当时贴在英语系公告栏里。画面上，一个闷闷不乐的8岁男孩面对着一个热忱的校长。"光是个天才还不够，阿诺德，"校长说，"你得是某个领域的天才才行啊。"

我记得当时自己与阿诺德非常相似。我早就知道自己想成为一名作家。然而，仅有当作家的想法似乎是不够的。

你得坐下来写点什么。

有些人是天生的作家，天生就掌握写作的各项本领。他们不仅有写作天赋，而且似乎生来就知道自己要写什么。他们一动笔就有说不完的故事，天生就具备讲故事的各种技能，因此下笔千言，毫无阻碍。简言之，有些人拥有写作天赋。

可有些人不能。我们知道自己想写，但不知道自己想写什么。我们怎么决定要写的东西呢？

我猜,这往往靠运气。不过,似乎有一些步骤可以让你向作家这个职业一步步迈进。我们不妨看看这些步骤。

1. 选择自己的写作领域。我十五六岁时,就认定自己天生要成为作家,我没想过要写哪类东西。当时我疯狂地阅读二十世纪那些大作家的小说,从斯坦贝克①、海明威②、沃尔夫③,到多斯·帕索斯④、菲茨杰拉德⑤,还有他们的文坛朋友及其他相关名家。当时我坚信,有朝一日我会写出一本伟大的小说。

当然,我首先得去上大学,在那里,我也许对伟大小说是如何写成的有了几分概念。然后,我会离开校园,步入真实的社会,开始生活(Live)。(我不太确定,这个以大写字母 L 开头的生活包含了什么,但我想,这其中难免会有底层生活的贫困和肮脏,还有大量的酒精和性。)生活最终形成有意义的经验,而我最终会汲取这些经验放进"伟大的小说"之中。

这种写作道路未必有错,许多重要小说都是这样写成的,而且它还有额外的优势:就算你什么也没写,至少你也享受了一把酒精和性。

---

① 约翰·斯坦贝克(John Steinbeck,1902—1968),20 世纪美国著名作家。代表作品有《人鼠之间》(*Of Mice and Men*)、《愤怒的葡萄》(*The Grapes of Wrath*)等,1962 年获诺贝尔文学奖。

② 欧内斯特·海明威(Ernest Hemingway,1899—1961),20 世纪美国最著名的小说家之一。代表作品有《老人与海》(*The Old Men and the Sea*)、《太阳照样升起》(*The Sun Also Rises*)等,1954 年获诺贝尔文学奖。

③ 托马斯·沃尔夫(Thomas Wolfe,1900—1938),20 世纪美国作家。代表作品有长篇小说《天使,望故乡》(*Look Homeward, Angel*)。

④ 约翰·多斯·帕索斯(John Dos Passos,1896—1970)美国小说家。代表作有《美国》三部曲(the *U. S. A. trilogy*)等。

⑤ 弗朗西斯·斯科特·菲茨杰拉德(Francis Scott Fitzgerald,1896—1940),20 世纪美国著名作家、编剧。代表作品有《了不起的盖茨比》(*The Great Gatsby*)等。

以我自己为例,我是个作家,这形象很清楚,但有没有成为伟大作家的潜力就难说了。我开始不定期地研读《作家文摘》。我爱读那些写得成功的故事,并与它们的题材产生共鸣。我研读市场报告,发现在经典的严肃文学之外,还有职业作家写作的广阔空间。我开始意识到,不管我的终极写作目标是什么,我当下的目标就是写点东西——什么东西都行!——我要看着它印出来,获得稿酬。

我开始阅读大量不同类型的书和杂志,试图发现自己能写的东西。我不介意它是否伟大、是否有艺术性,甚至是否有趣,我只想发现自己究竟能写什么。

2. 你务必读得下去。 我开始写作时,最能接受新作者的杂志是那些刊登忏悔故事的杂志,而且他们的稿酬也不错,是新作者的最佳选择。

我想我明白这种忏悔故事是什么玩意儿,包括它的基本情节框架,它的成功因素和失败因素。我当年为一家文学代理商工作时,从一堆自荐来稿中抽出两篇忏悔故事,全是首投即中。其中一个故事的作者现在已成了这个行业的领袖。

有几回,我或买或借,弄来一堆忏悔故事杂志,决定把这些故事读透,可我从未成功。这种故事我连一篇都没法专心读完,全是囫囵吞枣。我不禁认为,整本杂志,从封面到封底,都是腐蚀心灵的垃圾。

因此,我也写不出这样的忏悔故事。我想出的点子,不是平庸老套,就是不适应市场需求。我从未把这些点子变成故事,也从不写这样的忏悔故事。直到有一次,一家出版商向我预订了几篇这种类型的故事,因为截稿日期要到了,而杂志还有空白页需要填满,我才在一个周末,带着怪异的感觉,勉强赶出三篇。故事糟糕透顶。我写这样的故事是为了应付任务,出版商把它们印成文字,是因为没办法,那是我赚钱最艰难的一次。

我知道,类似经历,其他作家在涉足陌生写作领域时也有过。道理足够简单,假如你对某种类型的故事连读都读不下去,就别浪费时间写了。

3. 寻找你认同的作家。 我这辈子都酷爱读书,轻而易举就能找到自己喜欢读的故事类型。只是后来我明白,某种故事类型我读得下去,并不意味着我写得出来,这一点在很多场合都得到证实。

比如,有段时间,我读了大量科幻故事。大部分科幻故事我都喜欢,其中的杰作我更是钟爱。当时,我还常与几个知名科幻作家一起闲逛,与他们很谈得来,也喜欢他们捕捉灵感并转化为故事的眼光和能力。

但我写不了科幻故事。无论我读多少科幻故事,我脑中就是没有相应的灵感。我是个科幻迷,读这种故事是一种享受,可我驾驭不了这种题材,至多只是脑子里想着:"我本可以写得出,我本可以找到灵感,我本可以如他们那般把灵感发展成故事,我本可以成为科幻作家。"

一个故事能否对你产生影响,在于你是否认同里面的角色。如果你读这个故事时既认同里面的角色,又认同作者,那你应该能写得出这类故事。

我还记得最初的情景。那年夏天,我已在安提奥克学院读完大一,偶然读到一本短篇小说集,是平装本,书名为《丛林小子》(The Jungle Kids),作者是埃文·亨特(Evan Hunter),他近来因为写作《黑板丛林》(*The Blackboard Jungle*)而扬名。书里的故事我读了十来篇,全是关于青少年犯罪的,最初都发表在《猎人》(*Manhunt*)杂志上,我读的时候深受震撼。与其说我认同故事中的角色,不如说我认同作者埃文·亨特。

我还记得当初读完这本书时的那份兴奋。有人写了个出色的故事,还出版了,这不仅让我钦佩,还给我带来了阅读的乐趣——我觉得他做的事我同样能做,而且非常值得去做。

换作现在,我会立即去旧书店,把所有过期的《猎人》杂志都买来,但当时我还欠缺这份认知。我确实到一个报摊上找这本杂志,却被告知全卖完了,我也就把这事全忘了。我接下来写了一两篇青少年犯罪小说,但写得很粗糙,都没好意思投稿。

几个月后,我写了一个少年犯的故事,跟亨特的作品并无任何共同之处,事实上,我写的时候把亨特的作品全抛到脑后。两个月后,我在一本《作家文摘》上看到《猎人》杂志的目录,记起该杂志刊载过亨特的小说,就把自己写的那篇稿子投寄过去。结果,我收到退稿信,杂志编辑对故事结尾提出了批评。到这节骨眼上,我才费心去找了本《猎人》杂志,从头到尾看了一遍。我重新写了结尾,再寄过去。可这结尾还是不太好,所以再次遭到退稿。

我还是继续研读《猎人》。一个月后,我终于弄清了写故事的窍门,再次改写那篇故事。这一次,杂志刊登了,我也决定以犯罪小说为主业。做出这个决定,我虽不敢说从不后悔,但这些年来我确实是一直从事这个行业。如今我的想法还是跟以前一样,那就是只要一直在某个行业做下去,我迟早会成功。

那种对作者的认同、赞赏以及所受到的震动,虽然难以用文字形容,但效果不容忽视。我的首部小说,就是在这种顿悟中写出的。

那时，我已经在期刊杂志上写了一年的犯罪故事，觉得可以开始写侦探小说了。这类小说我读过几百篇，特别喜欢，私下里也试过笔。只是因为这样或那样的原因，我无法上手。

在此期间，我读了十几篇女同性恋小说，这类小说在五十年代很流行，我读这类小说，纯粹是为了窥探女同性恋的秘密，为了娱乐。我当时不认识任何女同性恋者，我对这方面的认知都是从那些写得很垃圾的书中看来的。但我发现这些书让人一读就上瘾。一天，我读完一本时，突然意识到，我应该也能写这样的书啊，或者类似的也行，说不定比我看的那些垃圾，还能稍微好些呢。

我打着研究的名义，抱来一堆女同性恋小说，飞快地读了个遍。随后，一天早晨，一段情节出现在我脑海，我记下大纲。几周后，我坐下开始写作。我花了整整两周时间，在我二十岁生日之前四天写完了（不知为什么，当时对我而言，二十岁生日似乎特别重要）。法赛特（Fawcett）出版社买了这本小说，我首投即中。就这样，我成了出过书的作家。

在你通往作家的道路上，决定写什么类型的书是关键一步。一旦你找到适合自己的写作领域，并以此为努力方向，你就可以更进一步，采取一些措施，让你的前进道路更加平坦一些。

相关措施我们将在下一节探讨。

2. 研究市场

在上一节，我们研究了如何确定适合自己写的小说类型，以及锁定哪一类读者市场。我们姑且这样假设：你已经选定了似乎是适合你写的小说类型,你喜欢读它,而且你还自认为可以写。总之,为了某种理由,你决定写忏悔小说、科幻小说、哥特小说(Gothics novels)①,或者推理小说。

那么下一步呢?

下一步,似乎应该坐在打字机前,开始写作——或许,你正准备动手,那就继续。或许,由于你选定了某种类型的小说,你的灵感会自动涌现出来,滔滔不绝,足够你的打字机啪嗒啪嗒地响上好几个月。若果真如此,你肯定比别人更有天才,那就赶紧去写,这本书没必要再读了。

然而,对我们大多数人而言,在决定写哪种类型与真正开始动笔之间,还有一个中间步骤,那就是对选定的写作类型进行细致分析。分析的过程,就是让作家彻头彻尾地弄明白,该类型中的那些成功小说包含哪些要素,作家要经过怎样的心智训练,才能孕育出这些成功要素,写出成功的小说。

对于上述过程,我想不出比"市场分析"更恰当的术语了。只是我内心对这个术语颇为迟疑,因为它未免太冷静客观了,似乎暗示小说创作可以用科学分析的方法来进行,仿佛只要你写出一个烧脑离奇的科幻故事,就能成为哈佛商学院的营销案例似的。

况且,我下文要谈的这个"过程",重在研究个体小说的自身因素,而不是重在研究市场。我们的目标是学习如何进行小说创作,而不是研究编辑会买哪种小说。

好吧——随你怎么称呼它都成。只是我首先要做什么?

---

① 哥特小说是西方通俗文学中惊险神秘小说的一种,开始于18世纪,通常以西方中世纪城堡或教堂为背景,以其神秘恐怖的氛围著称。

好问题。

你先要做的是阅读。

在上一节,我们确立了这样的观念:你喜欢阅读什么小说类型,就写这种小说类型。既然你选定了写这种类型,你就得专心大量阅读这个类型的作品。

拿我来说,我很早就决定为犯罪小说杂志写稿。只是在我首次成功将稿子卖给《猎人》之后,我继续研究该杂志,以及同类型的所有其他杂志——我从不曾像那段时间那样专注于一项研究。《猎人》、《阿尔弗雷德·希区柯克推理杂志》(Alfred Hitchcock's Mystery Magazine)、《埃勒里·奎因》(Ellery Queen)、《陷阱》(Trapped)、《有罪》(Guilty)以及其他几本同类型杂志,只要一出现在书报亭里,我就买到手。我还定期去旧书店,只要是能找到的每一本过期杂志,我都买回来。我皮夹里放着清单便签,以免哪一期买重复了。我把所有杂志搬回家,按期数在书架上排好,每一本都从封面读到封底。

二十年前读的那些故事我至今还记得不少,其中有的很好,有的则很一般。我接连几个月都在读这类故事,不管好的、坏的、还是不相干的,统统拿来读。在读了好几百篇之后,我终于学会了如何构建一篇成功的犯罪小说,这是我通过其他途径学不到的。

请注意,我并未学到任何公式,也没听说过有这种东西。我学到的是一种感觉,这种感觉我无法精确解释,它是对犯罪小说所有可能创作手法的感觉,感觉这样写能行得通,而那样写则不行。

当然,我也不是光读了几个月的小说。在那期间,我一旦有新的构思,就会花时间把它写成故事。我这种在选定的领域里如饥似渴地阅读的习惯,并未因为我终于写出几篇故事并且能够卖钱而停止。我仍然大量阅读悬疑小说,长短不论。这么做不仅因为我享受阅读的乐趣,也因为我把阅读当成作家的工作之一。

就这样啊?这就是市场分析?只要读一大堆小说就行了?

有时候这样就够了,但你还可以干点别的,来增强阅读的效果。

这很简单,你要在读完之后写一份大纲。

我不是要你把故事拆开来,来个文学评论式的练习。当然你可以做文学评论,是否值得在于你自己。但写大纲这种方法,与文学评论、你对这个故事的感受,以及这故事写得好不好,统统无关。读完小说,你只需把情节总结一下,用几句话概述一下故事中所发生的情节就行了。

例如:

两兄弟开车前行,准备干一大票抢劫案。车子开到一个偏僻地方时,快没油了。加油时,那个加油站员工不停地对他们说,车子还需要好好修理。尽管他俩感觉受骗,但还是不敢冒险,就让那人放手大修,修到他俩身上的现金不够支付。最后他俩别无他法,索性抢劫了这家加油站。

或者:

故事的叙述者和妻子度假回家,发现家里被小偷翻了个底朝天。接着叙述者出门和同伴一边工作,一边抱怨家里所发生的盗窃案,小偷所造成的损失,家里如何一团糟等等。结果这俩人却是职业小偷,正准备去偷一家仓库。

这种写大纲的方法,亦即概述情节的方法,是要你把故事中带有作者个人色彩的文字、对话以及人物描写全部略去,只留下基本情节脉络,从而让你看透故事的实质内容。如同古生物学家研究恐龙化石那样,写情节大纲有何特别价值,我也不确定。但我想,将故事的血肉剥离,只余骨架,会在直观上让你懂得如何把一则故事组织起来,你仅仅一读而过,是难以锻炼出这种能力的。

在学习长篇小说创作时,写大纲更是一种有效的工具。就你所读的书,你一章一章地写大纲,这其实是一种逆向思维,与作者写书的过程正好反过来了。这种大纲不难写,只是长篇总体上比短篇难掌控一些。长篇的情节更为复杂,因此想看清其结构更难。但一旦处理成大纲,小说就像冬天里的树林,枝丫光秃秃的,每一棵树都看得很清楚。而在枝繁叶茂的季节,你是看不透的。

假如将来某一天,你要为自己要写的小说准备一份大纲,这种训练也用得上。很简单,你能通过这种方式领悟大纲是怎么回事。不管写什么形式的作品,为了心安,我得知道它写在纸上是什么样子。打个比方,在我写剧本之前,仅仅去电影院看电影,看看在银幕上电影是如何呈现出来的,肯定不够。我得搞清楚它们在纸上是如何写出来的——因为我要写的是电影剧本,而不是电影。倘若你不仅能从一本书中分析出其骨架脉络,还能写成大纲,那么你给自己将来创作的小说写一份大纲,当然就比较容易了。

问题:你所说的阅读啊、分析啊、写大纲啊,未免太机械了,岂不是扼杀我们的创造力?我觉得按你说的去做,只是在复制别人已有的作品,而不是创作自己的故事。

并非如此。这种方法至少会帮你深刻了解你选定的写作领域，以免无意中误写别人已写过的故事。

每个编辑所心仪的——也是每个读者所心仪的，可以总结成一句自相矛盾的话："同中有异"。你的故事必须与其他数不清的故事一样，能让读者获得相似的满足感。但又要有独到之处，以免让读者觉得这作品以前读过好多遍。

要做到同中有异，不是从一大堆别人的作品中东借一点，西借一点，也不是将我们读过的作品拼凑在一起，而是全身心投入自己选定的小说类型，让小说类型的成功要素渗透到我们的潜意识中。

至于故事创意在大脑中是如何生成的，我不相信有谁搞得清楚，也没有必要搞清楚。你只要明白是电使电灯亮就行了。我只知道，我就是采用了上述做法，就基本弄明白了小说写作可行的手法，大大减轻了大脑苦思冥想的负担。

我不知道你的情况如何，但我的大脑需要得到所有可能的帮助。

3. 决定，决定

两个月前，我在某个悬疑小说研讨会上，与一个小伙子聊了一阵。他正在写他的首部小说，或是正为首部小说做准备，或正想着做准备，或其他什么的，总之他有一堆问题。并且他巧妙地挡在我与奶酪、点心之间，我别无选择，只能回答。

他想知道，编辑偏爱第一人称的小说呢，还是第三人称的？编辑是否喜欢小说开篇就是谋杀？编辑偏爱乡村背景的小说，还是城市背景的？编辑偏爱多视角还是单视角的写法？他们究竟偏爱……

"喂!"我说,"我不是那样写小说的。我不会花心思猜想编辑偏爱哪种类型小说,然后投其所好。一则,编辑是一群个体,他们的喜好不可能一样。二则,编辑最喜欢的,是那种能激发他们阅读兴趣,并且觉得读者会买的书。至于第一人称还是第三人称,单视角还是多视角,乡村背景还是城市背景,都不是编辑衡量的重点。"

"反正,"我接着说,"我在很大程度上是凭直觉写作的。我想写的是那种'就算自己不写,别人写了我也想读'的书。我越能随自己心意写作,就越有可能让读者在阅读过程中开心,相反,我若刻意讨好读者,写出来的东西就很差。因此,我建议你按自己的风格来写,在写作中展现出你最好的一面,先不要担心作品是否受人喜欢、是否能出版,等写完了再去担心也不迟。"

我就此打住,迅速转身,奔向点心桌,生怕自己也会来一通如《哈姆雷特》(Hamlet)①中波洛尼厄斯(Polonius)对儿子雷欧提斯(Laertes)那样喋喋不休的说教。我不会建议这个年轻人"不要找别人借钱,也不要借钱给别人",也没有建议他"对自己忠实",尽管后面这句话是我的核心建议。

后来,通过冷静思考,我在想自己当时的回答是否过于轻描淡写。我当时并未说假话,但也许我掩盖了一个事实:写作类型小说,要熟悉该类型小说市场的特定需求。

对于瞄准诸如哥特小说、情色小说、忏悔小说这类热门图书市场的新手作家而言,更应该如此。我在《小说写作:从情节到出

---

① 《哈姆雷特》是英国戏剧大师威廉·莎士比亚最负盛名的一部悲剧。后面作者所述的两个建议,均出自波洛尼厄斯之口。

版》(Writing the Novel: From Plot to Print)一书中花了相当大的篇幅探讨如何分析类型小说的特定需求，以及在此框架下如何写出自己的作品。我这样是不是自相矛盾？在这里这么说，换个地点又鼓励别人按自己的风格写作？

几年前，我为一个文学经纪人工作，遇到一个想要成为作家的人。这位仁兄拥有旺盛的精力，知道怎么铺陈情节和描写对话，还有堪称旅鼠①级别的求生本能。他最大的心愿显然是自己的作品能变成铅字，可他所干的事儿又总在挡道。他听说忏悔小说市场较易接纳新手作家，就写了几篇，然而他坚持从男性视角来写。当时忏悔类杂志一期至多刊登一篇男性视角的故事，那还得是编辑碰到真正喜爱的才行。这位仁兄偏偏只从男性视角写自己的忏悔小说，结果是自食其果。

这段往事是我几天前偶然想起的，当时我正开始写一篇新的小说。这篇小说的基本情节是几个月前跳进我脑海的——一个女孩，母亲死了，父亲再娶，这个女孩确信继母想杀她。这几个月我忙于其他事宜，并未深入思考这个主题，但显而易见，我的潜意识却一直在忙着处理它，等我写作时，点点滴滴的情节很快在脑中涌出来。

我发现自己得做种种决定。我要写都市背景的还是乡村背景的？第一人称还是第三人称？单视角还是多视角？

并不是每次写小说我都得做这些决定。我这些年写的不少小说，都是同一个系列，主角是同一人，其中很多问题都是预先设定

---

① 旅鼠，哺乳动物，在北极附近活动，其繁殖速度极快，食物是草根、草茎和苔藓等。——编者注

好的,无须再做决定。比如,我写伯尼·罗登巴尔"雅贼"系列①时,就知道要用第一人称,也知道这个人物的性格特征、他的行为方式、住在哪里、有哪些朋友等等。这个系列逐步铺展开来,最后形成"同中有异"的系列小说,虽然这种做法本身也有问题,但却免去了本来必须要做的决定。

一年前,我在莎瓦那(Savannah)待过一周,有意考察了当地的好几个地方,准备把那里设定为我将来某篇小说的背景。当我冒出《继母》(The Stepmother)的故事灵感时,我觉得把这个故事的背景设在乔治亚州这个海港,非常适合。

两个因素让我改变了主意。首先,我发现《继母》的某些情节与人物元素,与我不久前写作的小说《爱丽尔》一脉相承。《爱丽尔》的背景设在查理斯敦(Charleston)的一所老房子里,查理斯敦与莎瓦那,这两个地方当然不是完全雷同,但的确有不少相似之处。倘若我真坚信莎瓦那是最佳选择,就不会因为这点顾虑而改变主意,但我终究还是受到这点顾虑的影响,开始另寻地点。

待我对此书进行深入思考后,我想到了排除莎瓦那的第二条理由。我决定让这女孩长在纽约,却与纽约格格不入。她从小在格林威治村长大,与其说她早熟,不如说是世故。可否让她家搬到乡下?搬到一个相当偏远的地方?比方说,纽约州的偏远地区?特拉华县(Delaware County)?斯科哈里县(Schoharie County)?这种穷乡僻壤,距离纽约市有好几个小时的车程,根本不在通勤范

---

① "雅贼"系列是劳伦斯·布洛克最著名的作品系列之一,主角均为伯尼·罗登巴尔(Bernie Rhodenbarr),是个"绅士窃贼"。该系列第一本是1977年出版的《别无选择的贼》,截至2013年共出版11部。此外该角色还出现在四个短篇故事中。——编者注

围里。

地点选定后,更多的情节随即涌现出来。这个家庭为什么要从格林威治村搬到这种偏僻地方呢?或许她父亲是个作家,刚赚到一大笔稿费,想到乡下购买地产,做个庄园主,换种生活方式。我开始对那种宅邸及庄园的氛围有了感觉,决定在他们的产业里添上一个荒草蔓生的旧墓园。因为我看到,这能在好几方面推动情节发展。

到这时候,我已经在打字机前自言自语了好一阵子,并写了几百字的笔记。两天后,我真正开始动笔写这本书,但只写了六七页就停下来了,因为我还要做个决定。

第一人称还是第三人称?在此书的开端,我下意识地用了第三人称。小说的开头是写一家人首次参观这栋庄园宅邸的情景,我通过娜奥米(这是我替她取的名字)的视角来写的。

可这是最佳选择吗?

我远离打字机好几天,反复衡量其优劣之处。第一人称我很擅长,而且在这本书里也很有诱惑力,让我更容易进入主角的内心世界。我总认为,第一人称对小说而言是最自然的声音,对《继母》这本书而言尤其如此,理由有如下两点:

其一,我对娜奥米很有感觉,认为这个角色会非常精彩。我把她塑造得越真实、越深刻,这本书就会越扣人心弦,越有吸引力。其二,如果我用第三人称,我觉得我难以进入娜奥米的内心世界。

《爱丽尔》虽然是用第三人称写的,但有两个因素能让我进入女主角的内心世界,让她活起来:其一,我大量摘录女主角的日记,这就在第三人称的叙事中,加入了第一人称的视角;同时,我让女主角跟同班同学阿尔金有很多私下的交谈,这两个孩子的互动关系也成了这本小说一个有趣的环节。

我不想让娜奥米也写日记,一是因为我不想从头到尾重写一遍《爱丽尔》,二是因为我想象不出娜奥米是写日记的那种人。我也不想让她在这个陌生的乡下学校跟班上同学关系密切,相反,我希望她基本上是被孤立的,她瞧不起新学校的同学,也被他们所排斥。

那为何不转向第一人称呢?因为这会导致别的问题。我在小说一开场就会受限于娜奥米的视角,倘若用第一人称写下去,读者就无法了解娜奥米不知道的事。我觉得,写悬疑小说,倘若偶尔让读者了解一点主角不知道的事,效果最佳。

我还觉得,倘若读者不能完全确定娜奥米自认为的身陷险境,究竟是她的幻想还是事实,反而更有效果。并非使用第一人称就不能呈现这种矛盾的笔法,但要成功把握,并非易事。

此外,倘若读者对娜奥米知道些什么、做过些什么,并非完全知晓,小说会更有悬念。比如,娜奥米要对她妈妈的死负责这件事,就是这样一个悬念。虽然第一人称的叙述者也能对读者隐瞒某些信息——这种事儿是我在侦探小说中经常干的——可我觉得在《继母》里这样做不可行。

因而,我决定按照最初所想,用第三人称写这本书。在做这个决定的过程中,我也设计了一些情节片段,比如通过让娜奥米跟其他角色互动,向读者透露出某些隐情。我决定设计一个老头的角色。他每天在那条街上溜达,是乡巴佬,对当地的事儿无所不知,对娜奥米比较友好。我甚至想过,让娜奥米逃回到纽约,却被一个私家侦探带回来了,我想瞧瞧这俩人会如何互动。她在纽约的好友,隔三差五会来封信,也许能提供与《爱丽尔》中的日记类似的功能。

我琢磨着要放弃第一人称,同时我越来越意识到,有必要从多视角写这本小说,感悟那些必须要写的场景,那些不同的角色,还有从他们不同的视角出发所呈现的场景。

必须承认,我写的小说大都采用第三人称,但我并不就此认为这是小说的必然需求,也不认为必须随大流,讨出版社的欢心。相反,我是在做决定的过程中才懂得为何第三人称叙事占了主导地位,并且发现这样做有非常合理的理由。

我想,告诉读者做这种"文学写作中的决定"时要评估的因素,以及在做决定的过程中所激发的对情节和角色的灵感,可能很有意思。我依然认为波洛尼厄斯说得很对,他那句"对自己忠实",是每位作家所应奉行的第一法则。只是,为了要真实面对自己的内心,每位作家,不管是通过灵感,还是通过我刚刚描述的思考过程,都要做出很多决定。

我就写到这里了,好不好?既然我做出了上面所有这些决定,我就得坐下,把这玩意儿写出来。

4. 小说入门

我刚步入这个荒唐的行业时,只写短篇小说。在我卖出第一篇犯罪小说之后的一年,我天天琢磨短篇小说,每篇几千字。我到处兜售,有的一字一美分,有的卖到一分半,更有不少没卖掉。

一年后,我终于鼓起勇气,开始写一部长篇小说。我花了两三周就写完了。第一家见到这部小说的出版社当即买了下来,给了我两千块订金,这给我带来了极大的成就感。虽然这没让我出大名、发大财,但我当时还只是个十九岁的小青年,乳臭未干,若过早获得名利,我肯定要被毁掉。

我详述这段小说入门经历,是因为觉得这是很多新作家的必经之路。我们从短篇小说开始,是因为它貌似最容易入门。短篇小说很紧凑,容易控制,你能马上把握。它短——因此才叫"短"篇小说——不用费一年零一天才能写出一篇。你写一部长篇小说的时间,足足可以写上十来篇短篇小说,而且还能边写边学经验。

这种说法貌似有理,但却忽略了几个基本事实。首先,短篇小说比长篇小说难卖得多。二十年前,我刚进入这个行业的时候,短篇小说市场就已经很小了,现在更是萎缩得几近于无。越来越少的杂志愿意刊登短篇小说,却有越来越多的潜力作家投出这样的短篇小说。

从经济学的视角来看短篇小说市场,即便往最好处说,也是令人灰心的。《希区柯克》与《埃勒里·奎因》的稿费标准还是与二十年前一样,一字一美分。忏悔故事杂志的稿费还不如从前,对来稿的兴趣也大不如前。每年似乎总有几家顶尖杂志退出短篇小说市场,或者砍掉短篇小说专栏,或者不再接受自主投稿。

我不是叫大家不要写短篇小说。我自己就是因为写短篇小说很有满足感,所以一直没放弃。我只是想说,对于初学者而言,长篇小说是个更好的起点。

且慢,我引以为豪的作家想象,看到好多读者手举得老高。有什么问题就请问吧,或许我能回答。

写长篇小说不是要比写短篇难吗?

不是的,长篇小说并不难写,只是比较长而已。

这个答案也许平淡无奇,却是真理。许多新手作家,一想到小说的长度,就吓得不敢动笔了。事实上,你大可不必如此。我是在写一部长篇小说的间歇来写这一章的。那部小说以第二次世界大战为背景,最终会写个五六百页。我的悬疑小说通常在二百页左右就写完了。这本书的宏大规模曾吓住了我,让我感到很难下笔。

我认为,你需要的是转变态度。写一部长篇小说,你得认清一个事实:你不可能事先就对一切了然于心,也不可能坐在打字机前面,一口气全写完。你的写作过程会长达数周或者数月,甚至数年之久。不过,你每天只要坐在打字机前完成当天的工作量就行了。只要是写小说,不管是短篇故事还是长篇三部曲,都应该如此。倘若你每天写个三页、六页,或是十页,日积月累下来,也就不少了——不管你写的是哪种类型的作品,都是这样。

我想写长篇小说,但不知如何开头。

就从第一页开始。

我告诉你一个秘密——没人知道小说该如何开头。写小说没有固定格式,因为每部小说都有自己的写法。

有时候,列个大纲会有所帮助。我就常常借助大纲,尽管我对其爱恨参半。若能预知书中的情节走向,你肯定感到稳妥些,而大纲能帮你提前预知,让你不必担心写着写着,就把自己逼到写不下去的死胡同。

然而,大纲会阻碍小说情节的有机发展,因为大纲毕竟无法涵盖小说的方方面面。你在写作过程中突然冒出来的角色与事件,会改变小说的原貌和情节发展的方向。倘若你死扣大纲,故事就不可能按照自身的需要发展下去,最终的结果就像是在编好号码的画布上按预定顺序涂色。当然,你若觉得有必要,也可以修订大纲,只是这种事通常说起来容易,做起来难。

> 即便不列大纲,难道连小说的走向你也不必知道吗?

也不尽然。我就知道好几个这样的作家,把稿纸卷进打字机里,就抱着任其自然的态度,打出好几本小说。

我的朋友唐·韦斯特莱克(Don Westlake)①就是一个很好的例证。几年前,他曾给我看过一本书的第一章:一个名叫派克的家伙,脾气粗暴,他怒气冲冲地走在乔治·华盛顿桥上,一个骑摩托车的人问他要不要搭便车,他反倒把人家痛骂一顿。唐在写这一章时,除了本章的角色和故事,别的他一无所知。但是,随着小说逐渐成形,小说中的人物开始拥有自己的生命力。自此以后,唐用理查德·斯塔克(Richard Stark)的笔名,以派克为主角写了十六本系列小说。

这种小说写作手法叫做"叙事推进法"(Narrative Push),其优势在于你不需要遵循任何公式写作。我记得科幻作家西奥多·斯特金(Theodore Sturgeon)说过:倘若作者不知道接下来会发生什么事,读者肯定也不知道。

对我而言,我喜欢想好开头就开始动笔,对后续情节只要知道一点就行。近些年来,我有不少小说写到七十页左右时,就写不下去了,因为对于在七十一页该发生什么,我实在想不出。但我不必知道,我只需知道这本书最终走向哪里,它的大致走向,而不需要一张完整的路径图。

---

① 唐·韦斯特莱克(1933—2008)是美国著名作家,出版过超过100部小说作品,他擅长犯罪小说,有时也写科幻小说和非虚构作品。

假如我花了一年时间写了一部长篇,结果却卖不掉,我何苦浪费那么多时间呢?——写短篇小说岂不是更保险吗?

真的吗?就算你写一部长篇小说的时间,能写完十二或二十个短篇小说,你为何觉得这堆短篇小说一定好卖?同样是卖不出去,为什么写长篇小说就是浪费时间呢?

我认为,很多人不敢尝试长篇小说,只是出于担心。担心会放弃,会半途而废,更怕写了半天,最后却卖不掉。我觉得,即便这种担心不是空穴来风,也未必合理。

就算第一本小说卖不出去又如何?老天,绝大多数小说都卖不出去,它们凭什么一定要卖得出去?我从没听说过哪行哪业只要努力就有回报的。我们凭什么认为自己的作品必须马上卖掉呢?

写长篇小说是一次绝佳的学习经历,你可以借机尝试写作技巧,修正错误,寻找自己的出路。写一本卖不出去的小说,不能说是失败,而是一种投资。

几年前,我读过贾斯廷·斯科特(Justin Scott)的首部小说草稿。这本小说不管从哪方面来看都非常糟糕,绝无出版的希望。但写这个长篇对他很有帮助。他的第二部小说虽然也没卖出,但大有改进。我写这篇专栏时,他的小说《转折》(*The Turning*)已经是某连锁书店的热门小说,即将出版的《船只杀手》(*The Shipkiller*)更可能名列畅销书排行榜。你真的觉得,贾斯廷会为他"浪费"在首部长篇上的时间感到遗憾吗?

我想写长篇,但我创意不够。

倘若你创意不够,那就最好写长篇,不要写短篇。

这回答似乎很奇怪？你可能觉得长篇小说涵盖的范围那么广，页数那么多，会需要更多的灵感。不过通常并非如此。

短篇小说在观点、主题方面一定得推陈出新。而且，短篇小说通常不是把一个创意打磨成一个故事那么简单。

我喜欢写短篇。倘若不是报酬少了点，我从短篇小说写作中获得的乐趣，远比长篇小说要多。只是每个短篇都需要一个很强的创意，而且在几千字之内，这创意就消耗掉了。我写长篇小说，老实说，不用像写短篇那样苦思冥想，也用不着一开始就要有很强的创意。长篇小说固然需要情节与角色，但它们会随着写作的进展自然而然地涌现出来。

艾德·霍克（Ed Hoch）[①]这辈子只写短篇小说。他可能是作家圈子里唯一的特例，他之所以能这样，是因为他似乎有用不完的创意。他能抓住种种创意灵感，转化成一个个短篇故事，借此获得极大的创作满足感。我有时真嫉妒他，但我知道自己不可能如他那样，每个月都能冒出五六个短篇小说的灵感。因此，我还是少费点力气，多写些长篇。

嗯，时间到了，我看到好多人还举着手。深呼吸，下一节接着谈。

5. 长篇小说的长度

在上一节，我们不再局限于短篇小说，而是看到了写长篇小说的好处。我们注意到，长篇小说比较好卖，能给作者带来更多的利

[①] 爱德华·D.霍克（Edward D. Hoch, 1903—2008），著名推理小说作家，被誉为"当代短篇推理之王"。

润,对新手作家而言,也能获得丰富的写作经验。接下来,我们继续探讨你们就长篇写作提出的问题。

  我怕写长篇小说,因为我还不是一个写作高手。写长篇小说,不是需要高超的写作技巧吗?

  我倒不这样认为。有时候恰恰相反,长篇小说反而能包容文体风格上的粗糙之处,而同样的瑕疵却会毁掉一篇短篇小说。

  记着,长篇小说给你最多的是空间,让你的角色和故事情节能从容展开。写长篇小说,文字上有些小问题也无伤大雅,最重要的是吸引读者的注意力,让他们急切地想知道接下来会发生什么。

  在畅销书排行榜上,写作技巧欠雕琢的作品比比皆是。在此我无意指名道姓,但我随手可以举出十来个作家,想读完他们作品的第一章非常难。这类作品的风格我心知肚明——写作确实是会改变我作为读者的阅读重点——我感觉这类作品的对白机械呆板,情节转折笨拙,描述含糊不清。但是,读到二三十页时,我的视线会从一棵树转向整个树林——换言之,故事情节吸引了我,我不再注意他在写作技法上的不当之处。

  而短篇小说,故事情节却起不了这样的作用。

  所以,若写短篇小说,你得擅长写作技巧;若写长篇小说,你得擅长讲故事,虽然这两者都是作家必备的技能。显而易见,最好的长篇小说离不开高超的写作技巧,最好的短篇所讲的故事当然有吸引读者的魅力。可我总不能因为对自己的写作技巧缺乏信心,就避开长篇小说的写作吧。

  行了,下一个问题。后面的那位,你有问题要问吗?我看你的手举起又放下,好多次啦。

因为我不能确定。我脑子里有个长篇小说的好题材,但我好像没法动笔。在某种程度上,写一篇永远没有尽头的小说,似乎没啥意义。

　　我知道那种感觉。我还记得第一次创作长篇的情景。我一坐下来开始写,就知道草稿至少得有五百页。我整整工作了一天,敲出了十四页。我从打字机前站起来说:"嗯,还剩四百八十六页。"一想到这点,我就立刻感到神经虚脱。

　　你要记住:小说总有写完的一天。老话说得好,千里之行,始于足下,慢不要紧,只要你坚持不懈,就会赢得这场比赛。

　　想想看,你每天写一页,一年下来,就能写出一本相当厚的小说了。当今作家,如果一年能写上一本小说,一年年下来,就称得上是多产作家了。即便是某一天你运气很坏,坏到极点,难道你觉得,自己会连薄薄的一页都写不出来吗?

　　或许,不完全是长度的问题。我写短篇小说时,坐在打字机前,脑中已有全貌。我对故事走向了然于心,只消把它写出来就行了,可写长篇小说,我却做不到。

　　当然如此,没人能做到。

　　有几种办法你也许可以考虑。一种是在真正动笔前,先把小说每章的每个场景都写成大纲,然后逐步添加具体细节,直到角色基本上有血有肉,最后再写成书。采用这种写法的作家说,写作会因此变得很轻松。虽然我觉得,这种写法把本来具有创造性的写作,搞成了基本上是机械化的程序,但不是说这种写法对你毫无帮助。

　　反之,你可能已经意识到,短篇小说似乎容易掌控这种说法,多半只是错觉。你所拥有的是信心——因为你自以为在动笔写短篇小说之前,关于这个故事的一切你已经了然于心。

如果你像我一样,那就坐在打字机前,让无数的惊奇在你面前展现吧。角色会找到自己的生命,说他们自己想说的话。原先你认为必要的场景,写到后来会发现是多余的;而另一些场景,则与你原先的预想大相径庭。故事写到一半,你往往会想如何改进原先设定的情节大纲。

这种情况,在长篇小说创作中更会经常发生,没关系。小说本来就该是个有机体,它是鲜活的,有自己的成长方向。

我拿自己正在写的一部长篇小说为例,或许对你有所帮助。这是一本极其复杂的推理小说,场景设定在二战。这本小说我大约已写到一半。我能写到这一步,是因为"每天前进一步"。

每当我试图通盘考虑整本小说,我就吓得几近瘫痪。我会觉得不可能,这么复杂的作品,完成是不可想象的。但每天早晨,只要我起来,坐在打字机前面,专心完成当天的进度,我就是在做正确的事情——果然,小说就这样有条不紊地渐渐成形了。

"每天前进一步",这对我似乎很有用。你若能明白,你只能影响自己当前正在做的一小块,整本小说反而不难处理。

> 我不写长篇小说,或许是因为担心写不完。

或许是这样。或许你写不完。没有哪条法令规定你必须写完。

你要明白,我不是提倡写小说半途而废。我自己也常常半途而废,但那种感觉并不好。倘若真是小说不行,或者你发现自己不适合写长篇,你当然完全有权半途而废。我们总是喜欢骗自己,认为自己的写作职业是如何神圣。不过你记住以下这点，会对健康有益：我们这个可怜的古老星球，绝对不会缺一本新书。写作的唯一理由，是因为你想写，倘若不是这样，你完全可以放弃，去做其他的事情。

如你所知，我觉得我们每个人都困在那种善始善终的欲望里。当然，善始善终是我们应该坚守的目标，只是在写作这件事上，不宜过分强调。

我自己就是如此。我当作家，是因为我觉得自己喜欢文学创作的过程，但这种兴趣，很快就会变成一种困扰，让你拼命地妄想完成书稿，并看着它出版。

倘若我们能更多地投入创作的过程，少推测最终的结果，写作就更易成为快乐的泉源，而不是让你整天为此感到焦虑不安。作家在打字机前面，自然地完成每天的工作，享受创作的过程，而不是把创作当成出版的手段，感觉会好得多。我想他这样创作出来的作品只可能会更好。如果他工作起来像狂抽一匹瘦马，逼着它冲向终点，创作也会受影响。

所以，你需要改变你的态度。你若能做到，我希望你能让我分享你的成功经验——我就是老想着写完后如何，而忘了动笔的初衷，所以一直深受这方面的困扰。

你说服了我。我打算坐下来，开始写长篇小说。毕竟，写短篇小说没什么价值，对不对？

谁说没价值？

我承认长篇小说更有商业价值。一般都认为长篇小说比短篇更有分量，也卖得更好。我不否认，倘若你告诉邻居你在写长篇小说,他们会更尊敬你。(当然喽,倘若这是你关心的焦点,直接告诉他们你正在写大部头小说就行了。你啥也不用写。撒点小谎。别担心——他们不会求着你要草稿去读的。)

但就其内在优越性而言,长度算不上优点。你可能听说过有些作家会为自己写的长信而道歉,说他没有时间把信写得短一点。你也可能读过福克纳①的相关评论:短篇小说家是失败的诗人,长篇小说家则是失败的短篇小说家。

好吧,你又把我弄糊涂了。也许我该写长篇小说,也许我该继续写短篇小说。不过,我搞清了一件事:坐着不动,只会什么也干不了。我要直奔打字机,不再拖延了。

祝贺你。不过,我希望你再花点时间读本书的第 15 节,篇名叫《创意拖延法》。

6. 周日作家

两周前,一个朋友友好地向我致意,说读过我最近的一篇专栏文章,恭维我写得不错。正当我扬扬得意时,他说:"说句让你不高兴的话,你写这些专栏,似乎有点巧立名目骗钱的味道。"

我问他为啥这样说。

"你一直在写这个专栏,"他说,"你也心知肚明,绝大部分的读者,不可能写出达到出版水平的东西。可你依旧在每月专栏里

---

① 威廉・福克纳(William Faulkner,1897—1962),美国最有影响力的作家之一,1949 年诺贝尔文学奖获得者。其代表作有《喧哗与骚动》(*The Sound and the Fury*)等。

告诉他们如何提高写作技巧,你这不是在鼓励他们做傻事吗?"

他的话还真的有些让我恼羞成怒,因为这让我想起,我内心曾有过同样的疑虑。正是出于这样的疑虑,我曾拒绝到某个成人教育项目里去教小说创作课。和朋友分开之后,我对这个问题进行了深入思考,因此我非常感激他的坦率。

首先,他让我认识到,我们是如何希望自己的作品能出版,并为此而心神不宁。乍一看,可能确实如此,但你若观察一下其他类型的创造性活动,你可能会有不同的看法。

我所认识的作家,没谁不想出书。可你瞧,所有那些"周日画家",每逢假日,就在油布上涂涂抹抹,纯粹是为了个人的创作享受。好多演员,他们的雄心只限于业余演出;学钢琴的人,没几个梦想进卡内基音乐厅(Carnegie Hall)①举行首演;成千上万的人拍照片,也没见到几个想出版摄影集的。无数的人做首饰、制陶器、织披肩,并不是为了依靠自己的手艺来赚钱,但他们都乐此不疲。

我认识不少"周日画家",家族里就有几个,他们颇有才华,能在创作中感到巨大满足。其中有些人还在小地方举行个展,偶尔博得一点小名气。但他们不卖画,也从不打算卖画,更没有因此觉得失意。

这些画家非常幸运——他们不必依靠卖画来证明自己,博得成就感。画完一幅画,不是送给朋友,就是挂在自家的墙上。他们在艺术上的努力是否有意义,取决于他们给自己设定的艺术目标。然而,一旦画完了,这幅画成功与否,跟它是否卖出毫无关联。

---

① 卡内基音乐厅是由美国钢铁大王兼慈善家安德鲁·卡内基(Andrew Carnegie)于1891年在纽约市第57街建立的第一座大型音乐厅。该音乐厅以历史悠久、外形美观以及音乐效果出色而著称,是世界著名的音乐圣殿。

为什么不能多一点"周日作家"呢？为什么我们不能把写作当成一种嗜好，自得其乐呢？

我认为这是有原因的。首先，我想，写作是为了交流。故事写了没人看，何必去写呢？写一本没出版的小说，就像在空荡荡的剧院中演一出戏，都是未竟之业。

我们当然不可能把书稿挂在墙上欣赏。有些人会私底下印制一些，拿给朋友们看。但是一则印费昂贵，二则总觉得不太光彩。倘若真是本好书，那我们和我们的朋友就会想，何必要我们自己出钱去印呢？倘若此书达不到专业出版水准，为什么不将它束之高阁呢？

诗人在这方面就比小说家强。卖诗为生简直是痴人说梦，诗人因此反而不受束缚。既然大家都卖不了诗，那就没啥非议。只有一小撮技巧高超的诗人曾经出版诗集，但稿费也少得可怜。所以，诗人让自己的作品在私底下流传，或是自己花钱印一些供同好欣赏，是无伤大雅的；可小说家做同样的事，就会顾虑重重。诗人本来就是业余艺术家，不必因为不是职业人士而感到羞愧。随便去问个邻居或者朋友，即便是畅销诗作，他们也未必听说过这诗集或诗人的名字。诸如"某本小说卖电影版权赚了大钱"这样的八卦消息，是不可能发生在诗歌身上的。诗歌，正如美德，本身就是回报。

未能出版的小说，回报在哪里呢？

就我所能理解的范围而言，我觉得，回报并不是写作本身那种纯粹的喜悦。

因为写作并没有那么有趣。

我真的想知道为何如此。我们不妨再拿别的艺术类型来比较一下。根据我的观察，不管职业画家，还是业余画家，都热爱画画。他们发自内心地喜欢那种在画布上挥洒的感觉。尽管他们也有郁闷和沮丧的时候，但一旦开始画画，那就是纯粹的喜悦。

音乐家也是如此。他们似乎只有在表演的时候，才会觉得自己是鲜活的。我认识的爵士演奏家，会花一个下午做音阶或其他练习，然后挑个深夜营业的酒吧，整夜即兴演奏，直到黎明，分文不取，只为在音乐中获得纯粹的快乐。

恰恰相反，我认识的作家，几乎每个人都想离自己的打字机越远越好。我们这些每天靠强迫自己才能打出书稿的作家，不太可能从这种行为中得到什么快乐。我们只是觉得，倘若不写作，感觉会更差。是大棒，而不是胡萝卜，在驱策我们前进。

我并不是说写作过程中没有正面的乐趣。比如，每每想到好点子，我就非常开心——不管是起初的基本情节构思，还是后来在写作过程中产生的新点子，都会让我非常开心。还有，搁笔完工时我也非常开心，那种完成繁重工作之后的满足感，让我无比开心。

这后一种开心，想起来似乎有点负面，是不是？我为作品完工开心，其实就是说，我终于不用再为此绞尽脑汁了，不用再边写边诅咒了，所以才那么开心啊。

所以，未写之前，心情愉快；写完之后，心情愉快。为何在写作的过程中，就没办法高兴呢？

我想，无法开心，是因为写作是件辛苦的工作。画家和音乐家的工作也辛苦，但那不一样。你在写作的时候，没法做到真正放松、跟着感觉走，至少我做不到。如果谁能做到，我很乐意学习。写作需要我全神贯注，心神得集中在当下。我不能走神，一走神，就写不出了。当我想写却写不出时，那种感觉实在让人抓狂。

一幅画若没画好，画家还能继续在画上画，把画得不好的地方遮起来。音乐家若状态欠佳，失败的音符会在空中飘散，他可以忘掉。

但若我的状态不好，我写出来的垃圾就会白纸黑字呈现在纸上，朝我吹胡子瞪眼。倘若就这么印出来了，全世界都会看到，永远在那里。

有些作家能享受写作过程中的快乐。艾萨克·阿西莫夫（Isaac Asimov）①似乎就能享受写作过程的每一刻，也许还有其他作家也这样。每个人都会有这样的快乐时刻，这时你文思奔涌而出，感觉好像连结上了宇宙的心灵，下笔如有神助；笔下的故事，比你脑子里的苦思，要高明得多。这种好事不会经常发生，但我告诉你，一旦发生，绝对是美妙的体验。

有时我真觉得"周日作家"比我们这些靠写作谋生的人要快乐得多。什么时候觉得不快乐了，那是因为他们想放弃业余的身份，转向职业作家。我不知道每个步兵的背囊里是不是都有一支法国总司令的指挥棒，但我知道，一旦开始写作，每个人都想写出名堂。每个"周日作家"，都想自己的打字机能打出一本畅销书。

也许事情就是这样。我们把书的出版当作动力，才能忍受写作的辛苦。

我当然希望，"周日作家"不要把能否出书当作是成败的标准。倘若你从写作中得到满足，倘若你通过写作训练提高你的才

---

① 艾萨克·阿西莫夫（1920—1992），俄罗斯犹太裔美国科幻小说作家、科普作家、文学评论家。他是世界上最伟大的科幻小说家之一。作品有《基地》系列（the Foundation series）、《机器人》系列（the Robot series）、《银河帝国》（the Galactic Empire series）系列等。

智,倘若你是在将自己的特殊感觉与认知写在纸上,那么你完全可以认定,你成功了。至于作品最终能否出版,有没有因此赚钱,都不必在意。

我没有为自己每月写篇专栏感到负疚,我的读者中很可能许多人都出不了书,但那又如何？一些读者,或许因为读了我的专栏,在写作上有所改进。

"你这不是在鼓励他们做傻事吗？"

我真的如此吗？这句话基于以下假设:写故事却不能出版,是件蠢事。可这个假设我不认同。讲到傻事,我倒想起英国诗人威廉·布莱克(William Blake)①的诗句——"如果傻瓜坚持做傻事,那他就会变聪明。"

我不知道"周日作家"的这份坚持,会不会引他走向智慧之路,我也不知道他会不会最终出书。但是,坚持一定会带给他精神上的满足,而我认为,这绝不是微不足道的回报。

7."亲爱的乔"

亲爱的乔:

现在,我相信你融入了大学生活。我最近跟你爸爸谈过,他对你拿到奖学金这事儿颇为自豪,这也难怪。在此我向你表示祝贺。

他提到你正在考虑当一名作家。对于这一点,我就不知该向

---

① 威廉·布莱克(1757—1827),18世纪英国第一位重要的浪漫主义诗人、版画家,主要诗作有诗集《天真与经验之歌》(*Songs of Innocence and of Experience*)等。

你表示祝贺,还是表示哀悼了。或者,我还是主动给你提供一点建议吧。

我想到的第一个问题是:一个未来的作家,应该在大学里学什么?我上学时,不假思索地选择了英语文学专业,既然我想搞写作,那么,先搞清楚在这个领域里别人已经做过什么,似乎是比较正确、妥当的做法。

我不觉得这个选择对我造成了任何伤害,但也想不出有任何好处。就我所知,任何一个职业作家,首先得是个读者。可研究文学跟阅读文学是两码事。在大多数学院里,文学专业的学生所学的课程,多半是帮他们成为未来的文学老师而准备的。这也不是坏事,教书与写作并不会互相排斥。好些不够成功的作家,或者不愿靠自由投稿谋生的作家,会觉得教书是个很舒服的职业。

我建议你不要选择英语文学专业的唯一理由,是你无法学到自己更感兴趣的课程。上大学最重要的是追寻你自己的兴趣所在,不管最终结果如何,就算它们与你的写作生涯毫不相干也无所谓。老实说,你学什么都没啥差别——只要你想学就行。既然你现在是学生,将来是作家,那么,无论是人文、科学、历史、植物学还是哲学、微积分,只要能在当下激发你的思维,就是最有用的学科。

基于"追随自己的兴趣"这一原则,可以得出这样的结论:在大学里,哪个教授最能激发你的思维,就是最好的教师。因此,你要想方设法,至少要上他们的一门课,不管他们在教什么。课堂上的专业知识、必读教材的内容,毕业之后,你很快就会忘记。但是与能激发你思维的卓越心灵之间进行的知性交流和思想撞击,却会让你终生铭记。

没有人可以教你写作,在大学里没有,其他地方也不会有。但这不是说，上写作课是浪费时间。

相反，它提供了时间这种资源——这或许是上写作课最重要的功能。它给你时间，让你在打字机上进行你自己的创作实验，最后还给你学分。要没这门课，你只能从别的课程里偷时间来写作了。你选了写作课，就会被要求花一定时间在写作上，这种压力很有用。作业要求严格的课程，会让你有最佳的收获。

大多数写作课程会要求学生提交一篇习作，由老师或是习作作者在班上大声朗读，然后再对习作进行分组评论。我希望这种教法能改进一下。小说是写出来给人看的，而不是用来大声朗读的，读出来的效果，跟印在纸上的效果有天壤之别。不过，即便有这些问题，写作课对你来说还是很有价值。就算你从别人的评论里斩获不多，你还可以借此机会，观察别人习作的缺点。

这一点颇为重要。通过阅读学习写作，最好、最容易的方法就是阅读大量生手的拙劣习作。找这种作品的缺点，要比琢磨那种浑然天成的杰作为何毫无瑕疵更为有用。我曾在一家文学出版机构工作，每天被迫去看堆积如山的稿件，晚上回家写作，就知道该避开哪些类似错误。

阅读同学的习作时，要注意他们在习作中做的努力。要去研读他们每页的情节铺陈、角色对话，这是你最好的教材。接受别人就你的习作提出的批评，不管它是来自老师还是同学。听得不顺耳的话，一笑了之，这门修养功夫练好了，将来你还得靠它应付编辑与出版商的吹毛求疵呢。

不管你是否选修了大量写作课，我希望你在大学阶段尽可能抽空写作。至于你写什么，则取决于你自己。

不管是在校内还是在校外，每个想当作家的人，出身环境不同,追求的目标也不同。有些人是想以小说的方式展现自己独特的观点。还有些人把成为知名作家当作首要目标,而最终要写些什么,反而不那么重要了。

倘若你是第一种人,那么我能给你最好的建议是:不要听别人的建议,包括我的在内。你凭直觉已经知道,你想要做什么。那就勇往直前,去做吧,踏着自己的节拍,走自己的路,全身心地写,寻找最适合你的题材与表现形式。

至于商业上的考虑,就别去管了。大学阶段的作品,不管是在商业上还是艺术上,都不太可能有什么价值。也许你是一个幸运的意外,但你在未来四年想靠写作名利双收的机会,真的非常渺茫。这其实是件好事,因为它意味着,至少暂时你不用考虑市场的要求。

然而,也许你主要的兴趣就是想满足市场的需求。也许你只想成为一名畅销书作家,一名职业写手。这不是说你的作品会少一点艺术价值,只是出发点不同而已。

我像你这么大时——你无法想象我对这种话有多讨厌——满脑子所想的,就是作品能够出版,在支票上看到我的名字。我认定了写作是我唯一值得做的事,我急不可耐地往前冲,要当一个正儿八经的作家。

如果你觉得自己跟我当年一样狂热,那么下面的一些建议也许就不那么荒唐了。首先,尽量多写作。写得越勤,你就会越快养成将创意转化为作品的习惯。

研究市场。我认为,以市场为导向,不见得会让你的作家身份掉价。你不要因为市场流行忏悔故事、青春小说,你就去写这样的类型。反之,你要广泛阅读各种小说杂志,直到你发现某种类型你写起来很享受,也许还很自豪。倘若某种类型的作品,你不喜欢读,写起来也没有身为作家的自豪感,那就不可能写得好。

做事要专业。写作时,学会并使用正确的行文格式。要坚持投稿。一写完,就投出去,反复投。在我上大学的头两年,我收到的退稿信真的能贴满一面墙。就算百无一用,至少这表明我算个作家,虽然不是个成功的作家。这也让我习惯了被人拒绝。然后呢,就有那么奇妙的一天,一个编辑要我对一个故事进行修改,随后买了下来,所有的辛苦似乎有了回报。突然间我就成了职业作家。

很多大学都会有各种有关文学或新闻的活动——大学校报啊、文学杂志啊等等,对写作有兴趣的学生,通常会参加这种社团组织活动。这些活动非常有益,但前提是你真感兴趣。我认为,你选择参加的课外活动,跟选课一样,要能满足你真正的兴趣。

我上大学时当校报编辑的经历,在好几方面都让我获益匪浅。这段经历,让我懂得如何在有限的篇幅里进行写作;如何在截稿压力下,交出作品;还使我确信,毕业后绝不干报纸这个行当。但是,对我来说,最重要的业余收获,其实是如何与人打交道。我上的大学跟你选的学校一样,都是强调创新的文科院校,学生个个标新立异,老师都是可爱的怪人。跟这些怪人打交道,大大促进了我的个人成长,拓宽了社会视野,远比课堂上学来的任何知识都要有用。我认识的作家,都有这样类似的经验,即便是那些不写作的人,多半也如此。

你可能想过,写作虽是你的既定目标,但毕业后最好能养活自己。你可能会觉得,也可能有人这样建议:应该先培养某种职业专长,养活自己,才能支持自己朝作家这个目标迈进。

别浪费时间。大学毕业后,你确实干任何工作都有可能,但将来的事将来再说。你一面想成为职业作家,一面却在盘算干别的职业,这等于在准备失败。现在的时间你要用来成长、学习、写作、享受生活。明天的事,明天再说。

玩得开心些,乔。我的话没指望你会相信,但将来终有一天,你会怀念大学四年这段美好时光。尽情享受吧——同时感谢你给我提供了本月专栏的主题。

爱你的拉里①

8. 作家的阅读方法

我回安提奥克学院主持一个写作研讨会时,有机会与老友诺兰·米勒(Nolan Miller)重叙友谊。当年就是在他的写作工作室,我开始初步尝试小说创作,当然那是很久以前的往事了。

我们谈起学生,从过去谈到现在。"他们个个都想得知,自身是否有写作天赋。"诺兰说,"天赋当然不等于成功。倘若他缺乏开发自身天赋的自觉,再有天赋也没用。可他们总是想知道自己有无天赋。我从来不会对学生说,他们缺少天赋。"

"为什么呢?"我问。

"因为我根本看不出来。我偶尔瞧得出谁下笔有点天赋,但我瞧不出谁缺乏天赋。我无法知道谁会缺乏成长、发展和提高的能力。况且,"他接着说,"我觉得,让他们练练手,写点东西,也不是坏事。就算别无他用,至少让他们学会如何读书。"

---

① 拉里(Larry)是英文名"劳伦斯"的昵称。

多年前，我听过一个小提琴家的故事，可能并非真事。我在第12节《不只是天赋》，再详说这个故事。诺兰的说法更为温和优雅，因此我很是偏爱。

只是，我们真的会因为在写作上的努力，而变得更会阅读吗？这个假设看上去当然合理。倘若你通过亲身实践，获得做某桩事的诀窍后，再看到同行的作品，自然更懂得如何欣赏。我非常明白，我那些搞音乐的朋友，听音乐的感觉肯定与我不一样。而我母亲，因为有多年作画的经验，去画廊看画作肯定比我的感悟要全面。

该原则不仅仅在艺术上适用。体育比赛直播时，经常找些老运动员来讲评，理由可不只是他们名气大，而是因为他们亲身经历过，比你我懂行。

谈起阅读，首先我得说，我们大多数人都喜欢阅读。我的作家朋友，普遍对印刷文字有经久不衰的嗜好，我们很多人一辈子都痴迷读书，可谓有读书强迫症。唐·韦斯特莱克有次承认说：倘若家里没有任何可读的东西了，他会去读伍斯特酱汁（Worcestershire sauce）瓶子上的成分表。这些年我也碰过一两个作家不是这样的，但数量极少，几乎可以纳入濒危物种的名单。

这些年，我在如饥似渴地读书的同时，读书的内涵也发生了显著的变化。在大学时代，我读起书来，犹如海洋里的大青鱼撞上了一群鲱鱼，狼吞虎咽，饥不择食，碰到什么就吃什么。我大量阅读，就像吸烟者为适应新烟斗而拼命抽烟一样，觉得所读的每一本书都会让自己成长，提高自己的写作技能。即便碰到不喜欢的书，我也硬着头皮把它读完，觉得没读完就扔到一边，似乎不道德。

唉，那样的时光一去不复返了。如今我能读完的书还不到一半,很多书我只看了开头两章,就恨不得扔到房间另一头去。我想,部分原因是出于中年的自信吧。在托比·史坦(Toby Stein)的小说《所有的时间》(*All the Time There Is*)中,主人公在过三十五岁生日时立誓,她从此绝不会因为看了一本书的开头,就强迫自己把它读完。我觉得这誓言很好,人生有限,必须合理利用时间。

我想,我阅读习惯的改变,至少与我越来越会辨别写作的优劣有很大关联。我每日写作,日积月累(不管这意味着什么),让我对其他作家的写作技巧特别清楚。如果作家功力不足,我一读他的书就看得出来。这份认知,这份清醒的觉察,让我无法放下对这个故事的质疑,而虚构小说能读下去,正来自于读者自愿暂时放弃对真实性的怀疑,这样一来,阅读自然没乐趣了。

倘若我的作家之耳告诉我,书里的这段对话很不自然、非常笨拙,要我怎么相信说这种话的人物栩栩如生?倘若我的作家认知迫使我注意,我读的这段情节描写沉闷单调,这故事又怎么能让我入迷呢?

因此,那些媚俗的畅销书,尽管编辑笑得开心,我却感到食不知味。小说的故事或许不错,但只要我还惦记着它写法上的缺点,就没法享受阅读的乐趣。

我并不是说,喜欢阅读这种类型作品的人就该受到谴责。相反,我经常妒羡他们。他们可以有快乐的阅读时光,而我呢,号称为终生读者,想找到一本可读的书却越来越难。

不过,我也有补偿。

因为,我一旦找到好作品,就可以同时享受不同层面的阅读乐趣。在最基本的层面上,我可以像个肥皂剧的影迷那样,无可救药地被故事情节吸引。读到有趣的地方,我会大笑;读到哀伤的地方,我会哭泣。毕竟,那正是小说的功能所在。我的职业感受,此时会强化我对故事的反应能力——前提是作品写得很好的时候。

此外,读到写得好的地方,我总会睁开我的作家之眼。就算我对故事中的人物命运再入迷,我也会关注作者运用了哪些写作技巧;对于作品的成功之处,我想搞清其成功的因素。倘若在一本通篇流畅的小说中,出现了文笔粗糙的段落,我也会花时间想搞清楚,是哪里走了调,让美妙的和弦出现了不和谐的音符。

在阅读中,我有时会发现自己脑子里在重写情节。这段对话是否写得过于冗长?删掉某些回应,情节是否会加速,不那么拖沓?这个转折是否太突兀?如果在这里果断停笔,故事是否显得更有力度?

你也许觉得,这样读书等于是睁开一只眼睛睡觉,作家的意识妨碍了读书的投入。奇怪的是,事实好像并非如此。我见过音乐家坐在观众席上,在聆听中不错过每一个音符,我发现这样做会让他们更能享受音乐的乐趣。同样的道理,我对作家写作技巧的清楚认识,也会加深我对所读作品的感悟。

这个阅读过程还有另外一面,不能说不重要。一个人不会中断对自身职业所需技能的学习,而我呢,从未中断对写作技能的学习,我找到了两个可以让我终身学习的"教室"——我的办公室与图书室。我在写作中学习,也在阅读中学习。我这些年的写作训练增强了我的读者意识,同样,我阅读的著作与故事,也磨炼了自己的写作技能。

重读多年前读过的书,最能发现我阅读习惯的改变幅度之大。有时这种重读体验令人非常失望。少年时视若珍宝的书,如今根本读不下去。这不是因为小说质量变差了,而是如今的我,衡量书籍的目光与过去大不相同。少年时评判能力弱,不能以作家的目光来阅读。现在重新打开以前读过的作品,我只想为自己逝去的纯真岁月哭泣。

好在重读旧书不全是失望,有时会是巨大的喜悦。比如,重读一本昔日喜爱的书,我会发现自己更加喜爱它——这是因为现在的我更能用作家的目光,来欣赏作者的卓越之处。每次重读约翰·奥哈拉(John O'hara)①与威廉·萨默塞特·毛姆(William Somerset Maugham)②,我都能发现他们高超的写作技艺。多年前我读他们的小说与故事,有以下几点理由:首先,故事本身值得阅读;其次也为了熟悉故事中的人物形象,再次,我想知道他们能将怎样的作家智慧之光照耀到诸如生命、真理和美这类主题之上。

如今,我还是因为同样的理由重温他们的作品,每多读一遍,就能看到更多东西。而且,我也更加注意到他们为了达到某种效果而采取的相应写作手法。我被《月亮与六便士》的故事吸引,但同时也观察到毛姆如何像指挥家挥舞指挥棒一样掌握叙述者的视角。《弗雷德里克北区10号》(Ten North Frederick)我读过五六遍,我依然替乔·查宾(Joe Chapin)的殒落感到难过,但同时也开始关注,奥哈拉如何在故事中通过各种人物的视角,来揭示主角性格的多个侧面。

我现在已放慢了阅读的速度。过去我读书,就像在自学快速阅读似的,总是一扫而过。现在,我会花时间细细品味,反复咀嚼,

---

① 约翰·奥哈拉(1905—1970),美国著名作家,著有《相约萨马拉》(Appointment in Samarra)等14部长篇小说,并创作了大量短篇小说。
② 毛姆(1874—1965),英国著名小说家、戏剧家,代表作有长篇小说《月亮和六便士》(The Moon and Sixpence)、《刀锋》(The Razor's Edge)等。

这才咽下去。写作让我变成一个更好的读者,正如阅读让我成为一个更够格的作家。

要怎样才能像作家那样阅读?恐怕我也想不出很多诀窍。不过,我观察到一个事实,那就是,读原稿时,会比读校样时挑剔和超脱;读校样时,又比我读成书时谨慎。我越接近作家的打字机,心里就越清楚:我在看某个人的作品,而不是什么山顶的石碑文字。同样的道理,成书与手稿相比,更容易吸引我。

顺便提一下,我不知道你如何才能学到用作家的眼光去阅读作品。但只要你持续写作,持续阅读——自然水到渠成。

享受阅读的乐趣吧。

9. 百折不挠

两个月前,我写作课上的一个学生,跟我说起他一两年前写的一个故事。这个作品差点儿就被一家颇有声望的文学季刊接受。于是他把该作品寄给《哈珀斯》(Harper's)杂志,结果,他收到该杂志著名编辑刘易斯·拉帕姆(Lewis Lapham)的一封亲笔信。

"接下来呢?"我说,"你把它寄到哪里去了?"

"哪里也没寄。"

"什么?"

"我把它塞进了抽屉里。"他耸耸肩,说,"我想,这篇东西接连两次被拒绝,肯定有问题,我干吗还要浪费时间再寄呢?"

你不觉得这很奇怪吗?如果一篇作品差点儿就被这样两家颇有声望的杂志所接受,那么改投其他地方,几乎肯定有刊登的机会。可这篇作品现在看来刊登的机会几近于无——因为作者决心不够,没给它努力争取任何出版的机会。

每当新手作家就发表或出版问题来寻求我的建议时,我总是反复向他们强调,坚持不懈地投稿,百折不挠。只要你把一个故事写到你自认为可以投稿的程度,就一直投下去,反复地投,直到某个地方某位编辑突然脑洞一开,同意购买为止。在此之前,你收到的退稿信,可能会塞满阁楼。退稿信里,可能没有那种因为差一点点就接受而替你惋惜的回信,可能没有享誉业界的编辑的亲笔回信,甚至在千篇一律的印刷退稿信的尾端,连一个手写的"抱歉"都很难看到。

很艰难。倘若你真想进入这个行业,就不要受这种事情的困扰。你把退稿信贴在墙上,或者索性扔进垃圾桶。你把稿件从旧信封里拿出,再放进一个新信封。你去查查记录,看自己曾把它投到哪里;然后再去翻阅《作家市场》(*Writer's Market*)杂志,找个没投过的地方。然后,你就贴上邮票,继续投下去,反复投稿,直到稿子终于卖出的那一天。

反复投,投下去,坚持不懈。

倘若你的稿件如回形镖那样,投出后兜一圈又回到你的手上,你觉得这说明什么呢?这不说明你就是"脑残"的乡下粗汉,连拿根棍子在泥地上写自己名字都不行,也不说明你的故事很烂,更不是要你从此忘掉写作,转而关注那些小广告,琢磨如何在自家浴缸里靠饲养毛丝鼠赚大钱。

退稿只是说明,某个编辑,在某个特定的日子,没买下你的某个故事而已。

也许他根本就没看。编辑的工作常常劳累过度,有时会感到陷在泥沼里,没有走出的希望;碰到心情糟糕的日子,不想看任何来稿,全部退回了事,这也是有可能的。这种事也许不是经常发生,但即便是最敬业的编辑也可能因为头痛啊,或者宿醉未醒啊这类事,状态不佳,看任何稿子都不顺眼。

假设这个编辑在某个心情好的日子看到了你的作品,他还是有可能小瞧你的作品——但这不是说你的作品很烂。归根结底,编辑对任何事情的反应,特别是对小说,终究是很主观的。一个人不喜欢某东西,并不说明这东西很烂。

况且,退稿并不一定代表编辑不喜欢这篇故事,也许他只是还没喜欢到要买下来的程度。也许他当时手上的存稿过多,对你的故事又不是特别喜欢,你得把他从椅子上抓起来,痛扁一顿,他才愿意买。也许他刚买了一篇跟你类似的故事。也许你写的故事是关于鸡蛋的,而他早上吃了个臭鸡蛋。也许……

好了,你明白了。坏故事会被退稿,但很多好故事也经常遭遇退稿。

有件事很重要,你得先搞清楚,再把它忘掉:我们所有人在投稿后,都会面临极大的退稿几率。我最近跟一家小型文学杂志社的编辑讨论过这话题。他每期只发表三四篇小说,一年只出四期,因此他一年只买十二到十五篇小说。你猜,他一年会收到多少投稿?

四千篇。

退稿的可能性当然极大。仔细思考,大概只能得出这样的结论:要想减少退稿几率,得想破脑子才行。不过,换个角度来说,这十二到十五篇被选中的作品,都有一个共同点。

它们都是从那四千篇投稿中挑出来的。

因此,你投得越多,刊登出来的机会就越大。但是,还没见到哪篇放在抽屉的小说能卖掉的。

哦，你有问题吗？

我同意你的说法，可看到自己的作品被反复退稿，我没勇气再试了。我觉得他们是对的，而我错了。有这种想法不是很自然吗？

当然。就算是经验丰富的作家，见了退稿也会沮丧，对新手来说，更是致命打击。我觉得，你该做的是端正态度，不要因为退稿而垂头丧气。

就我所知，处理退稿的最好办法，就是采取"自动化再投稿"策略。建立一套严格、快速的规则，收到退稿的二十四小时之内，就把稿件再次投出。最好就是立即寄出——你的首要任务就是让稿件从桌上消失，重新出发。

不把稿件留在手里的原因之一，就是你可能会重读一遍。这是个糟糕的主意。你已经读得够多了。多一张退稿通知，并不会激起你更高的热情，所以不要读。不要放在手边太久，免得你忍不住想重读。

难道这该死的东西要永远投下去吗？

好吧，永远太久了些。你可以制定出一套你自己的系统，但我建议你至少持续投一年。然后，如果你想的话，就重读一遍。也许你会想做些改动，也许你会觉得这稿子简直面目可憎。一年之后，你可以选择让这篇作品退出市场，也可以坚信自己的原有判断——那就再给一年的投稿时间。

把新故事寄给已经退过我稿件的编辑，会不会是个错误？

不会,怎么会是错误呢?记住,你没有被拒。是你的稿子被拒了。这不是一回事。

老是投稿,要花很多邮票钱。这不是经济损失吗?

必须承认,倘若挂号信每盎司(大约28.3克)只收4美分,投稿过程会让人少一点儿痛苦。但是,即便邮资不菲,花费也高不到哪里去。倘若你最终把故事卖掉了,你可就出头了。倘若故事最终没人买,也只是花个几块美金证明它卖不掉而已。根据你的现状,你可以将邮资和信封钱看成你的业务成本,看成学徒费的一部分;或者,看成你花钱不多的嗜好。

我不相信有人会因为邮资而放弃投稿。我认为这只是不想面对退稿挫折而编出的理由。

你刚才提到我们投稿命中率很低,这是否与很多"菜鸟"级作品占据了编辑们的时间有关?似乎那些低劣之作,增加了我们的投稿难度。你为何不出言打击他们一下,要他们别浪费编辑的时间?

我收到一封从佛罗里达寄来的信,信里大致提出了这样的意见。她没有意识到,对于作品能否卖掉,作家的主观感觉说明不了任何问题。

的确有些自诩为作家的人投出一堆低劣之作。但是,我不认为他们知道投出的稿件不怎么样。

况且,劣作充斥市场这个问题,对我们来说也不是问题。如果我的故事卖不掉,也不是这些劣作所致。恰恰相反,是因为别人的作品比我的要好,而挡了我的道儿。

因此,假如我只顾自己,我似乎会去劝说那些写作高手别投稿。当然喽,无论我说什么,也不见得会影响他人的行为。不管是那些写作高手,还是那些菜鸟,都会继续投稿。

回到前面的话题。我觉得你几分钟前,对退稿带来的巨大痛苦闪烁其词。相信我,那真的很令人心痛!

别开玩笑了,你难道以为我喜欢收到退稿信?

不过,为尽量减轻你的痛苦,有些事你不妨试试。首先,你要不断创作新作品。你只有专注于创作,让投稿过程尽量机械化,才会比较容易摆脱退稿带来的痛苦。

由此就有了让你减轻痛苦的第二个方法,尽量多寄稿件出去。就算退回一篇,也不代表你所有的努力都化为乌有,只是某一篇不行而已;这就好比你放飞了好多燕子,每天总会有一只飞回卡皮斯特拉诺(Capistrano)①。说来奇怪,这会让你感到轻松。当退稿变成像吃饭睡觉那样的每天例行事务,你也就习惯了。

也许你终究会想明白:退稿不是否定你身为作家的价值,也不是说你某篇故事写得不好,它只是让稿件最终刊出的一个不可逃避的过程而已。不必为此烦恼,你可能需要一点时间才能看透这点,超然处之。在你修炼到这般境界之前,你就用某些简单的字眼问候一下编辑的祖宗跟他的怪癖——再把自己的退稿塞进信封,重新投出。

---

① 卡皮斯特拉诺是美国加州的一个小镇,每年入春时,都有成千上万的崖燕(cliff swallows)从阿根廷飞到此处。当地每年还会举行仪式庆祝燕子回归。——编者注

10. 比克、斯奎托普、派克、高仕①

"哦,你是个作家,"他们老是这样说,"你的生活一定很有意思。"

一定很有意思?我的工作就是一个人坐在打字机前,时不时地敲敲键盘。我想,我跟速记员的唯一差别就是,我该打什么得靠自己去想。

要是我这么说,提问者一定以为这是我的戏谑之言,因而一笑了之。然后他可能接着问:我的灵感从何而来?我有没有出版过什么书?

或者他会问我顶着什么笔名写稿。

我这辈子顶过很多东西写稿子。顶着低矮的天花板。顶着垂吊的植物。顶着曝光的威胁。顶着被迫写稿的压力。我还曾顶着一大堆笔名发表作品。但近些年来,我只用真名。只是在应酬场合,我若这样说,对方会很尴尬,因为他显然没听过我的名字,认为我是用笔名在发表作品。而我会亲切地说上几个我用过的笔名供他参考,这当然把场面搞得更尴尬了,因为这些名字他同样陌生。

"诺曼·梅勒(Norman Mailer)②。"我会说。或者是"埃丽卡·容(Erica Jong)"③。或者一时兴起,就跟对方说,这两个都是

---

① 这几个名字均为笔类品牌。
② 诺曼·梅勒(1923—2007),美国著名作家,两届普利策文学奖得主。代表作有《裸体与死者》(*The Naked and the Dead*)等。
③ 埃丽卡·容(1942—),美国近年来最负盛名的女性主义诗人、小说家、散文家,著有多本纽约时报畅销作品,最引人注目的是出版于1973年的处女作《怕飞》(*Fear of Flying*)。

我的笔名。你在路上随便问个路人,假如那人说诺曼·梅勒是埃丽卡·容的笔名,可能就是我干的好事。虽然我知道他们那样说也不无道理,你曾见过这两人同时出现吗?

不过,我们还是就此打住,以免这些戏谑之言失控。从我收到的信件来看,该不该用笔名,是很多读者都会关注一下的话题。前几天,我就接到一个女性读者的来信,她想知道发表作品时,怎样才能做到既不让读者和出版社知道自己的真实身份,又不因此让税务部门找麻烦。我想,她这样做肯定有自己的理由。

但是,发表作品却不用自己的真实姓名,究竟有什么理由呢?对大多数人而言,看到自己的名字印在书上,那种自我的满足感,正是驱使自己前进的动力。我们为什么要拒绝这种满足感?难道把自己的作品归功于海伦娜·特洛伊、贾斯汀·塞姆,或其他什么假身份反而会快乐吗?

就目前而言,我强烈支持用真名真姓发表小说。这是我花了二十多年时间,用过很多笔名之后,才得出的结论。在我说明自己的立场之前,我们不妨先梳理一下采用笔名的几个可能理由。

1. 作者的本名不合适。作者的本名可能因为某些原因变成作者的负担。它可能跟成名作家的姓名过于相似。记者汤姆·沃尔夫(Tom Wolfe)显然不愿别人将他与已过世的著名小说家托马斯·沃尔夫(Thomas Wolfe)弄混淆。文艺界有好几个约翰·嘉德纳斯(John Gardners)与查尔斯·威廉斯(Charles Williams),大家都是吃写作这行饭的,为何要冒不必要的风险呢?

采用笔名,也许是因为真名不好读,或者有点可笑。但是请记住,这种对姓名的荒谬联想多半带有主观色彩。比如,那个流行歌手,将自己平淡无奇的名字,改成英格柏特·汉普汀克(Engelbert

Humperdinck)①,名气马上就来了。

有时候,是真名平淡无奇,迫切要改。马丁·史密斯(Martin Smith)用真名出版了几本神秘小说。书写得很棒,但没人记住作者是谁。(更有甚者,他的朋友都管他叫比尔。)最后,史密斯的经纪人想了个办法,把史密斯母亲的闺名,插在他姓名中间,于是他就成了马丁·克鲁兹·史密斯(Martin Cruz Smith)。他用这个名字出版的第一本书《夜之翼》(*Nightwing*),很快就冲上了畅销书排行榜。这也许只是巧合,但在姓名中间加个字,肯定没坏处。

2. 作者出于某种特殊的理由,不愿公开身份。我至少认识一个这样的作家,他采用笔名,纯粹是不想让他的前妻发现。万一她知道他又出新书了,肯定会要求提高赡养费,而且还很可能会如愿。因此,他用这个笔名,来保住他的创作收入。

当然喽,他还是得缴税,在税单上如实申报,否则会有因为逃税而坐牢的风险。

3. 作者创作不同类型的作品。这是使用笔名最常见的理由。假设你为这家出版商写少年读物,又帮另一家写血腥的犯罪小说,万一被读者获悉,同一个作家,在同一部打字机上,既写血腥暴力,又写可爱的小兔子,读者们会不会觉得沮丧呢?所以,写少年读物时,就用"希拉里·永远活泼"这种名字,写犯罪小说时就改用"史塔德·大头棒",这会不会好些呢?

---

① 英格柏特·汉普汀克(1936—),美国著名流行歌手,原名阿诺德·乔治·多尔西(Arnold George Dorsey),经纪人劝他改名,他就改成了"英格柏特·汉普汀克",这实际上是一位活跃于19世纪末20世纪初的德国作曲家的名字。——编者注

这是否要紧,我不好说。大多数读者很少涉猎他们不喜欢的文学类型,就算他们偶尔发现你脚踩两只船,也不会对你有什么反感。只是这种维持作者特定专业形象的规矩,由来已久而已。

4. 作者太多产了。有作者使用几个笔名,是因为他们一年会出好几本书。他们觉得不管是书店还是读者,见到同一个作家一年竟然能写这么多东西,一定会怀疑书的质量,从而不肯认真对待他的作品。

我不知道这种说法是否有道理。一方面,我曾见过评论家这样抨击:"这是某某作家最新炮制的粗制滥造之作。"另一方面,从长远来看,若你的作品都用真名发表,你的作品会相互加强力道,你的书迷会想读遍你的所有作品,同时他们找起你的书来也会比较容易。艾萨克·阿西莫夫就写过很多书,横跨数种不同类型,全都是真名出版,似乎也没伤害到他的形象。不过,我也见过其他作家因为类似做法而受到评论家的质疑,导致信用受损的。

5. 作者想摆出专家的姿态。多年前,我写过一系列书,包含了许多历史案例,探索了形形色色的匿名心灵。实际上,这些历史案例何止是匿名,它们全是我编造的,通过展示这些角色的性史来教育读者,或是提供某种快感。你别惊讶,写这个系列时,我用的就是笔名,还用了医生的头衔。(这件事的特别之处在于,出版社明知是笔名,却觉得反正名字是假的,那么自称医生也合法。嘿,真够乱的……)

我被告知,只要我不在书里侵犯医生的特权,那么顶着医生的笔名出书一点也不犯法。既然我没有下诊断,也没有开处方,那就似乎没有侵权。作家这个行业几百年都不把写作道德当作一回事,现在拿道德来质疑它,是否有好处,我不好说。

前些日子,我用女性笔名,从女性视角发表了一篇小说。我当时认为这样会让这本书容易为人接受。但现在,我想我不会这样做了。

6. 作者并不为自己的作品感到自豪。这才是作家使用笔名最重要的理由。如果作家明知自己在制造垃圾,那么不让自己的真实姓名曝光,好歹能挽回一点自尊。

你会马上对此提出质疑。既然是垃圾,那又何必出版?为什么不出版自己的得意之作,并且骄傲地署上自己的真名呢?

这个观点很有道理,在逻辑上无可辩驳。可我不知道它是否切合实际。对新手作家来说,想出版作品很难,不论作品是好是坏,只要能出版就是难得的成就。对他而言,肯定先考虑为稿酬而写作。在大多数情况下,等他成为行业佼佼者,就不想再做这种事。有朝一日,他可能会为一流市场,写一流作品,但这可能得花点时间。

在向上奋斗的过程中,他也许会写很多不上档次的作品,并且出版。他也许并没有为这样的作品感到羞耻,从行业角度说,他可能还为之感到骄傲,虽然他仍然觉得自己的作品没有价值。只是,既然他并不以自己的作品为耻,为何不以真名示人呢?

这里有一条分界线。毕竟,每个人都会有心有余而力不足的时候,倘若你务求完美,你可能永远也等不到,只能一辈子都用笔名发表作品。同样,我以前有些作品,写的时候很自鸣得意,可是以现在的眼光来看,则觉得很差劲。当年这些作品是用真名发表的,难道我就该为此懊悔吗?我不懊悔。我总不能懊悔我现在的写作水平比自己二十年前高吧?

正如先前所说,我现在总算确定立场:除非很有必要,否则我不再使用笔名。我现在也搞明白了,使用笔名,是因为我不想对自己的作品承担责任。问题不在于别人,而在于自己怎么看待。

同样的道理,我从暗含在假名中的欺骗元素中获得了很大乐趣。笔名让我逃离自我的牢笼。它始终诱惑着我,让我使用虚假身份。我曾经用笔名游遍全国,一路上行为荒唐。我有外遇时,曾使用两个笔名,出的书分别献给两个异性,互不相干。现在回想起来,那种行为就像是精神分裂。

我不知道我会不会说自己后悔了。笔名对我职业的伤害,我能够想到的有如下两点:首先,它冲淡了我的努力,让我不能快速建立自己的读者群;其次,它给了我更多时间,写一些公认低劣的作品。不过,笔名给我的自由会让我如释重负,也许,一想到用自己的真名发表,我就会非常紧张,根本写不出什么东西。

你该不该用笔名?我不能给你建议。人生境遇各不相同,你也不例外。所以,决定一定要由你自己做。

11."双脑"写作

合作,好像总是个好主意。两个脑子总比一个脑子强,尤其是这两个脑子还属于两个不同的身体。倘若两个脑子一起思考,两双手一起打字,这样写作岂不是更快捷、更顺畅吗?世上没有谁是完美的,倘若跟别的作家合作,集中彼此的智慧,相互取长补短,岂不是很好的组合?如果运气好,两人相互协作、携手共进,写起东西来会达到一加一大于二的效果。没有弗莱彻(John Fletcher),博蒙特(Francis Beaumont)算哪根葱①?同样,吉尔伯特(William S. Gilbert)少不了沙利文②(Arthur Sullivan)、阿伯特(Bud Abbott)少不了科斯特洛(Lou Costello)③、哲基尔(Jekyll)少不了海德(Hyde)④、利奥波德(Nathan Leopold)少不了洛伊博(Richard Loeb)⑤。

哦,我所说的合作,是指两个作家一起工作。这话说起来明白,但实际上摆在我们面前的合作机会经常形形色色,啥样都有,就连无聊的鸡尾酒会上,都会有讨厌的家伙向你兜售。

"你知道,咱俩应该一起合作。"某个家伙在获悉我的职业后,会这么跟我说,"我有些你难以置信的故事。问题是:我有无数个创意,但自己不是作家,没法把它们写在纸上。所以,干脆,我把点子告诉你,你写出来,稿费我们平分,你觉得如何?"

"要不我们换换角色?"我会这么说,尤其是派对快结束时,

---

① 约翰·弗莱彻(1579—1625)与弗朗西斯·博蒙特(1584—1616)是英国历史上极受欢迎的剧作搭档。

② 威廉·S.吉尔伯特(1836—1911)是维多利亚时代幽默剧作家,阿瑟·沙利文(1842—1900)为当时的英国作曲家,两人从1871年到1896年共同创作了14部轻歌剧。他们的合作创造了内容和形式的革新,直接影响了整个20世纪音乐剧的发展。

③ 巴德·阿伯特(1897—1974)与卢·科斯特洛(1906—1959),20世纪50年代红极一时的喜剧组合,当时也有人把他们的角色称为"高脚七"与"矮冬瓜"。

④ 哲基尔和海德出自英国作家罗伯特·路易斯·斯蒂文森(Robert Louis Stevenson,1850—1894)的著名小说《化身博士》(*Dr. Jekyll and Mr. Hyde*),哲基尔博士是体面绅士,喝下药水后就变成"邪恶化身"海德先生。"Jekyll and Hyde"一词后来成为心理学"双重人格"的代称。

⑤ 内森·利奥波德(1904—1971)和理查德·洛伊博(1905—1936)是1924年一起臭名昭著的谋杀和绑架案的被告。这一对才华横溢的富家子弟对"谋杀的艺术"很感兴趣,联手绑架并杀死了一名14岁的男孩。该案件激发了很多虚构作品。

"我把我的点子告诉你,你来写,然后稿费咱俩分,如何?"

不管用谁的点子,我都不会认为这是一种文学上的伙伴关系,倒非常像非虚构作家口中的"影子写手"。有时,它还真是这样。

比如,我就知道这样一个例子。有个出版商认定,自有人死亡开始,这个国家最需要的一本书,就是揭露政治阴谋的小说,且要由专事揭露丑闻的华盛顿专栏作家撰写。不幸的是,这位专栏作家不知是自己没法写呢,还是根本不会写,但他又很想署名,于是就很快找到一位能力很强的小说家,这个小说家负责所有的苦差事,包括编织情节、打造人物,最后敲出几百页平常的文字与对话。专栏作家则除了提供自己的名字以外,也把他知道的政坛秘辛分享给小说家,同时审阅手稿,确认书中涉及华府场景的内容没有明显的错误。

这样一来,这本书当然卖得不错,双方都赚了大钱,皆大欢喜。不过这个过程却不是合作创作,甚至比不上由人捉刀代写的某些电影明星自传——这些传记里明星至少还提供了相关事实和故事。合作创作,应该是两人旗鼓相当,对工作任务共同承担,而上面的例子当然不是。

这样的合作关系,似乎少见于小说、散文类创作,而多见于剧场创作中。我不大确定为何如此,可能是因为在剧场中,就算一个人写了整个剧本,他还是需要集体的协作。在把剧本搬上舞台的过程中,一定要根据相关人员的反馈进行多次修订。制作人和导演会要求改变,演员也会根据自己的表演体验提出台词上的改进。即便是在最后的演出阶段,不管在空荡荡的剧院进行彩排,还是在观众前公演,为使这个剧本走向成功,都要根据实际需要进行改动。

因此,在戏剧方面的成功合作历史悠久。尤其是喜剧,有许多喜剧作家似乎不习惯独自创作。或许乔治·S.考夫曼(George S. Kaufman)①就是个最明显的例子。

我的编剧朋友比尔·霍夫曼(Bill Hoffman)花了三年时间,跟另外一位剧作家合作写剧本,发现合作非常成功。"我们俩总有一个坐在打字机前面,然后一起推敲剧本里的文字,再打出来。这个过程似乎很能激发我们的创造力。我们俩又在一定程度上取长补短,他在构思剧情方面比我强一点,而我更擅长实际的对话处理。到最后写出来的时候,已分不出具体谁付出了什么,整本剧作里两人的努力完全交织在一起。"

我认识两个女性作家,芭芭拉·米勒(Barbara Miller)与瓦莱莉·格雷克(Valerie Greco)也是这样合作写小说的。她俩一人坐在打字机前,一人站在打字机旁,一字一句先讨论一番,达成共识,才敲出来。稀奇的是,我发现用这种方式创作舞台剧或是电视剧,很好理解。我看过两个情景喜剧作家,大口喝着咖啡,你一句我一句地插科打诨,就这么把剧本写完了,我看在眼里,不由觉得电视剧就该这么写才对。只是我想象不出,写一个短篇故事——或者,老天,一整部长篇小说——也能用这种方法。

不过,合伙写作在我们这行当里,也是有的。几年前,唐·韦斯特莱克与布莱恩·加菲尔德(Brian Garfield)决定联手写一本小说《通道!》(Gangway!),一个以老西部为背景(加菲尔德擅长描写背景)的惊悚喜剧(韦斯特莱克的拿手好戏)。

---

① 乔治·S.考夫曼(1889—1961)是美国著名剧作家、戏剧导演和制作人,擅长喜剧和政治讽刺剧。两次世界大战中间他在美国戏剧界达到事业顶峰。他的大量作品都是与别人合作完成的。

韦斯特莱克这样描述他们的创作过程:"首先,我们俩坐下来,详尽地讨论整个故事的来龙去脉。然后我就把我们的讨论结果写成十五页的大纲。我把大纲交给布莱恩,他加入历史背景和所有的历史细节,这时故事大纲已扩展到四十页。他把这份大纲给我,我再删成二十五页。这时候,我俩曾考虑把它写成剧本,但没有获得认可,就决定先写出小说。

"我写了第一份草稿,只写动作与对话——没写人物所在的地点与穿着,只写他们干了什么,说了什么,我总共写了三万字,然后交给布莱恩。他添上了所有的背景及细节,把三万字翻倍成了六万字,再交给我。我修改后再交给他,他重新修改,最后把这堆东西交给编辑。"

"听上去,"我斗胆发问,"你们坐在打字机前写书,花了五倍的精力,却只写了一本。"

"对。"他同意,"而且只得到四分之一的乐趣与一半的稿费。"

我还认识两个作家,经常合作撰写短篇小说,先详尽地讨论情节,然后才由一个人坐下来写。他们俩的住处相隔三千英里,讨论完了,实际的撰写工作最终还得交给其中一人独立完成。在他们联手创作的众多作品中,以马·贝尔(Ma Bell)为主角的小说是最赚钱的。

几年前,我也跟人合写了一些小说,跟唐·韦斯特莱克合写了三本,跟哈尔·德雷斯纳(Hal Dresner)合写了一本,哈尔写完这本之后就跑去写剧本了。那时,我们几个都靠写色情小说过着很奇特的生活。这种小说,对这种作家合作有比较高的宽容度。

这类合伙写作也未必容易。我们不会事前讨论情节,也不会先发展出一个故事大纲,就是让一个人坐在打字机前,写好第一章,然后交给另一个人写第二章,写完之后,再还给我。就这么来来回回,直到十章写完,小说自然结束了。

这种写法很好玩。唐跟我都喜欢把对方逼到悬崖边,随意把对方的主角干掉。哈尔跟我设计了一种"轮舞"(la Ronde)的写作形式,这方式能把色情小说毫不费力地写出来——比如,第一章的主视角人物 A 跟 B 上过床,到了第二章,B 成了主视角人物,到了第三章,跟 B 上过床的男人或女人又成了主角,继续把故事说下去。如此轮转……

这些合作模式实验,没过多久就走向了极端的归谬法(reductio ad absurdum)游戏,也就是"最伟大的情色小说扑克牌游戏"。这次荒唐的聚会,共有我们六个人参加,都是写拙劣情色小说的,都爱好这种通宵扑克大战。游戏前提是我们每人都一个钟头能写一章,游戏规则如下:五人围着楼下的桌子打扑克,剩下一人去楼上写作,一个钟头写上十五到二十页。等到夜晚结束,或者天已大亮,或者不管啥时候——我们每人都写了两章,这本书眼看就要写好了,就算那些牌桌上运气欠佳的人,也以胜利者的姿态,准备把这本书当战利品瓜分。

这精心安排的计划其实很快就出了岔子。前五章写得尚可,但我们有个牌友,显然是脑子出了毛病,连续写了两章后就回家了。不幸的是,他写的那两章完全是胡言乱语,接手的作者也没有吭声,勉强地写下去,企图续出合理的章节。一言以蔽之,这本书没有成功,而我也不记得我在牌桌上的表现如何了。

打从那时起,我只是在逃避工作时,才会采用"合作"的方式,甚至有时只是想想而已,并无付诸实践。倘若我真的想写什么,我迟早会坐下,把它写出来。换个角度说,如果我脑子里有个不错的点子,但又不想跟它纠缠,我就会考虑找人合作,这样就保证我未来不必亲力亲为去写它。

"我们应该就此合作。"会有某个朋友跟我达成共识。然后呢,我们会花个把钟头探讨一番各自的观点,就没了下文。虽然我们只是讲一讲,就转身干别的事情去了,但并不会因此有任何罪恶感。因为这种事儿将来总有处理的机会,比如两人都刚写完一本书,正好有空当啊;比如两人都有合作的心情啊,如此等等。

几年前发生的一件事就是个例子。当时我有一个极好的构思,想写一个发生在二战期间的针对全世界的阴谋故事,只是情节还未完全成形,而且这种故事也不是我擅长的类型。所以,我就告诉了布莱恩,提议合作写这本书,布莱恩愉快地表示同意,我们俩就此探讨了一番,然后就此结束。

当然喽,并非完全就此结束。几年后,这个故事另一些情节元素在我脑中成形,让故事比过去变得更好了,但这种类型毕竟不是我的强项。我先跟布莱恩谈过后,决定独自来写,因为要跟他合作,大约要等到猴年马月。后来我独立写完了这本书,只是这真的不是我擅长的类型,故事写得非常平庸。

这种情况下我再次寻求合作,这次我找的是另一位作家——哈洛德·金(Harold King)。他正擅长写这种类型小说,看了我的草稿,他非常喜欢,而且他自己也有很好的点子,可以加到书中,为书增添光彩。我们经过详尽的讨论后,他开始接手创作。这本书最终应该在今年秋冬季节出现在书店里。

最后一个例子是我最近正在着手的一个合作计划,这次就不是为了逃避工作,而是为了避免逃避。我有一阵子一直想写一本介绍经营素食和生态食物餐厅的旅游指南,但若没有谢丽尔·莫利森(Cheryl Morrison)的合作,我怀疑这想法肯定会无疾而终。这本书的难处在于它有很多零碎的活儿要做,而且需要做好几个月,要到处跑。而我案头总是有无数的当务之急。要不是与谢丽尔合作,这个想法最终肯定会被遗忘掉。对谢丽尔而言也是如此。

事实就是这样,只有我们双方都感受到对彼此的责任,合作才能完成。多半是因为双方都不想失信于对方,才会按分工逐步推进,直至完成。

我还没告诉你应该如何开展合作。其实,总的说来,我可能会建议你不要轻易尝试,除非你真的觉得与别人合作写书更有效率。虽说有成功的合作案例,比如弗恩·迈克尔斯(Fern Michaels)[1]、韦德·米勒[2](Wade Miller)、曼宁·柯尔斯(Manning Coles)[3]、埃勒里·奎因[4]、伯迪克与莱德勒[5],但多数情况下,找人合作,只是出于一个人创作的寂寞。两部打字机四手联弹的协奏曲有其自身的魅力,然而,对绝大多数作家而言,写作可能注定是个孤独的行业。就像死亡一样,这似乎是我们必须自己做的事儿。

---

[1] 弗恩·迈克尔斯(1933—),美国著名的浪漫小说和惊悚小说家。
[2] 韦德·米勒是罗伯特·埃利森·瓦德(Robert Allison Wade,1920—2012)与H. 比尔·米勒(H. Bill Miller,1920—1961)两位作家共用的笔名。两人在上世纪五六十年代发表了多篇黑色小说。
[3] 曼宁·柯尔斯是两位英国作家阿德莱德·曼宁(Adelaide Manning,1891—1959)与西里尔·柯尔斯(Cyril Coles,1899—1965)合作的笔名。他们写了很多惊悚间谍小说。
[4] 埃勒里·奎因是美国推理小说家曼弗雷德·班宁顿·李(Manfred Bennington Lee,1905—1971)和弗雷德里克·丹奈(Frederic Dannay,1905—1982)表兄弟二人使用的笔名。
[5] 指尤金·伯迪克(Eugene Burdick,1918—1965)与威廉·J. 莱德勒(William J. Lederer,1912—2009),两人于1958年合著的《丑陋的美国人》(*The Ugly American*)曾轰动一时,并被改编成电影。

12. 不只是天赋

我一直很惊讶,为什么时至今日,还有那么多人对作家这个职业怀有不熄的幻想。我时常会碰到某些误入歧途的青年,自称想跟我交换职业。我也时常会碰到这样的情况:明明事事不顺心,文思枯竭,退稿信如雪片般飞来,银行存款就快花完,编辑甚至连支票正在邮寄途中的谎话都懒得编,可还有人神志清醒地告诉我,他们有多么妒羡我。

"我真希望像你那样自律。"他们说,而且通常在我脆弱的时刻这样说,"我羡慕你的想象力那么丰富,总能想出一个个好点子。"或者他们羡慕我受过这么好的教育(明明我念的并非名牌学校),或者,他们会说,希望得到我写作的成功秘诀,好像我拥有点石成金的本领,有办法把平平无奇的名词跟动词,锤炼成一篇金光闪闪的小说似的。

从来没有人说:"我真希望拥有你的天赋。"

我觉得这饶有兴味。我不认为其他领域的艺术家会受到同样的对待。我觉得,没人敢抓着毕加索的肩膀对他说,多么羡慕他的自制力,能日复一日地站在画架前。我也不觉得一代歌王恩里科·卡鲁索(Enrico Caruso)①会听到类似的废话。尤其是演员与歌星,他们更惨,以为人们认定表演唯一需要的是天赋,只要他们有天赋,就能站在麦克风前面表演。至于长时间的学习与训练、必

---

① 恩里科·卡鲁索(1873—1921),19世纪末20世纪初享誉世界的意大利男高音歌唱家。

不可少的意志与决心,好像并不重要。

至于写作,天赋却没受到重视。我每次听到那样的话都很反感。"我希望拥有你的自制力",这句话的潜台词就是,任何人只要有我那样的自制力,就能做我做的事。就算是一只黑猩猩,只要它坚持不懈,坐在那里的时间够长,能控制大拇指按键盘,他也能像我一样写出一篇篇小说。出于自尊,我不大喜欢这种论调。

不过,我不得不承认:有些时候,我认为这些人的话有点道理,我有时觉得,对于写作这项工作来说,天赋也许是最不重要的。有的作家明明没有过人的天赋,却照样写出成功的作品;有的人明明有无穷的天赋,却还是一事无成。这样的故事天天都在上演。

而且,我猜想,在每个具有创造性的领域,这样的故事天天也都在上演。有几年,我曾认同一则流行的神话:天赋迟早会爆发出来,只要你在某一领域里具有真正的能力,你就会在该领域取得成功。现在却觉得,相信这个,还不如相信牙仙①的传说。整个美国,有多少歌星、演员、画家、作曲家、雕刻家,对,还有作家,都有足够的天赋,却如托马斯·格雷(Thomas Gray)所言:"世界上多少花吐艳而无人知晓,把芳香白白地散发给荒凉的空气。"②。

倘若天赋不是答案,到底什么是答案?为什么有些人成功,有些人失败呢?难道仅仅是运气的问题吗?

我只能告诉你这些。有好运气肯定不是什么坏事。你的稿件

---

① 牙仙是欧美民间传说中的精灵。孩子们相信,如果把脱落的乳齿藏到枕头底下,牙仙晚上会趁他们睡觉时把牙齿取走,并留下孩子们希望得到的礼物,以实现孩子们的愿望。
② 该句出自英国著名诗人托马斯·格雷(1716—1771)的传世名作《墓园挽歌》(*Elegy Written in a Country Churchyard*),原文为:"Full many a flower is born to blush unseen, And waste its sweetness on the desert air."译文引自卞之琳译本。

是否刊出,有时主要就是靠运气。你把稿件寄到杂志社之后,起决定性作用的,往往是和作品质量毫无瓜葛的因素。编辑看稿件时的心情就是这样的一个影响因素,而且该因素是你无法控制的。杂志社的存稿量也是一个因素,因为竞争一直摆在那里。说这么多,就是要告诉你,如果你想把一篇主动投稿的作品卖给杂志社,你运气得非常好才行。

但长时间看,我认为好运不会一直都在。你投出去的第一个故事,第一个看到的编辑就把它买走了,诚然是好运气。但是,第一次成功出售,并不保证第二次还能顺利卖出。运气总有好有坏,没有谁始终好运。

那么,干我们自由撰稿这行的,需要什么才能成功呢?除了天赋、运气之外,还有什么因素决定你成功与否呢?

在我看来,意志是至关重要的因素。有很多行业,你不知不觉就干下去了,但我不认为写作也这样。时而有人会机缘巧合当上作家,但多半也当不长久。为了要进这个行业,为了要在这个行业里待得久,你得在绝望的边缘保持着充满激情的渴望。

这种渴望的强弱似乎跟天赋没有瓜葛。两年前的夏天,我在安提奥克学院讲授学时一周的研修课程。我的一个学生可谓出类拔萃。她是一个中年妇女,一辈子都在农场里,带孩子、帮丈夫干农活,但我从没遇见过对乡野情境有如此敏锐感受的人。她的行文清澈干净、对话非常精彩,故事和描写都极为光彩照人。我一眼就可以看出来,这位女士是班上最有潜力成为职业作家的学生。

她也有写作素材。她清楚她要写的小说源自她熟知的生活——中西部乡村生活。有些人只知道自己想当作家,却不知道该写些什么,我就是这种人,而这位女士在这方面则毫无问题。

她真正需要的是信心。难道我能向她保证她的写作有广阔的前景吗？难道我能告诉她，她脑子中的故事，只要写出来，就很有希望卖出去吗？因为她说过，如果这些预期不能保证，她就不想浪费时间在写作上。

我花了不少工夫告诉她，她有多么优秀，尽管如此，我还是不知道自己是不是在浪费时间。噢，没错，她有天赋，随便通过什么方式，都能让她挖掘自己的生活体验，并将其转化为具有商业价值的作品。然而，她所问的问题则向我表明，她永远不会达到自己的目标，因为她缺乏那种非达到目标不可的决心。

实际上，在创作成功之前，几乎每个人都得经历一段非常崎岖的道路。如果她还没动笔，就开始担心自己的努力最终会付之东流，又怎么指望她走到那段崎岖的道路时，面对挫折和失望，还能站起来？

或许我甚至不该鼓励她。有这样一个老故事：某个年轻人堵住一个世界闻名的小提琴家，死乞白赖要拉一段给这位大师听。倘若得到大师的肯定，他就准备这辈子献身音乐了。反之，倘若他的天赋不如预期，他也希望提前预知，以免浪费自己的人生。听他演奏完毕，大师摇摇头，说："你缺乏激情。"

几十年后，两个人再次相遇。那个没当成小提琴家的年轻人现在是一个非常成功的商人。回忆起往事，他颇为感慨。"你改变了我的整个人生，"他解释说，"你当年的评价让我痛苦失望，但我强迫自己接受，放弃了音乐。因此，我没有变成末流的音乐家，而在商场找到不错的人生。可是你告诉我，当年你怎么一眼就瞧出我缺乏激情呢？"

"噢，我当年没怎么听你演奏。"年老的大师说，"不管谁给我演奏,我都这么说,说他们缺乏激情。"

"太过分了!"那商人叫道,"你怎么能干这种事?你改变了我的整个人生啊。我本可以成为下一个弗利茨·克莱斯勒(Fritz Kreisler)①,下一个雅沙·海菲兹(Jascha Heifetz)②!"

老人再次摇头。"你不懂,"他说,"倘若当年你有激情,你就不会在乎我的评论。"

也许我的学生有这种激情。课程结束后,我没跟她联络过,我不确定她后来是否继续写作,是否成功。但是,我若获悉她已经放弃这条路,也不会惊讶。不是每个人都在乎写小说和出书这种事儿。

我们若想品尝成功的滋味,个人意愿至关重要。几年前,我的一个女性朋友决定尝试写作。她把她写的情色小说拿给我看了几章,我当即被她的才华吸引住了。她在文体风格上很有天赋,不管什么小说类型,她都能轻易把握其总体风格。只是她太过轻视这种天赋,认为自己只是在简单地模仿而已。却不知,初习写作,大多是从模仿开始才能掌握文体风格。

她后来放弃了情色小说的写作,因为这个类型让她感觉不自在。她又花了点时间,读了几本哥特风格的小说。随后,她很快就写了两本,并且卖掉了。接下来,她又写了一百页左右的神秘小说,但没有成功。于是她就此封笔,再也不写作了。

她有天赋,还成功过,显然足以当一个自由撰稿人。她也有动力,能自律,让自己写出两本书,还能出版。但是,她最终还是觉得

---

① 弗利茨·克莱斯勒(1875—1962),著名的美籍奥地利小提琴家。
② 雅沙·海菲兹(1901—1987),20世纪杰出的美籍立陶宛小提琴家。

当作家意义不大。她尝试写作,多半因为她跟许多作家很熟;她离开,是因为她觉得这个行业不值得她投入。

我觉得这位朋友与那些"一本书作家"类似。一般认为,在这些作家的心中只有一本书,写完之后,便无话可说了。我倒觉得这样说可能更为准确:这种人有很强烈的欲望,想写出某本书,但是,对于成为一名作家却没有什么兴趣。书写完了,他们的欲望也就满足了。

很有道理啊。有些人攀登完一座山,跑完一次马拉松,就放手不干了。有些人给自己定位为登山家、马拉松选手,只要一息尚存,他们就会一直攀登下去,一直跑下去。

有些人则会一直写下去。

我一直觉得,认定自己会当作家,与简单的写作意愿不是一回事。我认为这是决定一个人最终能否当上职业作家的关键。以我为例,十一年级那年,我决定(或是认可,可能"认可"的色彩比"决定"更强烈些)自己将来要当作家。一个老师的随口评价,把这个想法无意中植入我的大脑,就如野草一样生长起来。我不知道怎么做才能当上作家,也不知道到底该写些什么,但不知怎么,我知道那就是我将要从事的行业。

我很清楚,这种自我界定对我职业的发展帮助很大。我把我最初的作品寄到杂志社去,结果不受欢迎,被退回来,但我从容应对,继续改进。终于熬到了这么一天,有个编辑建议我重新改写,直到他买下了这篇故事。

这当然不是退稿与失望的终点。有时,它似乎更像是个开始,终点遥不可及。但无论如何,我从未动摇过当作家的想法。我被这个想法绑在可恶的桌子面前,也不知过了多少个春秋。长期以来,因为它,我从未想过从事作家以外的任何职业。

这种认定自己要当作家的想法,可能在任何年纪都会冒出来。想想八九年前,我有个朋友,一觉醒来,突然要当作家。他当时在一家科学杂志社当编辑,薪水很少,事业上也没什么成就,后来他跟我们几个写小说谋生的人成为朋友。某个周末,他突然认识到两件事:其一,他想过我们这种生活;其二,这种生活他能过上。

星期一早上,他打电话到单位请了病假,然后拿一份稿纸卷进打字机。等他妻子下班回家时,他的小说已经写了八到十页。星期二,他还是装病,继续写稿。星期三,继续如此。

星期四一大早,他早早起床,精神焕发,痛痛快快地吃好早餐,然后去上班了。两个小时后,我的电话响了。"我刚刚辞职了。"他说,"这本书进展很顺利,我要继续写下去。"

我不记得自己说了什么。或许是"很好啊,可是你今后靠什么谋生"之类的话吧。

"没问题,"他说,"我现在是个作家了。"

我对他的话很怀疑。但即便如此,我当时还是觉得他冒的风险是可控的。毕竟,他妻子还在上班,俩人也没孩子,日常开销较低,况且他原本薪水就没多少。于是我狠狠心,鼓励他几句,要他把这蠢事坚持下去,然后耸耸肩,心想随他去吧,就继续手上的工作,没管这事了。

几周之后,他交给我大概两百五十页初稿。我会不会好心帮这个忙呢?呃哼,我拿着稿子回家,坐下来开始读。

一行行,一页页,我从没见过写得这么糟的东西。这样说有几层意思:这篇东西绝对没人肯出版,这不是最麻烦的;最麻烦的是这篇小说没法重写,没人读得下去。也因此,天啊,这篇小说毫无希望,任何正常人看完初稿之后,都不会鼓励这个作者继续写下去,当然,写点细目清单还是没问题的。

我目瞪口呆。我的朋友辞职,就是为了制造这堆东西?嗯,他最好赶紧再找一份工作,假如真有人蠢得要去雇用他的话。

我没胆子跟他说这些。我决定把责任,连同初稿,转给我的经纪人。他的看法与我一样,于是我们只能设法商量如何告知作者。想了半天,我们决定先拖着,缓缓再说。结果我那朋友告诉我,他第二本小说都已经写一半了。

第二本改进了不少。尽管还是没有一点让你称道之处,但至少让你能分辨出这东西是用英文写成的。写完后,他又给了我,我又推给我的经纪人。接着他又继续奋斗他的第三本小说去了。

第二本书没卖掉,但第三本、第四本、第五本都卖掉了。这几本小说也谈不上特别成功。它们都是以精装本出版的悬疑小说,只是得到了一些肯定的评价,销量平平,始终没有推出平装本。①其中一部曾得到一个奖项提名,但未能获奖。

故事若就此打住,也算不上多悲惨,只是它还有后续。我那位朋友又写了几部悬疑小说,却没有卖掉。当时市场萧条,而悬疑小说却突然像是传染病一样,需求大增。我的朋友接连写了三四本而无人问津。

他那时又恢复单身,处于破产状态。他晚上在酒吧打工,白天写作。不久后,他放弃了没人想要的悬疑小说,开始做初步研究,准备利用自身的兴趣和精通的专业领域,写一部规模宏大的冒险

---

① 在欧美,一本小说常常先发行精装本,印量一般不大。如果销量好,则会在一段时间后推出平装本,以针对更大众的市场。——编者注

小说。他花了很多时间调研，花了更多的时间架构情节，然后他继续奋斗，花了更为长久的时间写作以及修改。然后这本书出版了，平装版卖了六位数，电影版权也卖了六位数，还曾短期登上一两个畅销书排行榜。这本书帮他赚了多少钱？五十万美金？我不知道，这也不重要，因为本章说的不是怎么赚钱，而是如何写作，写作需要怎样的心态才能取得成功。

乍看之下，这个故事的道理似乎很明显。我的朋友有追求成功的意志，就算别人不看好，就算被退稿，仍然有勇往直前的决心。他认定自己是个作家，从不动摇。而且，他一心一意盯着目标，这让他能够抓住机会。才写了几天东西，就辞去固定的工作，这并非明智之举，我肯定不会建议任何人这么做，但对他来说，这也许是至关重要的一步。假如他真利用周末或晚上的业余时间来创作，得花一年左右的时间才能写完第一本卖不掉的书稿。你觉得他还会那么快地再次投入写作中，继续写他第二本、第三本小说？

卖掉几本书后，他发现自己不能靠写作谋生，但他宁可去找一份勉强糊口的工作，也不愿回到最初的行业中去。这工作是兼职，要求不高，让他有时间写作。他再次冒险，而不是去过一份安稳的生活。

值得注意的是，他冒的险还算在合理的范围之内。假如他是在走钢索，也还是有安全网。假如他一开头就失败了，最坏的结果不过是再去找份工作而已。假如他那本大部头冒险小说写砸了，他在酒吧接着干活就是了，或是找个能长远一点的工作。还没听说哪个人，因为想当作家而饿死的。

说到饿死，让我想起做自由撰稿人的另一个重要态度。那就是，假如你想把日子过得舒服一点，你一定要把经济上的不安全感降到最低。倘若缺少定期寄来的支票你就会情绪不稳定,那么你最好还是从事一份稳定的职业。

在这方面我很幸运。我开始写作时还很年轻,生活极其简单。我当职业作家之前的最后一份全职工作,是在一家文学经纪公司上班,每周底薪是税前六十美元。这点钱如今看起来很少,当时也是如此。

由于我生活水平低,写稿赚来的那点钱也能帮上大忙。假如我下班回家后能写出三千字的通俗小说,以一字一美分来计算,就是我半个星期的薪水了。就算我马上辞职,我的小说也用不着冲到畅销书排行榜的榜首,才能抵得上原有的收入。没过多久,我找到一份稳定的工作:每月帮某家平装书出版社写一本小说。出版社一本给我六百美元,是我先前薪水的一倍还多。

所有这些对我早年生活很有帮助。待我年纪渐长,有了妻子儿女,生活水平随之提高,年轻时锻炼出来的性格,让我在遭遇经济压力的时候不会惊慌失措。这不是说我安贫乐道,也不是说,我碰上那种付钱拖拉的出版社时不会恼火,更不是说,虽然经济压力似乎与写作生涯如影随形,而我没有因此而感到不便。有时,成堆的账单与催款信会让人瘫软。但大多数时候,我都可以超脱这种生活上的匮乏,继续写作。

在我认识的人中,不少人能成功地进行自由撰稿,却算不上自由撰稿作家。我认识不少知名作家,他们只是缺乏当全职自由撰稿人的勇气。他们都保持一份每周四十小时的固定工作,虽然常常声称憎恨这份工作,但若没有由此带来的固定收入,他们会不舒服。其中有几个人,若放弃那份固定工作肯定能赚得更多,他们也知道这一点,可还是觉得,若当个全职的自由撰稿人,反而会因为焦虑而不堪重负,不能有效工作,写作也会变得索然无味。

而我则觉得,写作比其他任何工作都要安稳得多。我那些朋友尽管有工作,但难免有被解雇的可能。但谁能解雇我?即便是拥有终身教职的教授,也可能会碰上学校倒闭的情况,万一真如此,他该去哪里呢?而我,作为自由撰稿人,能给各种出版社写作,能适应图书市场的各种变化,不用担心任何强制退休的条款,或者别的令人厌恶的东西。

当然,我指望不上退休金,我得自己交医疗保险,也享受不了各种福利、病假或带薪假期。我也不能在早上去单位露个面,啥也不干,白拿薪水。如果我不写东西,就赚不了任何钱。我基本上能接受这些,但不是每个人都能接受。

在作家的秉性之中,还有一点至关重要,只是它似乎太显而易见,反倒让我差点忽略。说起来非常简单,就是你得喜欢这个工作。

我不是说,对于坐在打字机前写作,你非得感到愉快才行。大多数作家或多或少都恨写作这个过程,谁都会时不时地骂上两句。(有趣的是,只有作家有这种怪癖。我认识的画家,大多数都享受绘画的过程。我认识的音乐家,几乎人人都热爱演奏,甚至在一天工作结束后,还想继续演奏。可作家却常常讨厌写作这个过程。)

作家必须享受创作时那种彻头彻尾的孤独感,或者至少要能忍耐。说到底,写作还是独自一个人坐在书桌前,往往瞪着一面空白的墙壁,强迫自己把思想转化为文字,再把文字打印到纸张上。

我认识一个人,他几年前干过一阵子自由撰稿人。他先是在家里写作,后来则租了个旅馆房间,以便有间办公室可去,这让他的工作时间多少变得井然有序,但他还是没法忍耐创作时的孤独。

他退了旅馆房间，转而在办公楼里租了个位置，把自己安置在可以感受别人繁忙工作的地方。他喜欢这种热闹的氛围，但他的创作因此被打断，因为他喜欢跟别人互动，而不是专心创作。后来，他干脆放弃自由撰稿的职业，找了份工作，拿着固定薪水。他时不时地出几本书，都是在晚上或周末创作的。他老是对我说，他多讨厌现在的工作啊、多想辞职啊、多想全职创作啊，但我知道，这都是废话。假如他手上没一份工作，他会发疯的。

即便你是那种能享受孤独的人，我还是觉得作家跟外界保持充分的接触很重要，好弥补创作时这方面的缺失。我们不能始终一人独处，也不能期望家人在这方面能满足我们所有的需要。孤立的作家，最终会跟世界失去联系，忘记人们是什么样的。他会耗尽自己的写作素材，也没办法重新补充。

拿我来说，我发现自己偶尔也需要和其他作家做伴。因为关于写作的想法，很难与外行人分享，而我的同行则会给我激励。这种同行之间的交往，有点像是异花授粉，大家是在交流思想。跟另一个作家相处几个钟头，总能强化我的自我认知——我是一个作家。

同时，我也肯定需要与非作家人士交往。仅说只有圈内人才懂的行话，毕竟有失偏颇。况且，一个人总得偶尔接触现实，哪怕是接触一点点也行。我的一个女性作家朋友说过："如果你把生命中最有意义的时光，只用来跟一堆想象出来的人打交道，难免会变得有点怪异。"

这是作家最后一个必需的品质。我们每个人都有点怪异，都有点与众不同。

不同万岁！

第二章　埋头苦干，努力写作：
　　　　论写小说的纪律

13. 小说家的时间

　　这些年来，我发现，不管是不是写作这个行业的人士，似乎都对作家的创作手法有无穷的好奇。或许是因为创作的过程太过玄妙，就连我们搞创作的也难以搞清。于是呢，大家就开始关注写作的一些具体细节，因为这个是比较容易搞清的。我们是在早晨写作，还是在晚上写作呢？是用打字机，还是用铅笔呢？或者，那些被禁止使用尖锐工具的作家，是用蜡笔写作吗？我们是先列好大纲，还是想到哪写到哪呢？

　　这种话题若持续下去，有人多半会问到下面这个问题：你每天花几小时写作？至于答案呢，不管是两小时，还是十二小时，通常都会附加一段限定条件的说明："那当然是指实际写作的时间。那当然不包括我事前研究的时间。当然喽，真的面对写作时，作家从被闹钟叫起床开始，到他夜间上床睡觉为止，会一直都在工作。即便是在睡梦中，创作的过程也不会停止。古老的潜意识会帮我接着工作，帮我筛选素材，为第二天的写作做准备。因此，我可以万无一失地说:我是一天工作二十四小时,一周工作七天。"

我料想,我的不少同行,应该在不同时间里说过类似的话吧。我猜,这种话有时我们自己也相信,但另一部分自我却并不认可上面的说辞。就我严正的作家良知来论,只有坐在打字机前敲键盘,打出一页页稿子,才算真正的工作。思考写作不是工作,调查研究不是工作,校对不是工作,跟出版商见面不是工作,电话交谈不是工作,甚至连修改与编辑都不能算是工作。除非我真的看到,我所做的事让稿子不断取得进展,从开端逐步推向结局,否则,我做的任何事都谈不上是工作。

你要明白,我比你更清楚。就理性而言,我知道上文所列的那些杂事,跟我的工作直接相关,而且还需要投入时间和精力,我不能轻视它们,否则作品的质与量就会受到影响。只是这份认知似乎对我没啥帮助。除非我在打字机前面完成当天的定额工作,除非我拿出东西证明我完成了,否则我会觉得自己好像在逃学。

这种态度或许自有其目的。我的思想总是丰富多彩,总能凭空想出点什么事,诱使我离开书桌。比如,一本值得一读的书;一个附近街区,去探究一下肯定会有收获;一个专家,我需要借重他的专业知识。这些写作之外的活动,都比坐在书桌前面苦思冥想写东西容易。要不是我的良知在激励着我,我肯定乐呵呵地去投入这些活动,搞上好几个月,都不会在打字机上打字。

不过有时候,我发现自己被逼到墙角,进退两难,做也不是,不做也不是。我在创作《喜欢引用吉卜林的贼》(*The Burglar Who Liked to Quote Kipling*,主角为伯尼·罗登巴尔的雅贼系列)的时候,就碰到这种典型的困境。故事标题提到的这个贼,刚刚潜逃到森林小丘花园(Forest Hill Gardens)。那地方位于纽约皇后区,是个中高档小区。我突然想起,我有二十年没去过森林小丘花园了,之前那次去,也只是匆匆一瞥。对于那个社区,我只有一些模糊记忆,至于这些年那里是否有变化,我一无所知。

我有两个选择:其一是相信自己的记忆,我可以心安理得地认为,小说创作,本来就是虚构的,想怎么写都行;其二,我花一下午时间,搭乘F线地铁,直接到那里,随意逛逛,看看有什么新发现。

不管怎么选择,我都有负疚感。倘若我留在家里工作,我一定会骂自己偷懒,不愿做调查研究;倘若真去了,我又觉得自己在浪费时间,明明该坐在打字机前写书的,却去搞无用的调查研究。一旦我看清我的两难处境,我就扔硬币做决定,结果就去了森林小丘花园。

结果证明,我的记忆力很好,那地方没啥改变,可我觉得这时间花得很值得。我更新了对当地的记忆,获悉了当地的地方特色,从而在描绘这个场景时,多了一份自信。

事情不是每次都能这样解决。有时候,把时间花在这种调查研究上,是一种浪费。有时候,你事先无从判断这种研究值不值得。美国烟草公司的乔治·华盛顿·希尔(George Washington Hill)曾说过,他花在广告上的每一美元,都有五十美分是浪费的。他还说,麻烦在于他不知道哪五十美分是浪费掉的,所以只好再投入下一个一美元。调查研究以及其他事务,就是以这种方式,拉我离开书桌。

我确信,我个人的蟋蟀吉米尼(Jiminy Cricket)机制①,让我不

---

① 蟋蟀吉米尼是迪士尼动画电影《木偶奇遇记》(*Pinocchio*)里面的角色,是只小蟋蟀,也是小木偶的好朋友,他总是会给小木偶一些忠告。

会把所有时间都耗在书桌前。多年前,我能在书桌前坐上很长时间,可能因为那时我还年轻,更可能是因为我做事没那么细致,需要返工。无论如何,我那时在打字机前能有效地工作五六个小时,甚至是八个小时。

如今我不能再如此了。我不规定工作时间,只规定工作量。每次根据作品的种类、截稿的时间以及月亮圆缺等变数,写上五到十页,我发现这种方式更有用。这样的工作量,我通常只需两到三小时就完成。假如我在一小时之内就完成了,我会兴高采烈地宣告一天工作的结束。假如三小时还完不成,我也会收工,只是心情难免懊丧。对我而言,写作有个临界点,如果到了这个临界点还在硬撑着,结果只会适得其反,就像油箱里已经没油,还在坚持启动发动机,结果不仅哪里也去不了,还会耗尽电池。

曾有人告诉我,绝大多数上班族干正事的时间,一天至多两到三小时。其余时间,他们会休息休息,剪剪指甲、在办公桌前做做白日梦,或是跟同事聊聊棒球,就这样把两小时扩展成了八小时。尽管这事让人感到宽慰,但改变不了我的想法:我觉得自己的工作时间比上班族要短。

为了尽量减少写作生活中的这种负疚感,我找到了几个方法,不管其价值如何,提出来,仅供你参考。

1. 让写作成为自己的首要任务。多年来,不管是白天还是夜晚,只要有空闲,我就写作。后来则变成了吃完早饭就立即动笔,直至现在。这是迄今为止我实践出来的最佳写作方式。这有几个好处。比如,我那时大脑最清醒,经过一夜安睡,大脑重新充好电——不过,对我而言,最重要的理由是,只要把当天的工作做完,这一天剩下的时间,我就可以心安理得地爱干什么就干什么。

2. 我尝试每周工作七天。这么做也有好处。比如，写小说时，每天都有进展，就不会让这本书从我的潜意识里溜走。不管是写长篇还是短篇小说，我每天都有点产量，虽然每天工作时间短，却不会让我觉得是在挥霍时光。同样道理，若哪天我没按安排做事，也问心无愧，毕竟那一周我已经工作六天了。

3. 我把例行事务放在后面做。我常常一收到信，就忍不住想马上回信；一收到稿件校样，就忍不住想立即核对。这些杂事让我觉得自己在做作家的分内事，没有不务正业。但这些例行事务毕竟比较次要，不必在大脑注意力最集中的时候去做，在我写完五页的作品后，还可以应付有余。比如最近，我总是接到从辛辛那提寄来的包裹，里面塞得满满的，全是参加《作家文摘》杂志短篇小说比赛的入围作品。一收到这些，我本能的反应就是想当场拆封，阅读这些小说。不过呢，我还是强迫自己坐在打字机前面完成当天的工作量，直到晚上睡不着的时候，才开始阅读这些小说。看了二十几篇后，我酣然入睡。

最后，我允许自己偶尔用那句老话来逃避一下，那就是，作家真的是一天二十四小时都在创作。因为就某些方面而言，这句话所言非虚。比如，就在前几天，我上午就写完了规定的页数，下午去健身房，举了很多铁疙瘩，接下来在街上闲逛了一个钟头左右。就在我四处晃荡时，我看到一辆汽车开进一栋大楼的地下停车库，于是脑中突然灵光一闪——伯尼·罗登巴尔要是把自己锁进汽车后备厢，岂不就可以溜进戒备森严的大楼？

我会在小说里用上这个情节吗？或许会吧，若是凑巧，会写进去。我几乎每次外出散步，都在天马行空地乱想，如同在捡羊毛，但我捡到的羊毛，大多数并没织进毛线。我总在问自己：这招有用吗？就算有用，或者没用，又有什么关系呢？

这需要好好地琢磨。我就此搁笔，让你去仔细琢磨。就我而言，我已经花了三个多钟头写这篇文章，我的任务完成了。我想，我该让自己好好享受这一天接下来的时光了。

14. 胡萝卜与大棒

"所以你是个作家啊。"她说着，戳了一根法兰克福小香肠，"你知道，我特别想当个作家，但我知道不可能。我缺乏自制力。"

我以为，得把她绑在椅子上，用皮鞭狠抽一顿，才能补上她缺少的东西，但我只咕哝了几句无伤大雅的场面话，就去找葡萄叶包饭了。人人想当作家，可又缺乏自制力，这倒是好事，因为这个行业本来就够拥挤了。

设想一下，假如每个做白日梦的人，都想在书的封面上见到自己的署名，于是都把纸卷进打字机里，开始在空白纸上打字；假如所有人都是厚脸皮，一旦开始写小说，写得惨不忍睹却非要写完；假如每个人只要有点想法就想把它发展成情节，然后坐下来非要写成小说。这会是什么样的情景？

哎呀，老天爷，我们会面对堆积如山的各类作品。姑且不谈那些因为文学作品产量剧增而被迫化为纸浆的树木，只为收到这些稿件的编辑想想，他们要读的稿件本来就已经太多，永远也回复不完。可还要把他们的阅读量加十倍、二十倍、两百倍，想想看，那对他们来说是何等的悲惨？

这位先生，您缺乏写作的自制力，是不是？

很好，您继续缺乏吧。

啊，但是你，敬爱的读者，是不一样的。老实说，你是作家，不是鸡尾酒会上那种欠揍的家伙，或者打个照面就再也见不着的人。我绝不会打击你，让你丧失写作的信心。显然，你对写作这项工作的态度是认真的。你不是买了这本书吗？你不是正在读这一页吗？如果这不算是你对写作艺术的承诺、对写作技巧的磨炼，那又算什么？

我一直相信，对绝大多数作家而言，不管他如何成功、如何多产，自制力都是个问题。为把工作干好，作家在很大程度上得靠自我激励，就如同那些小广告招聘的上门推销小玩意的年轻推销员，但推销员还有销售经理一大早鼓舞士气的讲话，而作家却没有，只能自我激励。最终，他还得用胡萝卜哄，用大棒抽，而他自己呢，就是那只拉车前行的老驴。

小说家尤其需要全面的自制力，理由很充分：你得艰苦工作很久，才能把小说写到成书的厚度。诗人写诗，有可能在几分钟里一挥而就。短篇故事，有可能只要在打字机前面坐上一次，也就写完了。不管是诗歌还是短篇故事，灵感可以带着作者完成作品。

长篇小说完全不是这样。单靠灵感不能完成写作，就像跑完马拉松不能仅靠速度一样。长篇小说家如同马拉松选手，不管沿途表现如何，只有坚持到最后，才会受到赞扬。对短跑选手来说，没有人（也许除了选手的妈妈）会在百米短跑之后，冲过去祝贺倒数第一的选手跑过终点线；同样道理，人们也不会因为一个人打出一首诗或一篇短篇小说的最后一行，就像致敬征战的英雄那样冲他欢呼。

尽管这样，我还是认为，短篇小说作家如果想要创作更多作品，想要卖掉更多作品，完全需要采用"胡萝卜与大棒"策略。写完一篇故事,谈不上是什么惊天伟业,你还需要超强的自制力,苦思出一个又一个创意、磨出一篇又一篇的故事,持之以恒,坚持前行,达到这种故事类型的巅峰。

长篇小说作家的优势,在于长篇小说有内在的动力,一旦小说开了头,作家就可顺着小说自身的动力方向前进。早上起床后,他就知道当天该写些什么。而短篇小说作家则不然。他不得不持续创新,开发一个又一个新的写作方案,并激发出热情来完成。对先前已经完成的作品,他也要坚持不懈地推销,对于推销过程中不可避免的退稿,他也不能放在心上,不能让退稿干扰他新的创作。

使用自制力有什么诀窍?如何运用胡萝卜和大棒?是否有规律可循?

我确信一定有。我希望将来有一天自己能总结出相关准则。我不知疲倦地写作这么多年,写出来的书,超过一个人正常的阅读量,人们觉得我是一个自律的榜样。可我呢,每次见到比我更勤奋的作家,就会自责自己的拖拉和懒散。我设想,这些人若与生物界自律的典范——蜜蜂、蚂蚁相比,无疑会自惭形秽。而蚂蚁呢,说不定会担心自己是在碗橱里乱爬的废物。若真是如此,我毫不惊奇。

在这方面,有如下几个小诀窍:

1. 把写作放在首位。在行政人员训练方案中,他们都喜欢说美国钢铁公司总裁查尔斯·施瓦布(Charles Schwab)的例子。他对一个效率专家说,他很忙,没空听他的长篇大论,能否给他一个快捷的建议。"每天早上,"专家回答,"写出你必须要在当天完成的事项清单,按照重要性排好顺序,然后集中精力处理第一件事,在完成前别分神注意其他事。接下来再处理第二件事。在一整天时间里,一件件轻松做下去,做多少算多少。"施瓦布看着他,耸耸肩,问他这个建议值多少钱。"你先试一个月,"专家说,"再决定我这个建议值多少钱。"一个月后,施瓦布给这位专家寄来一张两万五千块钱的支票。

这位专家的建议当时有道理,现在依然有道理,对作家跟钢铁公司总裁一样有用。我建议你把写作放在每日清单的第一位。确保写作优先,在每天的进度完成前,别分神去关注别的事情。

2. 为自己设定目标。每天我从早上开始工作,通常两到三个小时。三小时之后,我的注意力开始涣散,写作就变得很痛苦。不过,我的目标不是每天要花几个小时写作,而是要完成多少篇幅。我通常给自己设定的目标是每天写五页。

倘若我在一小时之内写完五页——这种事情有时也会发生——我就会叫停。有时我会多写一两页,那是因为思路很顺畅,到该停的地方自然会停。但我觉得自己没有任何义务把剩下的时间放在写作上。

另一方面,倘若我花了三个小时还没完成五页的规定目标,我也许会在打字机前多待一会儿,看能否完成进度。我绝对不会强迫自己,但我知道,倘若在当天剩下的时间里,我能写完五页,心里会好过些,因此我会尽量完成。

我通常能完成目标。一部分原因是我有先见之明,确立的目标容易做到。我很少觉得一天写五页对我有压力。倘若真有压力,我会相应调整进度。但就算进展顺利,我也不会像流水线作业那样为加快进度而抬高目标。我的目的不是给自己做耐力测试,而是完成工作。

3. 专注当下。我能集中精力干今天的工作,最重要的一个因素,是我能专心致志做好这一件事。倘若我总担心明天的工作,或是下周二的工作,今天的工作我就无法做到最好。倘若我还在写一个短篇小说,我不能让自己分神去想其他事务,比如,下一篇故事要写什么啊,该把这篇小说投到哪里去啊,倘若被退稿我该如何啊,倘若这稿子卖掉了,稿费该怎么花啊,等等。我今天只能做今天的工作,何必浪费自己的精力呢?

4. 埋头苦写。我时常确信,自己干的事只是把极好的印刷纸张变成废品而已。有时这感觉是对的,有时则是自己的错觉。只是一旦产生这种感觉,我也不知道自己是对是错。

我发现答案很简单:那就是把故事写出来。写完了,倘若结果证明我写的真是一堆废话,再把它扔掉也不迟。这种事有时是说起来容易做起来难。如果我觉得自己刚刚打好的句子很烂,就很难坚持写下去。但我经常发现,头一天感觉似乎写得很烂的作品,第二天再看,却觉得非常完美,或者至少不会比作品的其他部分差。就算到了第二天早上,我终究还是把它给撕了,至少我还是干了一些工作,我创作的内在动力没有受到干扰。

5. 不要过分苛求。任何艺术家的创作在某种程度上都需要反复推敲。日复一日,为锻炼出自己的写作技艺,我总是非常认真。但如果过分苛求,会让自己绷得太紧,反而不能放松下来,无法达到最佳的创作状态。

这一点有个故事可以说明。两个退休的老先生相遇,其中一人抱怨说他最近闲得快疯了。"你要培养一个爱好,"另一人说,"让生活有点乐趣,让自己活得有点意义。"

第一个人持怀疑态度:"你是说玩玩藏书票?打打毛线?怎样才算是爱好?"

"告诉你，"另一人说，"什么爱好都无所谓，只要有就成。比如我的爱好，碰巧就是养蜜蜂。"

"养蜜蜂？你住皮特金大道（Pitkin Avenue）两间半的房子里养蜜蜂？你养了多少只？"

"哦，很难说，大概两万只吧。"

"你养在哪里？"

"雪茄盒里。"

"可是……可是，他们不会挤伤，或者死掉吗？"

"那又怎样？听着，这只不过是个爱好而已。"

这只不过是本书而已，我一遍又一遍地这样告诉自己。有时你会觉得这本书是你生命中最重要的东西，觉得这似乎是你存于世间的理由，可你不必过于认真，这只不过是印在纸上的一些字句、只不过是一派谎言。听着，这只不过是本书而已。

压力得到释放。知道这不过是本书，知道帝国不会因为这本书而崛起或灭亡，我就能正常呼吸，写出东西来。

啊哈！

这些可是我从事这个职业的秘诀，欢迎拿去试试。我向你们保证，它们对我很有用。正是勤勉地应用这些秘诀，才终于把这篇文字写完，等会儿就可以寄走了——只不过已经超过截稿时间两周而已。

听着，这只不过是一篇专栏。

15. 创意拖延法

自从 1742 年英国诗人爱德华·杨(Edward Yang)将"拖延"称为"时间之贼"开始,拖延就惨遭污名化。(有趣的是,他在 1739 年写下了这行诗①,但一直"拖延"到 1742 年才发表。)查斯特菲尔德勋爵(Lord Chesterfield)以他的名言"今日事今日毕"②猛烈抨击拖拉行为,连同懒散和鬼混一起痛骂。托马斯·德·昆西(Thomas De Quincey)③语带讽刺地说,拖延是一连串人格堕落的最终结果,这种行为无异于谋杀。

我们这些自由撰稿人,要自己负责安排自己的时间,因而常有做事拖拉的毛病,我们完全有理由认同这些先贤们的观点。我写这篇专栏文章,肯定是为了把读者赶到打字机前,坚决与拖延这种"和昨天缱绻的优雅艺术"划清界限。

对吗?

错。

恰恰相反,我认为拖延有其自身价值在。请明白,我不是一味地赞同拖延。写作,与人生其他的事情一样,解决问题最好的办法

---

① 爱德华·杨(1683—1765)的该句诗文是:"拖延是时间的窃贼"(procrastination is the thief of time),出自他的长诗《夜思录》(Night-Thoughts)。

② 查斯特菲尔德勋爵(1694—1773),英国著名政治家、外交家及文学家。他说的这句话原文为"never put off till tomorrow what you can do today",出自他 1884 年出版的著名书信摘录集《从查斯特菲尔德勋爵给他儿子的信中摘录的行事准则、言论及格言》(Manners and Speech or Maxims Extracted from Lord Chesterfield's Letters to His Son)。

③ 托马斯·德·昆西(1785—1859),英国著名散文家和批评家,代表作有《瘾君子自白》(Confessions of an English Opium Eater)。

就是着手去做。事情搁在那里,很少会自动解决。据我观察,往往正是那些日复一日长时间坐在打字机前的作家,取得的成就最高。

因此,一般来说,拖延固然很有危害,但"创意性拖延",则可以成为可贵的财富。关键在于你要弄明白何时该拖延,何时该行动。

以我为例。我刚开始写作的时候,啊,大约是翼手龙快要被列入濒危物种名单的时候吧,当时我一想到某个创意,就不耽误任何时间,立即飞速写成一篇作品。我当时为一些幸存下来的犯罪小说杂志写稿子,往往下午想到一个故事创意,第二天早上就已经将成稿递给自己的文学经纪人了,多半也能卖掉。请注意,这些小说没什么市场,赚的钱不多,故事也多半很难被人记住。但我当时年轻啊,只能如此。

如今我做事的方式已经有所不同。

比如,两个月前,我有了一个很有价值的创意。我构思的是一个推理故事,让一个谋杀案的受害人自己当侦探,在谋杀案发生后破案。我之前读过雷蒙德·A. 穆迪(Raymond A. Moody)的《死后的世界》(*Life after Life*),他在书中对死后体验的描述激发了灵感。

换作过去,我会直接走向打字机,开始写作。然后呢,我很有可能会写不下去,因为这个创意很难直接转化成短篇小说。况且我只有刚刚告诉你的那个模糊创意,至于情节、主题、人物、矛盾冲突,我都没想好。我本可以坐在打字机前现场苦思冥想,编出这些东西,但我没有,我采用了拖延法。

我在随身携带的小记事本上,写下了"是谁谋杀了我",字迹潦草,就写在"去洗衣店拿衣服"和"给蔓绿绒浇水"两行字之间。我不时看到这条记录,每次都告诉自己,我最近得找时间把这个故事写出来。

我每告诉自己一次,潜意识就会有所波动,渐渐地,这些小波动聚拢起来,构成了一个总体的印象。

我当初对这个故事的构思,未完全成形,也没写在纸上,最初是要让故事主角阴魂不散,恐吓杀人者坦白罪行,总之是比较恐怖的那种。在采用"创意拖延法"一段时间后,我改变了主意。我决定让主角在手术室里死亡,医生正在取出他身上的子弹什么的。他的死亡体验正如雷蒙德·穆迪的描述,只是在此过程中,他突然醒悟,他必须找到杀他的凶手,完成这一使命之前不能死。于是他活过来了,着手调查自己的谋杀案的原委。

我觉得这比前面好多了。故事开始渐渐成形,但我觉得还是没准备好。因此,我把这个创意放回烤炉,让它自行发酵。

稍后不久,我读起了诗。我读的不是罗伯特·弗罗斯特(Robert Frost)①,但读诗时某些东西让我记起弗罗斯特,我意识到自己想把故事的题目改为"入睡前有好多路要走",于是,我把这行诗句写到记事本上,划掉了原先的"是谁谋杀了我"(那会儿我已经把衣服从洗衣店拿回来了)。

我喜欢在写故事前把题目起好。我肯定不会非要用这个题目,但有题目帮助很大。好了,我已拟好题目,而且看起来很不错,可我还是没有完全把握这个故事。

因此,我再次拖延。

不知是一周,还是一个月后,我开始思考如何塑造故事的主

---

① 罗伯特·弗罗斯特(1874—1963),20世纪最受欢迎的美国诗人之一,曾四次获得普利策诗歌奖。诗句"入睡前有好多路要走"(And miles to go before I sleep)选自其名诗《雪夜林边小驻》(Stopping by Woods on a Snowy Evening)。

角。他是谁？谁杀了他？为什么？我还不确信。但我决定,他应该是个中年商人,我给他添加了一个妻子,一个生意伙伴,一个情妇,还有一双儿女。我让这五个配角都有杀人动机,都有嫌疑。只是杀人动机比较模糊,因为这些配角的形象还不很清晰,我自己还没搞清楚他们中间谁是凶手呢。

还需要继续拖延。

某一天,你会欣喜地听到,我决定动笔写这个故事了。我也不知道是什么让我最终动笔的,最大的可能是我想逃避别的任务。不管怎样,我终于坐在打字机前,开始写这个故事了。

在写作过程中,我决定用第一人称。用主角的口吻来写死后经验,有些棘手,但我花在这个故事上的时间使我相信,这正是我想要的写作方式。故事写作没有我预想的那么困难,因为到了此时,故事的基调和语气我已相当容易把握了。

在写作时,另一件有趣的事情,是主角的目标,不再仅仅是将凶手绳之以法。他在调查每一个嫌疑人的同时,也完成了对每个人的未了心结,依次理清了自己情感上的问题。这之后,他才迎来了第二次,也是最终的死亡。这一改变,使一个简单玩弄噱头的故事,有了人文内涵。

我很喜欢小说最后的样子。故事不必大量修改,或许是因为我在开始写之前,一直在潜意识里打磨它,调整它。埃利诺·沙利文(Eleanor Sullivan)喜欢这个故事,把它买了下来,刊登在《阿尔弗雷德·希区柯克推理杂志》1978年的十月号上,刊登时改名为《死后的世界》(Life After Life),你可以自己找来看看它是怎么结尾的。

我的目的不是说我写了一篇多么杰出的作品,并因此名利双收。小说没有出名,我也没有因此名利双收。但是,倘若我没有反复拖延,没有把今天还没准备好的工作拖到明天,这部作品就不可能做到现在这个程度。

关于创意拖延法,不管你已付诸实施,还是未曾实施但仔细想过,都可以看看另一个例子,那就是《军队密码》(Code of Arms)。关于这本书的初步设想,我在四年前就有了。当时我在读关于二战的书,想知道(这已经不是第一次了),为何希特勒的军队在敦刻尔克(Dunkirk)①的外围暂停下来。这两天的喘息时间,让英国撤出25万人的军队,否则英国是不可能有力量继续作战的。

可否假设有个英国人渗透进了德国国防军的最高司令部?可否假设这是导致德军发布停止行军命令的理由?

我断定这个创意可以写成一篇很好的小说,但我随后就暂时搁置这个创意,忙着处理别的事情去了。几年后,我突然想起这件事,而那个拯救英国军队于敦刻尔克危难中的主角,形象也在我脑海中清晰起来。这时,我拥有的不仅是一个可以成书的创意,而且这创意引人注目,颇有商业前景。于是,在接下来的半年里,我致力于研究资料——这与拖延法不是一回事,虽然看起来类似。随后我告知出版商,拟出故事大纲,花了比沙特尔主座教堂(Chartres Cathedral)②内部装饰还要精雕细琢的功夫,设置了比《宝莲历险

---

① 敦刻尔克大撤退,发生在第二次世界大战初期的1940年5月25日。敦刻尔克是法国西北部、靠近比利时边境的港口小城,当时英法联军防线在德国机械化部队的快速攻势下崩溃,英军在敦刻尔克进行了当时历史上最大规模的军事撤退行动。
② 沙特尔主座教堂位于法国的沙特尔城,是法国著名的天主教堂,是哥特式建筑的代表作之一,装饰、雕刻细致繁复。

记》(*The Perils of Pauline*)①还要曲折离奇的情节,最终《军队密码》一书于 1981 年春天出版。

就这个例子而言,我很幸运,没有完全丢失这个创意。我认为,让创意始终在你的视线之内很重要,不管是记在笔记本里,还是贴在墙上或其他什么地方。这样你就会不时地唤起你的记忆,当其他灵感或信息出现,你就可以加以利用,随着故事的发展将其纳入。

什么时候,拖延只是拖延,而没有创意呢?当拖延是为了逃避工作,而不是等待合适时机工作的时候,当我选择了计划 A 却完全行不通的时候,这样的拖延就不能激发创意了。既然我天性懒惰,我就只能强迫自己选择计划 B 了。

还有,拖延是"和昨天缱绻的优雅艺术"这话是唐·马奎斯(Don Marquis)②说的,我的良心强迫我把署名权还给人家。不过,我会很快就和你分享关于"创意剽窃法"的想法。

或许我们会在下一节讨论这个主题。或许我该拖延一会儿。不过,我还是先去给我的蔓绿绒浇水吧。

16. 暂停

告诉你一件事,我从事写作这个行业的时间越长,就越清楚地

---

① 《宝莲历险记》是美国 1914 年拍摄的系列电影,女主角宝莲在同意嫁给男友之前,要先花一年时间做自己想做的事情,包括坐热气球、开飞机、开赛车、参加赛马、寻宝、演电影、参观潜水艇等等,然而宝莲却卷入了险象环生的冒险旅途,该片情节十分离奇。1933 年,好莱坞将之翻拍为有声版。——编者注
② 唐·马奎斯(1878—1937)是美国幽默作家和新闻记者。

觉得自己对写作所知甚少。我几乎每个月都在怀疑,自己还有没有胆量靠写作谋生,更别提我还写这个专栏,给大家指点关于写作的诸多问题了。

这种对写作的谦恭态度,不是来自深入思考后的洞察,要真是倒也无妨;相反,它是写作经历中总结出来的一枚苦果。

你不妨试试我这几周设立的写作模式:按照我的习惯,我每天早晨七点左右醒来,起身,看到自己的影子,又缩回被窝,我把头蒙在被子里,闭着眼睛,想着在床上再躺四小时。鉴于我已经睡够了,也不是真的疲倦,故而每次睡过去又醒来的时候,只能坚持不懈,强迫自己赖在床上不起来。

然后,大约十一点左右,我终于起床,把茶壶放到炉子上烧水。到此时,终于开启一天的生活。我是那种早晨写作的作家,既然早晨没了,我就直接进入当天的非写作活动——吃饭,上健身房锻炼身体,去赴午餐的约会,长距离散步,只要能让我愉悦的,都行。我不必走进办公室,不必看打字机。

我又逃避了一天的工作。

我胜了。

我不打算用"写作障碍"这个词来美化自己的这种古怪行为。我也不确定什么是写作障碍,但它似乎是指,不管你如何努力,你都写不出任何东西。我清楚而痛苦地意识到,我不仅没有尝试着去写作,实际上还与打字机保持距离,竭尽全力逃避自己是否还写得出这个问题的拷问。

常读我这个专栏的读者,也许还记得我在以前文章中是如何强调"坚持不懈"的重要性。我曾指出,只有那种日以继夜坚守写作岗位的作家,才终有所成就。每天定时工作,定量产出,是作家高产的关键。龟兔赛跑,兔子在开始时会大出风头,但最后赚到稿费的,铁定是乌龟。

我也认为,这种稳打稳扎的策略,不仅会提高写作的产量,也会促进写作的质量。当我每天工作,或者说我一周工作六天的时候,我一直在脑子里琢磨正在写的这本书。我白天在琢磨它,晚上交给潜意识去想,绝不会让这个故事脱离我的掌控。

只是,我为何不七点钟起来烧水,八点钟坐到桌子前,把目标锁定普利策奖呢?

我觉得很多事不是自己想如何就如何。我精心拟定的计划,就像老鼠和人类的计划一样,难免会失败。

我稍稍介绍一下自己当前的写作境况,或许你就会明白我的意思。

两个月前,我开始了一项宏大的写作计划。我要写的,是一本我迄今为止最为雄心勃勃的小说。这本书的篇幅会相当长,草稿大概四五百页,页数是我常写的推理小说的两倍。小说背景宏大,跨越久远的时间和诸多国家,人物众多,我虽然清楚小说情节的整体轮廓,但并没有拟大纲,也不想拟。我觉得,情节会随着我的写作进展自动涌现出来。

写作开端进展顺利。在第一个月,我一周写作五到六天,一天写五到六页,就写完了小说的第一部分,厚厚一沓,共一百三十页。随后我开始写第二部分,我换了一个叙述者,以他的视角,从另一时间、另一地点来讲这个故事。我花了整整一周,才把故事从第一个叙述者转到第二个叙述者那儿。在那个周末,我再接再厉,向这部小说冲锋,接连三天,都是早晨写作。然而,到了第四天,起床时,我意识到我写不下去了。

这种意识自此成了我的一种生活方式，每天早晨都以不同的形式重复一次。倘若我能享受这种不写作的时光，固然是好事，但我做不到。我不断捶胸顿足，责备自己放纵、懒惰，这样做当然于事无补。

倘若我能把这段写作暂停的时间视为创作过程的一部分，诚然会有所助益。当我回望过往发生过的一些写作暂停的情况，我已能采取这种态度。

比如，去年秋天，我按时坐下，写伯尼·罗登巴尔系列的第四本推理小说，可在我写到大约六十页时，我开始觉得自己写得有问题，而且这种感觉一直纠缠着我。我不知道问题出在哪里，也不知如何改动。我还是以暂停的方式处理这种困境，只是处理风格有所不同。这一次，我不再赖床逃避工作，而是设置了一个暂停后再开始的日期。

"感恩节后我再开始写这本书。"我对自己说。感恩节来了，又走了，我想起《爱丽尔》平装版版权要在12月中旬拍卖。"哦，等《爱丽尔》这件事情搞定了，我再开始写。"我听之任之，"一堆事悬而未决，谁还能写得下去呢？"

谁能写得下去？肯定不是我。《爱丽尔》拍卖完毕，圣诞假期来了。谁会在这样的日子开始工作计划呢？不会是我。于是我决定，新年伊始，就回到这本小说上来。

我做到了。新年第一天，我乘地铁到里弗代尔（Riverdale）勘察实景，虽然最终，这地方并没有在那本小说中出现。新年第二天，我坐在打字机前，从第一页重新写起，这次的思路非常顺畅，手指在打字机上飞舞。我在五周内写完了这本小说，对这本书的最终面貌非常满意。整本书行文流畅，情节铺排非常巧妙。我所做的就是早晨坐在电脑前,把它打出来。

这让我想到,我那段日子暂停工作、游手好闲,根本不是浪费时间,我离开打字机的两个月,也是文学创作过程的一个环节。我确信,倘若我在10月份,强迫自己硬着头皮写下去,写作过程会是一种折磨,这本小说也不可能如现在这般好。

那么,我为何不能把自己现在的不作为,看作和那个时候一样呢?毕竟,我已经轻而易举地写完了这本小说的第一部分,对其质量非常满意。(至少我当时满意,只是现在的懒散状态,让我看任何事情都戴着有色眼镜。)我的潜意识需要时间聚集力量,文思才能再度奔涌而出,这样的假设不是不合理。在写完一本书和写下一本书之间,我不假思索地给自己留出较长的空当。那在一个长篇小说的第一部分和第二部分之间暂停休息一阵,不也同样重要吗?

当然重要。况且在那两个月里,我正经历一个烦心事很多的时期,甚至可能打乱我文学创作的步伐。等我烦乱的心情平复一点,再重新开始写作,难道不合理吗?

当然合理。

我认为,要想顺利通过创作枯竭期,第一步就是接受自己。无力实现自己过高的目标,就捶胸顿足,责备自己,我看不出这样做有何好处。我可以制定自己达不到的进度,但那毫无意义。你做不到的事情,目标再高也没用。幸亏人的一生不一定非要按写好的剧本走,为此该感谢老天。

不过,接受自己这件事,说起来容易做起来难。等这种写作停滞的阶段过去了,我们会坦然接受,但身在其中时,则难以做到。去年秋天那两个月搁笔暂停写作,我现在觉得自己当时的决定非常英明,我逼自己记住当时看此问题的不同视角。当你身陷画框的时候,很难看到画的全貌。一旦思路顺畅,很可能觉得现在无精打采的状态很有价值。只是现在,就在我写这篇专栏文章时,我觉得我就像得了阑尾炎的基督教科学会信徒①,非常矛盾。我想相信,却有些担心靠不住。

我想,有些方法可以改善创作停滞期的糟糕状况。除了接受自己之外,我还觉得,不能让所有事情都因为写作的停滞而遭殃,你该干什么,就干什么。这也是说起来容易做起来难。我正因为顽固地拒绝去做任何其他的事情,而让自己的坏心情雪上加霜,而那些事情本可以让我心情改善一些、让我的日子好过一些的。比如,我的专栏文章进度已经落后,我也不去管自己的记账本。我很难有心情去从事日常活动。举个例子,我通常一周去健身房三次,每次回来,心情都放松不少。但由于我现在因为写作停滞而心情不好,就一点也不想去健身房了。

但我还是逼着自己去了健身房。我不想去,去了也是马上想走,捡起那些很重的铁疙瘩,再放回去,这时的我看不出这样做有啥意义。这似乎是在浪费时间和精力。但即便我不情愿,还是做了,我洗了个桑拿,冲了个澡,虽然还是不甘不愿,但后来,我心情终究舒畅了些。

我不时告诉自己,我最终还是会回来接着写这本书,我既然从事作家这个职业,就会一直写下去。不管怎样,我现在的进度是超前的,这本书该写完的时候,自然会写完,还有……

---

① 基督教科学会是一个备受争议的教派,宣称疾病是虚幻的,可以通过信仰、祈祷等意志的方法治疗,导致很多教徒有病不看医生,不吃药。

有的时候,我是相信的。

这不是玩笑。我发现,对我们这个行业的大多数人来说,不管喜不喜欢写作,不写作真的让我们很痛苦。不幸的是,写不出有时是写作过程必经的一个阶段,这似乎也是真的。倘若我能学会相信这只是一个阶段,我对它的态度就会宽容得多,或许对各方面都会好一些。

至少,我写完了本月的专栏——与近期别的事情一样,我曾想逃避不写。如同我去健身房锻炼身体那般,尽管一点都不想,还是咬紧牙关去做,至于是否值得,则不是我可以判断的。

但我现在心情好多了。

17. 只管去写

我有个朋友,他在过去两周几乎每天都给我打电话。前段时间他签了一份写歌剧剧本的合同,从此日子就过得很悲惨。他没赶上进度,错过了截稿日期,合同的另一方正在索稿。毫不夸张地说,我在这一领域的经验有限。我从未看过歌剧,更别说歌剧剧本了。但鉴于我们是朋友,并且写歌剧剧本的人显然缺乏朋友,因此,当他想发牢骚、呻吟哀诉、哭鼻子、捶胸顿足、恳求我给他鼓鼓劲儿,就经常打电话找我。

只是近来我鼓励的话说多了,都成了老生常谈。他总是在我耳边抱怨:他写不出歌词啊,就算写出来也非常拙劣,连自己都看不下去啊,写出的东西他每次都想撕掉啊,他一坐在打字机前就如何焦虑啊,如此等等,不一而足。

"你只管去写。"我对他说,"坐在椅子上,手指放在键盘上,把文字打到纸上。文字不必很好,不必恰当,你也不必喜欢。你不必享受写作,也不必为写下的东西骄傲。你甚至不必相信这整个过程是否值得,只管去写。"

"可我写的东西不好啊。"他有时会说,"僵硬呆板,陈词滥调,糟糕透顶。"

"没问题。"我回答,"那就写个糟糕的歌剧剧本,只管去写。"

不管是对他人,还是对自己,我会大同小异地提出上述建议。有时,当一本书写着感觉不好时,我能做的最好选择,就是有意将书暂且搁置一阵子,等我在潜意识里琢磨推敲,去芜存菁,理顺思路,再开始写。写作毕竟不是在工厂干活,仅仅定时出现在车间,去做分配给你的任务,就可以有产量,并拿到报酬。有时过于固执未必有成果,等于是拿自己老迈的头去撞南墙,还是堵稳如泰山的墙。

然而,总有些时候,做完一件事比做好一件事显然更为重要。我那位朋友似乎就处于这种情况。他面临的选择不是写好剧本还是写坏剧本的问题,而是能不能写完从而得到解脱的问题。

对作家来说,报纸经常是很好的训练基地,当然,有很多作家都出身于记者。虽然给报纸写稿的经历,不能保证你一定能当个成功的小说家,但至少让你学会如何赶进度写稿子,从而没有虚度光阴。

对于报纸这个行业而言,赶不上截稿时间,故事再好也没用。假如今晚法院着火了,我写的新闻最好能上明天的报纸。新闻也许不是特别好,没有包含所有信息,也没有写得让海明威都嫉妒几分,但是报纸刊登了,否则它一文不值。

报纸上的新闻大抵如此,倘若作者花更多的时间来写,也许会更好些。但他们的工作就是赶在截稿时间前写完稿件。有时稿件会写得很笨拙，有时信息不够完整，总有这样或那样的毛病，但在稿件还有新闻价值的时候，他们及时提交给报纸了。

对于我们这些自由投稿作家来说，截稿日期有相当的弹性。如果有的话，往往也是我们自己定下的。故事是我们的大脑构思出来的，一般来说，我们会顺便定个截稿日期，计划在某一天完成某个故事。但就算到时没完成，帝国也不会灭亡。故事什么时候写完，往往只有我们自己知道。

当然，我们通常也会搞点惩罚措施。不少想多写作品的自由撰稿作家，对自己往往很严格，对自己的要求比出版商还高，一旦发现自己没赶上进度，就会痛责自己。

因此，如果我们自己任意定下截稿日期，我们通常会力求赶上。只是在此问题上，我们通常给自己留有余地。比如我定在周二完成一项工作，倘若赶工的结果，会有损作品的质量，有损我的健康，会给其他人带来不便，我会根据情况灵活调整，将截稿日期加以延期。

如果截稿日期不是我们自己随意定下的，而我们能灵活调整的时间所剩无几，那就使用这一招——只管去写。

有几个观察而来的结论，可以让我们的任务实施起来容易些。首先，调查一下最令进度停滞不前的原因，即深信我们正在写的东西一文不值。若知道自己写的东西非常低劣，我们怎么能逼自己继续写作呢？

这使我意识到，我绝对不是评判自己作品的最佳人选，尤其当我还在写作的时候，更是如此。曾有这样的时候，我写的时候觉得行文特别流畅，可写完后却觉得有问题，这多半是因为我在一页页写出来的时候,看不出作品整体缺乏张力的问题。

更多的时候,情况恰恰相反。写的时候感觉极为艰苦,磕磕巴巴,出来的结果却是质量优异。

某些人生经验也让我怀疑,我对于自己正在写的东西的感觉,也许是小说最不重要的东西。十五年前,我曾在写一篇冒险小说,已写了三分之二,当时我住在新泽西州的一座城市,婚姻和谐,这时人生突然急转而下,我出了车祸,死里逃生,婚姻破裂,还有一堆不想在此吐槽的痛苦经历。数周后,我发现自己在都柏林一家寄宿旅店里,而截稿日期正在逼近。

于是我开始写作。一切都变了,包括我租来的打字机,还有在那里买的稿纸,又长又窄。当然,我看待一切的视角也变了。但我还是意识到,把书写完,比追求书的完美更为重要。我每天拼命写,直至完稿。出版商接受了这本书,也没修改,就直接出版了,书名为《谭纳的十二体操金钗》(*Tanner's Twelve Swinger*)。出版后,我首次读该书时,没看出该书有什么前后断裂之处。我的生活倒是出现裂缝,要花很长时间才能缝合,但该书从第一页到最后一页都是无缝对接,一气呵成。

甚至在写作环境没那么戏剧化的时候,也很少有书能一路写下来畅通无阻。写书有时就像挖到一口井,文思奔涌而出,行文特别流畅,但更有可能,是遇到这样的日子或章节——写得就像拔牙一般痛苦。

长跑选手说,每场比赛都有低潮。全身都在痛,整个比赛过程似乎难以忍受,只想着退出比赛。这时候,选手必须做的事,是回忆先前的比赛,这只不过是必经的艰难时刻,激励自己,只要熬过去,情况很快就会好转。

写书也有这样的艰难时刻。重要的是要熬过这段低潮期,只管去写,不管写得如何。对我而言,我往往事后发现,自己在心情低落的日子写的东西,未必就比那些心情好的日子写得差,虽然写的时候未必这样认为。在艰难时刻,我可能会打上一段哈姆雷特的那段独白,想着号称伟大的作品,也不过如此,呆板僵硬。因此我可以忽视对自己所写东西的观感,继续写作。

容许自己写得不好,会有助于我们写下去。我对自己说,不管怎样,自己的五到六页都要写完,要是感觉不行,大不了第二天早上再撕掉好了。我什么也没损失,写完再撕掉,并不比你无所事事更糟糕。我反而因此避免了罪恶感,至少保持了手指的敏捷灵活程度。

我很少会撕掉自己当天的写作成果,就算碰到这种情况,我至少是试过了一种安排素材的方式,也有所收获。但最常发生的事,却是我头天写的令自己厌恶的东西,第二天发现很恰当,有时也许需要稍加修改,多数时候则不用改动一字,只要保持原样就行。

若我写某个作品时真的遇到麻烦,我会非常怀疑有无必要再写下去。就像我那位朋友那样,我会告诉自己,这东西不适合我写,我的才能无法完成这个任务,我正在自找麻烦,我应该放弃,减少损失,把才能放到更合适的地方。

所有这些质疑,基本上可以翻译为:"我不想写这东西,因为我害怕写砸了。"这种害怕失败的感觉,会让写作陷入停滞。我们没法判断这种对自身写作的质疑是否合理,有时或许是真的。比如,凭我的才能,就不可能干成所有我想干的事情。我不时会碰到心有余而力不足的情况,触手可及,就是达不到目标。

只有把作品写完,我才能判断。有时,我是用另一种恐惧来平复自己的怀疑心理,我会提醒自己,没写完,比你写得差更可怕。通过这种方式,我承认恐惧的存在,并让恐惧有益于自己的写作。

正如我所说,有时恐惧是合理的。两年前,我签约写一本书,可开始写的时候,我发现自己很茫然。这显然不是我擅长的故事类型。故事里必须要有的人物形象,我塑造起来非常别扭。故事背景我不熟,对情节也很茫然。我开始后悔,当初不该有写这本书的念头,心想,要是这本书能消失在风中就好了。

可我已经签了合同,收的订金也花了,我赔不起。况且我知道,恐惧在影响我对事物的看法。或许我确实能写出这本书。我埋头苦写,一天五到六页,无论如何都要写下去。虽然我在此期间遇到了一个个艰难时刻,但我还是写完了。

我写得不怎么样。我说得明确点儿吧:从整体到细节,我写得都挺差劲的,但好歹写完了。写完总比半途而废要好。

该书后来的结局很愉快。我找了探险小说家哈洛德·金(Harold King)合作,让他接手这本书的写作。在我们的共同努力下,《军队密码》由出版商理查德·马雷克(Richad Marek)出版,此书写得还真不错,谢谢你。这次成功,我觉得非同寻常。但是,从草稿到成书,有件事含糊不得:我若未采用"只管去写"的策略,不管自己多么憎恨也坚持写下去,就不会有这本书的出现,我也不会从此次经历中学到经验。我写这篇专栏文章,就是想告诉大家,只管去写,是最重要的一条写作经验。

18. 倘若你读得懂

你很可能在公交车和地铁上看到过这种广告:"Fu cn rd ths,

u cn gt a gd jb & mo pa"。这则广告所传递的信息简省且有吸引力,其完整形式应该是"If you can read this, You can get a good job and more pay"(倘若你读得懂,你就能找到好工作,赚到更多的钱)。是啊,假如可以选择,谁不喜欢有个"gd jb"啊?面对两位数的通胀,谁不想"mo pa"?

当然喽,这是一门速写课程的广告。其教授的速写方法与传统速记不同,它使用日常字母,并使用上面例子中那种充满奥义的语言形式。这则广告的具体含义是:你若读得出这种东西,那么学完课程后,你就会写得出这种东西,就会加快书写的速度,进而增加你应聘成功的机会,增加你的薪水,甚至能让你的生活态度更积极,让你的爱情生活更美好。

你有问题要问吗,瑞秋?

先生,这与写作有什么相干吗?

这个问题我们会讲到的,瑞秋。

你不会真要建议说,如果我们写作时不要元音字母,就会成为更优秀的作家吧——

别把元音字母扯进来,瑞秋。我讲的是如何提高写作速度的问题。我们写书的速度越快,我们每年、每月所出的书当然就越多。同样,倘若我们把写一部作品的时间减少一半,那么写这本书的速度就要加上一倍。

这里有几条隐含的假设。其中关键的一条,是写作速度的提高不会导致作品质量的下降。人们一般都认为,写得越快,作品会越马虎,构思和故事发展也差强人意。难道不是投入多少就产出多少吗?

我认为这是一个有趣的问题。约瑟夫·海勒(Joseph Heller)①的第二本小说《出事了》(*Something Happened*)写了十年。假如他只花了五年时间来写，书的质量会不会打折扣？而在另一个极端，伏尔泰(Voltaire)②的《老实人》(*Candide*)据说只用三天就写完了。假如给他一周时间来写，是否书的质量会更高？

当然，有人说，写作速度提高对书的质量有负面影响，这当然有可能。也许在你匆匆收尾时，创意还没充分发挥呢。不过，还有人说，一本书，或一篇故事，如果快速写完，说不定质量更好。

我认为，压力之下肯定有收获。比如，倘若我要在一个月之内写一本书，那就很可能会一气呵成。我对角色的感受，还有角色对周围事物的感受，从故事开端到结束容易保持一致。况且，在这一个月里，我的脑子会一直琢磨这本书。倘若同样的工作量由一年来完成，那么，每天不管是有意识还是无意识，这本书的关注都会相应减少。

同样道理，快速写作会避免故事变质。倘若一本书似乎要写一辈子，我很可能会对这个写作进程感到厌烦。虽说作者写得厌烦，未必会让读者读得厌烦，但作者对此书不抱好感，难免会在书中以某种方式显现出来。

这不是说，书写得越快，质量就越好。这有个权衡问题。你在压力下急切收获，会导致你失去长时间仔细推敲此书而来的那份质量提升。倘若我写得太快，我就无法给自己时间，探索情节发展

---

① 约瑟夫·海勒(1923—1999)美国黑色幽默派代表作家。代表作品有《第二十二条军规》(*Catch-22*)。
② 伏尔泰(1694—1778)，本名为弗朗索瓦-马利·阿鲁埃(François-Marie Arouet)，18世纪法国启蒙思想家、文学家、哲学家，《老实人》为其哲理小说代表作。

的各种可能性,无法对人物有更深的领悟。我发现我就像一个冒进的将军,匆匆越过自己的补给线。我在文学领地里的步伐太快,无法补充能量,无法让自己每天保持最佳的工作状态。

快到什么程度才算太快呢?这问题很难回答。因为答案不仅因作者而异,也因书而异。

我写的最快的一本书是三天完成的。当时我二女儿刚出生,我觉得若能搞定医院账单也不错。我原本每月投入十个工作日,为固定的出版商写一本软色情小说,于是,我决定当月多写一本。接连两天,我从上午九点写到晚上六七点,第三天又从上午九点工作到下午三点,就写完了。我初稿总共写了二百五十页,写得颇为开心。

我不知道,这本书比起我正常速度写出的小说是好还是坏。但我知道书里每个场景我写过即忘,我脑中的文字,似乎自动涌现到纸上,因为写得太快,我在写的时候甚至想不起前面所写的主角头发的颜色,除了名字还记得,我什么都边写边忘。在写完此书的当天,我连名字都忘了。关于此书,我现在什么也不记得,唯一记得的是成书的速度。此书我一本都没留存,现在若是读到此书,我很可能认不出是自己的大作。

这本书,我可以毫不犹豫地说,写得太快了。

另一方面,我曾在四天之内,写出一本书——《罗纳德兔子是个糟老头》(Ronald Rabbit Is a Dirty Old Man),虽然没有人拿此书当成伏尔泰的《老实人》,但我自己感觉写得相当不错。写此书时文思如泉涌,欲罢不能。还有一本书——《危险的人》(Such Men Are Dangerous),我只花八九天就完成了,写该书时灵感也同样处于白热化状态,思维停不下来。很多人认为这是我写的最有力道的一本小说。

我现在不能再写那么快了,这不仅因为我年纪大了,而且因为我现在下笔比过去谨慎。你若真的写得飞快,就会像被蒙上眼睛的赛马一样,只知道一门心思往前冲,而不理睬别的可能性。过去有段时间,无论遣词造句,还是编织情节、设立场景,我眼中只看到一种方案。现在呢,我会看到有更多的选项,我需要时间从中选择。

不过,雅贼伯尼·罗登巴尔系列的最新一本书——《研究斯宾诺莎的贼》(The Burglar Who Studied Spinoza),只用了一个月就从打字机里蹦出来了,这让我自己也大为惊奇。而该书那个作者呢,确实偏心,自认为那是该系列写得最好的一本书。

想想看吧。

据说,世上的人分为两种,一种是把世人划分为两种的人,还有一种不这么划分的人。嗯,我倾向于相信,世上的作家也分为两种,一种是写得快的,一种是写得慢的。将前者转变为后者,或者后者转变为前者,比把铁炼成金子还要难。

但我们仍然会经常尝试。若不是对自己或多或少有所不满,我们很可能一开始就不会当作家。因此,我们对自己是个快作家或是个慢作家不满意,也不值得大惊小怪。

一般而言,天生就写得慢、喜欢深思熟虑后再动笔的作家,为了写出更多作品,抑或为了挤出时间去度假,会尝试加大马力,快速写作。而写得快的作家呢,往往会决定写得慢一些。

埃文·亨特是个天生的写作快手,应该是几年前吧,他决定放慢写作速度。他初识他所敬慕的作家斯坦利·艾林[①](Stanley Ellin)

[①] 斯坦利·艾林(1916—1986),美国著名侦探小说家,擅长短篇推理小说,获奖无数。

时,得知艾林写作速度非常慢,每一步都深思熟虑后才动笔,于是他断定,自己的问题是写得太快了。他决心改变,当两人再次相遇时,他兴高采烈地告诉艾林:"真有效!我现在把速度降到一天写八页了!"而艾林那会儿则认为一周写八页才算正常。有意降低写作速度,却还是一天写那么多页,并不让艾林觉得……

阿诺德,什么问题?

老师,你讲了这么多,是不是为了说明"要忠于自己"这句古话?

阿诺德,你的话貌似谦恭,实为攻击。我承认今天的课程,有一部分确实建议你寻找自己真正所属的作家类型,也许与《哈姆雷特》中波洛尼厄斯的那句名言相差不远,但是除此之外,我还有几点具体想法。

请讲,老师。

1. 别过度假设。大多数职业作家都倾向于给自己每日工作量设置一个定额目标,一天或一两页,或五页、十页。这种定额制总体来说似乎有用——我就屡试不爽——但我觉得,你想要假设一个魔术数字,认为它适合一个作家所写的每本书,每个故事,也不管他当时的创作心理状态是好是差,那就错了。

在长跑比赛中,总有这样的建议:你跑的速度要设定在"仅能呼吸的边缘",换言之,跑得再快,也要帮自己留口气。我觉得也能以同样的方式找到一个最快速度。

2. 累了就歇会儿。倘若工作负荷超过一定限度,不如先放一放。当我感到累的时候,我肯定不在最佳写作状态,如继续待在打字机前,不是浪费时间,就是起反作用。还有,别因为你总是写了多少页就感觉累,就假定自己这次也一样会累,相反,你得关注自己真正的感受。

3. 别寻求药物的帮助。市面上可以买到一些很狡猾的小药丸,号称能消除疲劳、刺激中枢神经系统,增加产出的同时还能让你的创造力更加敏锐。可迟早,这些魔力药丸会毁掉你的肾、使你的肝钙化、让你的钙质从你的骨骼和牙齿那儿流失。日子久了,还会让你养成对药物的依赖,让你神经系统恶化,让你发疯,直至死亡。

有些作家还在不顾后果地服用药丸。我也曾经试过,但如今再也不干这种事了。无论这些药丸会给你带来什么好处,单凭损害你的神经这一点,我就知道代价过于惨重。

有个故事,说的是一个学生,想成为所在学院历史上做考卷最快、最棒的学生,在考前,打了一针"快速丸"①。很不幸,他在考卷上,只来得及写一行字就宣告死亡。

有问题吗,阿诺德?

你不会还记得他在哪儿买这鬼东西的吧,老师?

速度太快会杀人的,阿诺德。

哦,我知道了,老师。不过,等我老眼昏花要戴眼镜的时候,不能来一点儿吗?只是玩笑而已,老师,我只是开个小玩笑。

---

① 此处原文为"Speed",即冰毒或其他一些安非他命类毒品在街头售卖时的"黑话"。——编者注

19. 淘洗垃圾

还真有作家喜欢反复修改稿子,至少他们口头上是这样说的。假装自己热爱修改,就像明明不喜欢吃鸡,却假装自己嗜鸡如命,想做到非常之难,因此我绝对愿意相信那些作家说的是真话。比如他们说,"我的书不是写出来的,而是改出来的。"或者说,"我敲出初稿,真正的乐趣才开始——二稿、三稿、四稿,直至最后定稿,特别快乐。当然,有时这还不算定稿,我会情不自禁想把这个故事卷进打字机重新打出来。"

嗯,正如那个亲吻母牛的老太太所说,"每个人都有自己的口味"①。对我而言,我无法想象,我能在打字机上把同一个故事接连敲个五六遍。若能如此,我以后都能把骆驼穿过针眼了。反之亦然,你不妨想想看。

还有一些作家认为修改是琐碎的活儿,令人厌烦,不过他们似乎还是接受,认为既然搞写作,这就是不可避免的环节。有人认为,第一稿只不过是把故事敲到纸上;第二稿,开始修订情节,修改人物前后矛盾之处,把整本书收拾得井井有条;第三稿,故事中的场景已被重构,情节和人物形象已被优化;第四稿,段落、句子要精心锤炼,对话再逼真些,这里删几个逗号,那里添几个。于是,或迟或早,面目可憎的初稿会变成神圣的不朽之作。

已故的杰奎琳·苏珊(Jacqueline Susan)生前经常告诉电视观众,她是如何把每一本书都改上四五遍的。初稿用黄色稿纸,二稿

---

① 原文为"de gustibus non disputandum est",是一句拉丁语格言。

稿纸用绿色,三稿稿纸用粉红色,四稿稿纸用蓝色,最终用白纸把终稿印出来。至于她说的这种彩虹稿纸法有何意义,我记不清了,也不太相信她真的那样去做。像她这样擅长自我推销的作家,想必在渲染夸张方面也是高手。

但这无关紧要。我觉得,要紧的是苏珊了解电视观众。大众显然喜欢去读那些貌似经过作家千锤百炼的作品。倘若作家不费吹灰之力就能从打字机里敲出一本书,就像从岩石缝里汩汩涌出的泉水那样,还要你花上大价钱才能买上一本,你多少会觉得有些冤枉。按理说,读书就该去读那种质朴自然、毫无雕琢的书,可似乎只有确信作家在书中付出了艰苦的努力,读者大概才会感到满足吧。

嗯,别把读者想得那么高尚。同样的人会去看那种血腥的拳击大奖赛,去赛车场只为亲眼目睹车祸。倘若他们需要确信作家在书中付出艰苦努力才行,那可以告诉他们,这就是我们的呕心沥血之作。可要我们反复重写自己的书,真的没必要。

说起来,反对重写的理由,颇有说服力。可以有两种途径来论证你的观点,就看你是从艺术家的视角来看,还是从玩世不恭者的视角来看。

从艺术家的视角来看,创作是一个完整的整体,必须浑然天成,艺术家创作时的心态,直接影响艺术的完整性。创作时的激情和活力,会被反复修改所冲淡。杰克·凯鲁亚克(Jack Kerouac)[①]就持这种立场,他说,他在尝试创造一种"自然迸发的博普爵士乐

[①] 杰克·凯鲁亚克(1922—1969),美国作家,美国"垮掉的一代"的代表人物。代表作有《在路上》(*On the Road*)。

文体"(spontaneous bop prosody),写小说就像一个爵士乐音乐家的即兴演奏。这种写法,凯鲁亚克好像只在部分作品里运用得比较自如,比如我觉得《地下人》(The Subterranean)比较成功,而其余运用这种方法的作品却不尽如人意。我想把他的话换种说法:反复修改,未必能把小说搞得漂亮一点,反而会冲淡小说原有的生命力。

关于玩世不恭者对此问题的看法,我们可以从一本小说里看到。小说的主人公是个蹩脚的科幻小说写手,他既鄙视自己的作品,也鄙视阅读自己作品的读者,他从不修改自己的小说,因为他觉得自己写的东西唯一的特色是新鲜,此外全是垃圾,重新改写只会把这唯一的亮点给改没了。他认为,一旦开始修改,就停不下来了。每改一次,初稿的生命力和自发性就减一分,最后剩下的东西平庸且毫无价值。威廉·戈德曼(William Goldman)[①]曾在《季节》(The season)中,探讨过在首演前重写一个平庸剧本的痛苦,他说重写就是"淘洗垃圾"(washing garbage)。

就我个人而言,我一直憎恨重写。一旦我写好了一本书的结局,不管是超短的故事,还是厚重的长篇小说,我都觉得写完了。当我写到结局,就真的是结局,不可更改。

多年前,我几乎从不重写作品。我粗制滥造出大量低俗小说,初稿只要写出来,就拿去出版。我这方面的天赋,足以让我应付行文和对话。至于情节和人物形象塑造,在这类书中几乎不存在,因此,即便故事不够连贯,也不必修改。

[①] 威廉·戈德曼(1931—2018),美国小说家、剧作家和电影编剧,曾获奥斯卡最佳原创剧本奖。

我当时的态度可谓漫不经心。"我从不重写,"我会说,"因为我注重一遍成功,这岂不更容易?"

那是年少轻狂的时光。如今上了岁数,不再那样轻狂,我现在写故事和书,已然不似春日的洪流,而是像寒冬里的糖浆。我对自己现在的作品期望更高,要花我更多的时间。

它们涉及的改写工作比过去多得多。

可我还是不喜欢修改的过程,还是想第一次就写对。因为在权衡利弊之下,似乎还是这种一气呵成的写法来得容易。

除非你天生就喜欢重写,否则,比起把时间花在修改旧作上,你或许更愿意利用这时间去写新东西——或是修整花园啊,欣赏晚霞啊,想干啥都行。为达到此目标,让我给你几个小点子。

1. 别把改写当作理所当然。倘若你的作品在打字机上旅行数次,就能脱胎换骨,成为不朽之作,那完全没问题。有问题的是,你在写初稿时,就对自己说,没关系,这是初稿,反正写完了还要修改的,这就让你有借口在写作时马虎了事。"写得粗糙没关系,先写出来再说,回头再修改。"不行,对不起,我可不买账。初稿马虎了事,等于教你写所有东西的时候都可以这样马虎了事。

在这方面,你不妨抱着双重心态。一方面,你知道你可能会重写这篇作品,但另一方面,在写初稿时,你要抱着另一种心态:这是定稿,马上要出版,要一次搞定。这样一来,你的初稿就不会拖泥带水,而是精心写作出来的——有时,你会觉得它写得不错,不必修改就可以出书了。就算要修改,也很容易,因为初稿不像过去那样杂乱无章,就像是脚指头敲出来似的。

本着这种精神,你初稿稿纸得像样一点,不要用一面已经打过的稿纸。留好页边空白,夹上复写纸,一次搞定。就我所知,这是个最有益的技巧,能让你干净利落地完成写作。

2. 边写边修改。 此法在写长篇小说时尤其好用。不过我发现,写短篇故事也用得上。我常常写着写着,脑子里就冒出个新点子,导致故事偏离了原本的情节走向,这就有必要修改以前写的部分——比如修改场景啊、加个伏笔啊等等。故事和小说写到哪儿,这种自然的灵感冲动就会伴随到哪儿,直至写完。然后,你再回过头来,修改写得粗糙的地方。

你越早回头修改越好,不要等到写完,这样事情会容易些。你也许不想打断自己的写作思路,那么只要你写完一个段落,脑中也很清楚哪里需要修改,就马上回头处理。

这样做有两点理由。首先,若拖到最后才回头修改,你会老想着修改这事儿,烦不胜烦。而一旦你修改了,你就会感到心情舒畅,就可以把全部心思投入接下来的创作中。其次,你在修改前面的时候,也许会激发灵感,有助于后面情节的发展。这种修改就像是修补篱笆,早补早好,越迟越麻烦。

3. 专心写作。 这一直都是个好建议。虽说作家不是爆破专家,不专心就会有伤亡事故,但专心写作不失为好策略。不管是否要改写,这个策略都很重要。你不得不全面修改,是因为你有很多草率粗心的习惯,比如你没注意自己正在写的和前面写的对不上号。倘若你写东西时大脑不够清晰,就可能会不断重复使用前面写过的,或者写出跟前文有冲突的情节。比如,第三章的金发美女,到了第七章,突然变成了黑发女郎;第五章的孤儿,到了第九章,会和他妈妈交谈。你若幸运,会在二稿中加以修订。你若倒霉,你永远也发现不了这个破绽。然后呢,编辑发现了,这是很尴尬的事儿。或者直到出书前都无人修订,出版后,会有五百名读者就此写信给你,那时你真的会感到骑虎难下。

解决这种困境的良方,就是要专心。别在大脑疲倦的时候写作,也不要依赖任何一种改变心绪的东西——酒精、大麻、兴奋剂、镇定剂等等。

倘若你写的东西不是一天内就要交稿的话,那就在每天开始你的定额写作前,先重读一下自己前一天写的东西。不止如此,你不能仅仅重读了事,还要校对一遍,顺便把那些琐碎的小错误改过来。这就让细节固定在你脑中,让你很连贯地写下去。倘若你写的是一本书,进度停了也不止一天,那就不能仅重读上一章,而要把整本书都重读一遍——倘若你搁笔的时间太长,那还得反复多读几遍。

边写边审校,还有一个好处。它会增强你对自己前面所写内容的自信,帮你节省完稿后全篇审阅的时间。

正如你每天动笔前先重读头一天写的东西那样,你也该养成这样的习惯:在有事打断了你的注意力后,一定要看一下前面写的一两段,再重新动笔。这会让你思路连贯,以免无意中重复前面的文字。单凭这一点,就能让我放弃对录音机的依赖。① 我想看到自己的工作成果,假如我不能立即看清它在纸上的模样,我就不会有信心接着写下去。

4. 先打好腹稿。我写过很多东西,从短篇故事到长篇小说,信笔写来,不知接下来会写到哪里。有时只想出一个短篇的开头,我就开始动笔。有时开头相当顺畅,但最终能否完稿,就不受自己控制了。

---

① 在国外,许多作家写作时习惯于先口述录音,再听录音把文字打出来。

近来,我发现,冲向打字机的最佳时刻,不是灵感来的时候,而是其后第二天早晨,或者第三天早晨。因为在此期间,我的大脑会反复琢磨故事的构思,晚上睡觉的时候还在琢磨,甚至会梦到故事情节。这种梦,总比梦到自己赤身裸体出现在北达科他州詹姆斯顿(Jamestown)市每年一度的农家烘焙交易会上要愉快。到了此时,其实可以动笔了。与灵感刚来的时候相比,此时我考虑得更多,更周全。此时打字机打出来的,其实不是初稿,而是二稿、三稿,不太可能需要多少改动了。

5. 别走极端。有必要用这最后一点平衡前面四点。不要疯狂坚持绝不修改的条款,不要过于想把初稿写得完美,结果初稿却写不出来。不要来回反复磨蹭,结果稿子没变长,只是变老了。不要一心想着打好完美腹稿,却从不真正动笔。不要反复读自己前面写的文章,让自己沉迷其中,却不去想接下来该怎么写。

换言之,要适度。凡事都要适度,包括适度本身也是。

斯坦利·艾林几乎只写短篇小说。他对改写几乎到了上瘾的地步。他喜欢边写边改,每写一页,都务求精美绝伦,否则不会写第二页。他曾回忆说,有一次他将第一页重写了四十遍,才开始写第二页。如此逐页雕琢,直至故事完成。

这称得上是疯狂。其实我们大部分人对待修改——或写作本身的方法,也有点疯狂。假如我们不是有点疯,也就不会选择作家这个职业了。归根结底,我得说,我建议你避免修改,也只是建议而已。我提供这些建议,仅仅因为它们对我很适用,正如别的方法对别的作家更有用一样。

还有一件事,我不得不告诉你们,你们刚读的这篇"垃圾",我可是淘洗过好多次的……

20. 请人阅读

多年前我和贾德森·杰罗姆(Judson Jerome)还舒舒服服地在中西部一个小学院里安身的时候,他好像是教师,我好像是在上学。他当时宣称,在大学校园里,有两种学习写作的学生。一种呢,他解释说,留着个络腮胡子,对谁都绷着个脸,向所有问他的人(也包括几乎所有没问的人)昭告,说自己是作家,但就是从来没写出过任何东西。

贾德森接着说,另一种呢,往往只要蹦出几句小诗,就奔出去,像展示尿液样本似的非要给别人看,一边还狂呼着:"看!它是我生命的一部分!"

回想起来,那时的我,应该是两者兼而有之。我也留着个络腮胡子,对谁都绷着个脸,这种样貌我保持了二十年。那时我确信无疑地向世界宣布,自己长大后要当作家。不过呢,我也写了很多东西,什么都写,包括零散的歪诗,无价值的短篇小说。写完之后,我还真的拿着这些拙劣的学生习作到处强迫人看,这些人包括朋友、导师,以及那些还不知道一见我就该躲开的人。

如今我的络腮胡子刮掉了,对谁都绷着个脸的次数也减少了,短篇小说也不太写了,好久没去鼓捣歪诗了。

但有些事没变。我仍渴望被人阅读。不只是渴望被读者大众阅读——虽然我的收入和作家声誉最终取决于他们对我作品的接纳——还渴望我的那些密友阅读。我还是像当年在安提奥克学院读大二时那样,一写出东西,就狂奔过去逼着他们看,还要他们尽快将读后感告诉我。

我认为,对很多作家来说,想要被人阅读的强烈欲望,正是驱动写作的内在因素。也有些作家是例外,他们仅仅为了满足自己的心灵,才把自身体验转化为条理清晰、很有艺术性的作品,只为一吐为快,根本不在乎外人对作品的评价。这样的作家有多少,只有上帝知道。他们把写有诗歌和小说的笔记本锁在抽屉里,对谁都闭口不谈自己的创作,只是留下遗嘱,死后将所有这些作品毁掉。我很怀疑,这种作家会是《作家文摘》的长期读者。该杂志文章重点关注如何提高沟通能力、如何增加投稿命中率的问题,可对这种作家而言,简直是毫无关系。

除他们之外的作家,都渴望自己的作品能够印刷出版,借此获得收入和认可,这种渴望,其核心很简单很纯粹,就是渴望被人阅读。贝克莱主教(Bishop Berkeley)①说,树叶于无人处落下,就没有一点声音。只有在被人倾听的时候,落叶才会有声。同样,没人倾听,我们会觉得自己的作品只是无声的呐喊。

把作品拿给自己的朋友和同行读,真的有好处吗?把阅读的任务交给谁,效果最好?如何对待别人的阅读反馈?

拿我来说,尚未写完的作品,我很少示人。不管是故事还是小说,我通常要等到初稿写完,才拿出来传阅。那时我会选择此前一直喜爱我作品的人,以及我觉得会喜爱我现在这部作品的人,进行试读。

我怀疑自己这样做,是因为我真正想要的是赞扬和敬慕。很

---

① 乔治·贝克莱(George Berkeley,1685—1753),著名英裔爱尔兰哲学家,同时为圣公会驻爱尔兰科克郡克洛因镇的主教,与约翰·洛克(John Locke)和大卫·休谟(David Hume)一起被认为是英国近代经验主义哲学家中的三大代表人物,著有《视觉新论》(*Eassy towards a New Theory of Vision*)和《人类知识原理》(*A Treatise Concerning the Principles of Human Knowledge*)等作品。

多作家都声称我们想要的是批评,我觉得,这完全是骗人的。我表面上可能会声称,我想要批评,假如能获得一些批评性建议,让作品得以改进,我会勉强表示感激,实际上,我就像骄傲地把婴儿抱出来示人的父母一样,最讨厌别人说三道四。我给你们看的是我自己的孩子,我自己的骨血啊,别对我说小家伙的头太大,要对我说,他是世上最漂亮的婴儿,他目前还显茫然的眼睛里,闪烁着所罗门的智慧,这样,我才会爱你,认为你是个有远见卓识的人。

对很多作家来说,真的非常渴望作品得到赞扬,或者至少是热情的接纳。毕竟,作家几乎是在真空里工作。夜场脱口秀演员会随时知道他的表现如何,他的观众笑没笑,他是生机勃勃,还是死水一潭,是成功还是失败,随时都心里有数。作家却没有这种评估机制,就算是作品写完了也不行。

按正常程序,我们职业作家的作品先由经纪人和编辑阅读,他们的专业经验非常宝贵。但是,那些我们信任的朋友读过作品后给我们的意见,尽管是非专业性的,却也有特别的价值。毕竟,我们把作品投入邮筒后,就开始漫长的等待。等了几个月,也许才会收到一张退稿的纸条,或者一封冷冰冰的信:"您的作品不符合我方要求。"

干我们这行的,刚开始都很自信。我们坐下来写作,就是期望写出后有人读,但与此同时我们却对自己的作品不太自信。即便该作品取得艺术上和商业上的成功,我们还是需要得到认可才能安心。

当我离开自己熟悉的领域,试图开拓新的写作空间时,我需要有人确保自己没有走错方向,没有去做超出自己能力所及的事情。反过来,当我写的是一个系列作品的新作,我还是需要外界的认可,确认自己的写作水准没有下降,我既没有一味地重复自己,也没有脱离原系列作品,读者大众不会看到我的书就打哈欠。

最有用的读者,不仅给予我赞美和确认,还要提醒我注意处理书的缺点。他们会指出谬误之处,这些谬误假如不修订,落到编辑眼里,作品的可信度就会被怀疑。他们还能告诉我,某个具体场景的效果是否如我的预期,某个角色是令人同情还是令人讨厌,某处的悬念发展是否过于突兀,是因为伏笔埋得不够,还是痕迹过于明显,如此等等。

《研究斯宾诺莎的贼》全书有三个出其不意的设计,其中两个与谋杀案凶手有关。可试读这本书的人,都只猜到其中一两个设计,没想到会有三个,故事的结局出人意料,这个试读结果让我很放心。

《智慧》(*Savvy*)杂志的一位编辑告诉我,我的某个短篇小说的结尾有些含糊,我去问已读过这本书的朋友。她说也注意到这一点,但觉得有点含糊无伤大雅。她的观点,让我明白编辑的反对意见不是没有依据,据此我可以相应地对结尾加以修改。

多年前,我赶写一本情色小说,准备用笔名出版,初版用平装本。该书有我喜欢的东西,于是我让朋友去读。朋友读后都非常欣赏,于是我把小说从平装书出版商那里拿回来,寻求作为精装书出版,我找了两家精装书出版社,第二家愿意出版,书名定为《罗纳德兔子是个糟老头》。只是故事并没有旋风般地结束——出版商没有大力促销,评论家也没有过多关注,它的销售情况如同冬天里卖冰。但有一点很清楚,若没有朋友们读后的反馈,我压根不会想着用真名并把它作为精装本出版。

作家是最佳读者。我找来试读的朋友,大多数即便不是作家,也是与写作这个行业多少有点瓜葛,他们的文学素养比普通人高,更具备对作品写作技巧的鉴赏能力,我也更看重他们的反馈。我同样在意非作家朋友的反馈,他们的意见同样重要,毕竟,大多数读者是非作家。不过,我更愿意等书出版后,再让他们读。

有时,我认为,作家俱乐部的主要功能,就是让写作新手可以有同行试读自己的作品。人们参加这种组织的目的,通常是为了得到同行的批评指正,从而对自己的写作有所助益。但我怀疑,更重要的还是同行阅读你的作品,而不是真的寻求那些所谓一针见血的批评。

顺便说一句,从别人的反馈中学习,固然可以,但若能通过琢磨他人作品的优缺点来感悟写作,对你更有助益。从他人作品中找瑕疵,比从自己的作品中找,要容易得多,我肯定不是第一个这样说的人。我经常通过琢磨朋友作品中的成功或失败之处,来提升自己的写作技能。

以下是几点建议:

1. 不要轻率行事。有些人为了既得利益,总想把你的作品撕成碎片,出于各种考虑,他们并不打算喜欢你的作品,并且会对你的作品恶语相向。那是他们自身的问题。但倘若你坚持要把作品给他们看,就成了你自己的问题了。

2. 不要展示尚未完工的作品。尽量不要给人看还在写的作品,尤其是写作思路正顺畅的时候。你只需给自己一个理由:这会打断你的写作思路,让你无法完成既定的写作。

3. 假如你非要展示尚未写完的作品,那就小心为妙。有时,我对自己的作品太没有底气,这会迫使我打破上面的原则。我因为深陷自我质疑的泥潭,让人试读,说几句让我放心的话,能让我放松心态，重整旗鼓。在这种情况下，我尽量不冒险。我选定读者前，会确保他有理由真的喜欢这个作品，就算他对作品不认可，他也不会说出来——除非是无法忽视的重大错误，这种情况我自然是早知道为好。

4. 别杀信使。真正有用的读者，不会一味地赞扬你。他会给你诚实的反馈。他可能是很有同情心，大体上倾向于喜欢你的作品，但他对你写的所有内容无差别地疯狂表示赞赏。有时他的反应较为温和，有时则尖锐批评。况且，没有人是完美的，他不喜欢你写的某些东西，不是因为你写得很烂，而可能是因为那不是他喜欢的类型，或者因为他当天的情绪不好。

别因此而憎恨他，别因为故事不对他胃口就断定他不识货。倘若你受不了热，就别进厨房。倘若你不想要桃子，就别去摇树。倘若你不能容忍不同意见，那就把写的东西锁进抽屉。

21. 从两端烧木筏

你要是愿意，不妨想象一下：一个家伙乘着一个巨大的木筏，漂流在北大西洋结冰的海面上，为了避免冻死，他得不时从木筏上砍木头烧火取暖。日子一天天过去了，木筏也越来越小。

这家伙迟早会陷入困境。

我举这个例子，是想说明，我们作家的境况跟这个家伙大致相同。我们每个人，都坐在由成长背景和生活经历构成的巨大木筏上。每次我们把一张稿纸卷进打字机，就等于烧掉一截木头。为了给写作提供素材，我们在消耗过去，一天天过去，木筏也越来越小。

迟早,我们只能在水面上行走。

对于小说家而言,这是个普遍的问题,几乎人人如此。有趣的是,在作家这个职业里,越成功的作家,就越受此问题的影响。有个说法由来已久:在美国,成功就意味着毁灭;对成功的美国作家来说,这样或那样的毁灭悲剧很普遍。仍以前面的大海航行打比方,就算某个成功作家驾驶船只艰难前行,前有酗酒巨岩、后有自杀大旋涡,他仍会面对没有东西可写的窘境。文字越写越多,表达的东西却越来越少。成功让他日益孤立,离他的过去以及他周遭的世界越来越远。读者等着他出新作品,但悲哀的是,他没什么可说的了。

你没必要在很成功之后,才发觉自己身处这样的木筏上,或者在激流险境中。多年前,我就意识到这种力量的作用。我很早就开始写作,大学没读完(尽管是系主任的建议)就开始写作生涯。从那时起到现在,除了1960年代中期的某一年之外,我一直靠写作谋生。我开始写作前的人生经历,价值不大,在岁月的流逝中,渐行渐远。随着时间的推移,我的交往圈子里,作家、经纪人、出版商所占的分量日益加重。这群人温暖、聪明又有趣,虽然我认为这个圈子里的种种交流是必不可少的,但这也就意味着我的木筏越来越小。

这种写作素材减少带来的影响,对我来说,没那么严重。因为我的作品并不直接从自己的生活经历中取材。有些作家,比如托马斯·沃尔夫,就是直接把生活经历写成小说的。还有一些作家,最擅长的是某个特定题材的写作。这类作家,我最先想到的是詹姆斯·琼斯(James Jones)①,他写得最好的作品就是二战题材的

---

① 詹姆斯·琼斯(1921—1977),美国著名战争小说家,1939年加入美国陆军,并亲历了第二次世界大战。他的代表作有《细红线》(*The Thin Red Line*)、《从这里到永恒》(*From Here to Eternity*)。

小说。

我的大多数小说,都是合理的虚构,虽说或多或少是生活的结晶,但我很少直接从生活经历中取材。只是我觉得,上述模式仍然适用。终有一日,我会没有素材可写。

这些年来,我是个非常多产的作家,我还是个全职作家,无法从工作环境中汲取素材,你如果愿意像我这样,就是从两端烧木筏。不过,我觉得兼职作家和周日作家多半也面临同样的困境。毕竟,上班族每天去办公室,干大体相同的工作,跟同样的人员打交道,每天上下班走的很可能是同一条路线。就算这工作自身有趣——哪怕是极有魅力——对于将来的写作所能提供的养分也很有限。

回顾过去,我还真没有刻意在生活中寻求额外的灵感来源,只不过碰巧歪打正着,或者说至少部分如此。

正如很多同行那样,我总是对太多的事情感兴趣。我对自己感兴趣的事会满怀激情地投入。一旦对某个领域有了兴致,或者有了某种嗜好,我会去查阅所能找到的每一本相关书籍,花三个月左右的时间无怨无悔地付出,但热情一退,就把这些书束之高阁,转到下一个自己感兴趣的事情上去了。我过去觉得自己这样朝三暮四,是一种性格上的缺点,但现在却认为这种个性很有好处,因为它会让我接触到大量有趣的主题。

这种性格上的倾向,与当时我对自身生活境况的不满纠结在一起,使我在远离打字机的时间里,曾在不同的道路上徘徊过。这样的例子一个就够了。九年前,我曾轻率地在美国宾夕法尼亚州的新希望镇(New Hope, Pennsylvania)开了一家艺术画廊。仅仅说这事儿在商业上不太成功,太轻描淡写了。对我而言,它是名副其实的艺术画廊版泰坦尼克号惨剧,营业的过程也没给我带来原本希望的那种愉悦体验。一到周末,就人满为患,游客和他们的"熊孩子"拥挤不堪,就算有顾客想买画,也无法买——何况根本没人买。工作日呢,则无人光顾,你都可以在画廊里面猎鹿了。

尽管如此,开画廊和后面经营的这段经历,对我这个作家而言还是收获巨大。在经营画廊的那一年,我在新希望镇遇到了形形色色的人。我的熟人圈子包括艺术家、小商贩、嬉皮士、有怪癖的人、吸毒者,还有来自当地不同社区的居民。我学到了很多关于绘画的知识,艺术层面和商业层面兼而有之。我还学会了如何通过顾客看画时的举止来判断哪些人是潜在的买家。我肯定不能说自己学会了画画,但在那些可以猎鹿的午后,闲得无聊之际,我也画了一些抽象画。我由此也领悟了画家究竟是怎样的人。当我的一些画作居然卖掉的时候,我再次领悟到,"世间万事皆有可能",巴纳姆(Barnum)是对的①。

这一年作为画廊经营者的经历,最明显的结果是我写的一部以新希望镇为背景的长篇小说,我把自己这一年的观察和体验几乎全写进去了。你要明白,我绝对不是为了写这样一本书才去开那家画廊的。我当时也不是在做实地调研,只是在寻求另一种生活道路而已。但我那一年的生活经验,最终植入了我的小说。

那段日子的收获,还远不止一本小说。那本小说绝版很久之

---

① 此处指巴纳姆效应,这是一种心理现象,1948年由心理学家伯特伦·福勒(Bertram Forer)通过试验证明,以美国杂技师费尼尔司·泰勒·巴纳姆(Phineas Taylor Barnum)的名字命名。巴纳姆效应是指,每个人都很容易相信某种笼统的、一般性的人格描述特别适合自己,即使这种描述十分空洞、模糊、普遍,仍会认为它反映了自己的人格面貌,哪怕自己根本不是这种人。该效应能为占星学、占卜、心理测试等行为提供解释。——编者注

后,我的生活经历还在不断修正、丰富我的整个认知框架。我在那一年遇到的形形色色的人,作为各种人物形象,出现在其他很多本小说里。简言之,我的经历给我冗长乏味的隐喻木筏上增添了新的木料。

从那以后,我的人生道路跌宕起伏,经历过无数次奇妙的转折,这些经历纷纷涌入我的大脑,有时我似乎觉得大脑负荷过重,就像保险丝那样快要爆掉似的。不过,在过去两年,我住在同一个地方,和相同的人住在一起——上帝保佑,我的房东和妻子,会在可以预见的将来与我续约。

这种稳定的生活,并未减少我的写作灵感,或许是因为我找到了一些新方法,为写作不断注入源头活水。这些方法对我颇为有用,我想对别人同样有效。

其中一些方法如下:

1. 不要墨守成规。墨守成规很容易,但也是可以避免的。我认为要尽量避免墨守成规的生活方式。有个地方与我家相隔八个街区,我每天至少步行去一次。我特别注意每次不走同一条路线。实际上,无论何时,从一个地方到另一个地方,我都会刻意选择一条陌生的路线,就算稍微绕点路,也不在意。

我建议你不妨重读一下罗伯特·弗罗斯特的诗歌《未走之路》(The Road Not Taken)。不管是在文学层面还是隐喻层面,我总是选择人迹罕至的路,然后会发现,一切真的不一样。

2. 留意你要去的地方。有些路一成不变,是因为我们没有用心留意。因为我们对周边过于熟悉,所以懒得留意周边的一切,哪怕是以前没注意到的。我发现,倘若我以开放的心态对待任何新的体验,倘若我用各种感官去感受,不管行走在哪条路上,我都会像第一次踏上这条路一样,有全新的发现。

3. 要终身学习。近来,我注意到自己对建筑的观察角度,似乎与过去不一样了,我发觉自己正在关注建筑的形状和各种细节。这是因为我出于对建筑的爱好,去读了保罗·戈德伯格(Paul Goldberger)的《城市观察》(*The City Observed*),这是一本曼哈顿建筑指南,很吸引人。读完后,我发现自己看周围一切的目光更为敏锐,也更有学识。我也得以从全新的视角来看附近的建筑。我决定去纽约新学院(New College)修一门课程,深入了解纽约建筑的相关知识。

若问这门课程对我的写作有多大帮助,我认为最重要的,是改变了我的观察视角,开拓并提高了我的视野,而这或许会体现在我将来的作品中。或许,我学到的东西会直接作用于情节、场景,作用于人物形象的塑造,或许,上这门课程我还会有意外的发现,我可能在课堂上遇到某个人,在走廊的饮水机边,他会随口告诉我某件事,而这会是我下一本小说的源头。我不知道这门课对我的写作有多大帮助,也不必知道,因为知识灌输与实地调研完全是两码事。实地调研是为了寻求答案,而前者还没意识到问题的存在。

4. 出门闲逛。《作家文摘》杂志的非虚构类专栏作家阿特·斯比克(Art Spikol)最近的言论引起了一些人的不满,他告诉家庭主妇,假如想与丈夫吵架,就去酒吧闲逛一下寻求灵感。就我来说,多年来,每当我把自己关进沙龙里,与外界隔绝时,我就觉得阿特所言很有道理。是坐上警察朋友的巡逻车在街面上晃几个钟头呢,还是到圣文森特医院,坐在急诊室的凳子上观察几小时?抑或是去华盛顿广场,接触毒贩和赌牌骗子呢,还是到港务局巴士车站终点站,现场感受一下?我无法确定,哪一件事更能拓宽我的经验、激发我的灵感,但我非常确信,我若只坐在家里看重播的电视情景喜剧《我爱露西》(*I Love Lucy*),我不会有任何收获。

旅行会开阔视野。不管是出城旅行还是在家附近熟悉的街道上漫步,我都尝试着保持旅行者新奇的目光。我们乘坐的木筏,永远不会消耗殆尽。我们会抽取木头取暖,但我们知道新的木料会添加到木筏上。人生经验的增长是没有止境的,只要我们始终持开放的态度面对一切。

22. 创意性剽窃

几个月前,我接到一个电话,是我的作家朋友布莱恩·加菲尔德打来的。他提到近期读到我发表在《阿尔弗雷德·希区柯克推理杂志》上的一个中篇小说,觉得写得非常好。你可想而知,我听了大为开心。

但他接下来的声音透着些许不安。"我太喜欢这篇小说了。"他说,"我在想办法偷走它。"

"偷走它?"我说,"偷走它?"

"哦,这是合法的偷窃。"他向我保证,"书出来你就明白我的意思了。"

我只得引用奥斯卡·莱文特(Oscar Levent)的名言来回击。"模仿,"我指出,"是最真诚的剽窃。"

"我非常赞同。"布莱恩说完,就挂了电话。

我的中篇小说《像一只街头的狗》(*Like a Dog in the Street*),写的是一个国际恐怖分子,被以色列安全部队所捕获。他的同伙为救他,在纽约的联合国大厦放了一枚炸弹,威胁若不释放恐怖分子,就炸平半个美国东海岸。以色列不得不放了这家伙,但释放前,给这家伙打了一针狂犬病毒,其症状在三十天之后才出现,一旦出现,就必定死亡。

故事中狂犬病毒这个元素,是我多年前就有的构想,只是一直找不到合适的小说放进去。布莱恩想盗用它,我不是很乐意。等他的小说过段时间后出来,我读过了,才松了口气。在他的故事里,美国情报机构迫于恐怖分子的要求,不得不释放一个敌方的间谍。他们当然不想放过他,于是释放前先给他下了毒,等他逃到东柏林或者别的什么地方,药性才发作。这时有人来找他,告诉他可以得到解毒剂,前提是他再次自首,他只好照办,结果却发现自己被耍了,所谓毒药根本就不致命。

布莱恩完全正确——他的创作是合法的剽窃,我称之为"创意性剽窃"。他的故事直接起源于我那个中篇,但经过他对创意的改编,已成了一个完全不同的故事。

他的改编方式,让我想起我的故事也不是我凭空想象出来的。这要追溯到1961年,我看了一部名为《本·卡西》(Ben Casy)的电视剧。在该剧的第一集里,文斯·爱德华兹(Vince Edwards)扮演的主角被一个狂犬病患者挠伤,出于某种医学原因,他不能打狂犬病疫苗。他不得不等上三十天,才知道有没有患上狂犬病,假如患上,那他就必死无疑。剧中提到的医学信息,还有对其戏剧性的应用,在我的脑海里徘徊很久,直到最终我把它写进小说。当我在小说中借用这个元素的时候,我并没有剽窃《本·卡西》,正如布莱恩没有剽窃我的小说一样。

很多作家都爱读书。我觉得,我们的故事创意,有很大比例来自我们阅读中受到的启发,这是自然的事。但是,在合法"剽窃"

与非法剽窃之间,在单纯剽窃与有创意的"剽窃"之间,都要划一条界线。在我看来,它们之间最根本的差别,在于剽窃者是否在他借用的故事里,注入了自己的独特创意。

早在三个世纪前,约翰·弥尔顿(John Milton)①就在《偶像破坏者》(Iconoclastes)一文中说得很清楚。"关于借用问题,"他说,"一旦借用者没有把借来的东西处理得更优秀,就会被好作家们视为剽窃。"

作家无论水平高低,都经常会怀疑自己是否涉嫌剽窃,没有创意。这样的事情我经历过好几次。比如,我写过一本书,名为《作废的捷克人》(The Canceled Czech),书中的主人公穿越铁幕,去监狱营救一个二战期间与纳粹合作过的捷克人,他设法让这个捷克人陷入昏迷状态,随后装进棺材里,运出边境。事成之后,他受到自身正义感的驱使,把棺材连同里面的那个捷克人一起送进了火葬场。

该书出版两年后,我偶然读到名为《磨坊》(Mills)的一本书,其情节居然与我的同出一辙,主人公也是让一个战犯假死,装进棺材,从东柏林运到西柏林,然后呢,受到自身正义感的驱使,把棺材连同里面的那个战犯一起送进焚尸炉。

这件事倒也没有特别让我不快。我不确定《磨坊》的这个作者是否读过《作废的捷克人》,即便他读过,我也不能肯定他是否有意剽窃。我的一个朋友发现,他的某本小说,居然抄袭了一篇短篇小说名作的情节,很多细节都很相似,这让他大为恐慌。他知道

---

① 约翰·弥尔顿(1608—1674),英国诗人、政论家。代表作有《失乐园》(Paradise Lost)等。

自己多年前读过那篇名作,但写的时候,却没意识到自己在抄袭。那篇名作的作者没有起诉他,也没有书评家就此巧合提出质疑,但他只要一想起自己这次无意识的剽窃行为,就一身冷汗。

这种事情常常会发生。通常,编辑若发现这种无意识的剽窃,就会赶紧把它扼杀在萌芽状态。不少作家一旦得知自己是在抄袭别人的作品,就丢掉整篇小说了事。但是有创意的剽窃者,只会将别人的成果当作自己作品的出发点,从而在这个问题上没有任何担心。

不满意,通常是创意性剽窃产生的源头。正如牡蛎处理壳里的一颗沙粒那样,因为对沙粒不满意,所以才倾注心血把它裹起来,用心打磨,直至磨成一颗珍珠。作家若对看到的电影或故事不满意,也会重新打磨,创作一部更让人满意的作品。我若看到某个人物形象刻画得很笨拙,就会琢磨,这个人物形象该干点啥?干了之后会有什么效果?有时,我的解决方案会和原文作者大相径庭,而我又觉得这个形象可以改进,于是我会自己去另写一个故事。

我有时会通过猜测别人故事的结局,构思出有别于原著的情节。这种事通过电视进行,最为方便。比如大家熟悉的《希区柯克剧场》(*Alfred Hitchcock Presents*)就是个理想的选择。我往往看到一半,就猜出作者为故事结局设计的悬念。但也有几次,我猜得不对,与编剧想到的大相径庭。既然我的版本与我看到的故事大不相同,有两次,我索性坐下来,写出属于我自己的故事。

我知道某些作家,在灵感枯竭的时候,索性去盗用别人的故事。我过去认识一个科幻作家,他就系统地阅读过往那些科幻期刊的故事,翻找一篇他能改头换面的,他觉得自己这样就可以放心盗用。我在写犯罪小说时,偶尔也干过这种事,但对我而言,毫无成效。

例外的只有一篇小说,且听我细细道来。

二十年前,我在《猎人》上读到弗莱彻·弗洛拉(Fletcher Flora)写的一篇故事。情节大致如下:故事叙述者的一个朋友,因为犯连环杀人案而被捕入狱,他用同样一根鞋带,勒死了六个年轻女性。(在此说明一下,他就是用同一根鞋带勒死不同的年轻女性,不是说他寻找系有特定种类鞋带的女性,再用这种鞋带勒她们的脖子。)

叙述者去监狱探访他的朋友,发现这个案件证据确凿,回家后,他在朋友的衣橱里发现另一根鞋带。他不仅没有将这一证据上报警方,反而用这根鞋带,以相同的手法制造了更多的谋杀案。他那一直在狱中的朋友,由此获得了不在场的证明,最后得以无罪释放。

整整二十年,我一直渴望盗用这个故事。这故事的某些元素我是真的非常喜欢。但是老天,这故事是弗莱彻·弗洛拉先写的,我啥也做不了。每当我写作思路堵塞,我就想盗用这个故事,但结果只能无奈地抛到一边。

然后呢,大约不到两年前,我碰巧又读到旧版《猎人》上的这个故事。我开始琢磨情节,想办法给这个故事脱胎换骨,以便让我在盗用的时候心安理得。

我把鞋带换成了领带,这算不上脱胎换骨。接下来,我改变了那个监狱犯人的身份,他不再是连环杀人犯,而是因为求婚失败,用他那个旧学生领带勒死了前未婚妻。我让他妈妈向一位刑事诉讼律师求助。我创造出来的这位律师,非常独特,他只会在胜诉后,让被告得以无罪释放,才肯收费。

我把这位律师塑造成了一个罪犯——让他通过推理的方式在私下里操纵整个事件。他飞往英国，买了一堆领带，与凶手用来杀人的那条领带同一型号。回国后，他寻找与被害人长相相似的女性，用这些领带逐一勒死。就这样，他成功地把一起故意杀人案，变成了连环凶杀案的第一宗案件。

写完这篇小说后，我不知道弗莱彻·弗洛拉是否会发觉我的剽窃。那个小律师——我给他起名为马丁·H.埃伦格拉夫（Martin H. Ehrengraf）——迄今为止，已在我的六个故事里作为引人注目的主角出场。这个系列在《埃勒里·奎因》推理杂志上连载了好几个月，我也写得很愉快。

《埃勒里·奎因》推理杂志的编辑弗莱德·丹奈（Fred Dannay）评论说，我塑造的埃伦格拉夫形象，显然脱胎于早期通俗小说家梅尔维尔·戴维森·波斯特（Melville Davisson Post）笔下的伦道夫·梅森（Randolph Mason）形象。梅森，你知道的，是个使用犯罪手段让委托人脱罪的律师。弗莱德并不认为我剽窃了波斯特的作品，只是他觉得，埃伦格拉夫形象的塑造，显然受到梅森形象的启发。

噢，告诉你一个秘密，我从未听说过伦道夫·梅森这号人物，更没有读过与之相关的故事。要不然，我哪敢塑造埃伦格拉夫的形象啊。很有趣，是不是？埃伦格拉夫形象是创意性剽窃的成果，但人们却搞错了创意性剽窃的对象。

最后，关于什么算得上是创意性剽窃，有几点说明。倘若从五六个故事里面，分别盗用一些元素，然后凑在一起，混搭成你的作品，那算不上创意性剽窃。把背景从西部换成科幻，把莎士比亚的戏剧换成现代故事，假如你除了服饰和外部场景外什么也没改动，那也算不上创意性剽窃。(《西区故事》①这样的作品才是创意性剽窃。我最近为短篇小说写作比赛担任评审,就看到有三四篇参赛作品,抄袭西部枪战故事,换成科幻背景,主角骑着蓝色的龙,射着激光枪,这类作品当然很糟糕。)

最后一点,若你写的是非虚构类的东西,那也算不上创意性剽窃,实际上,那根本就不叫剽窃。

他们说那叫"研究"。

23. 创意从哪里来?

在过去的十五年里,我确定了两件事实,虽然两者互不相干,但都不容辩驳。其一,假如你不小心,玻璃咖啡桌真的会弄伤你的小腿;其二,只要你承认自己是作家,立即会有人问你愚蠢的问题。我尽量避开咖啡桌,有一段时间不承认自己是作家,别人问起时,我往往冒充自己是个有绅士风度的珠宝大盗。我后来停止冒充,是因为比起关于作家的问题,有关珠宝大盗的问题更令人不安。

问题,问题,问题!"我读过你写的东西吗?"我不知道,先生。我是个作家,不懂得读心术。"你出版过任何书吗?"没有,女士。正如我告诉你的那样,我干这行十五年了,写了上百本书,但没有一本出版,女士。我是个受虐狂,我住在森林里,靠树根和浆果过活。"写一本书要耗时多久呢?"从开始到结束要花很长时间,先

---

① 《西区故事》(*West Side Story*)是一部音乐剧作品,1957年在美国百老汇上演,1961年被改编成电影,并获得多项奥斯卡奖,成为影史最著名的歌舞片之一。该剧故事灵感来自莎士比亚戏剧《罗密欧与朱丽叶》,背景是1950年代中期的纽约曼哈顿上西区,当时是一个多种族的蓝领社区。

生,差不多与林肯总统的小腿一样长,您不知道吗?

那么,你的创意从哪里来?

是啊,从哪来?

可以肯定,这就是关键所在。尽管这是个庸常的问题,但确实是每个作家经常扪心自问的问题,是应该能回答、却又回答不出的问题。很清楚,作家需要创意。没有创意,就写不出高价值的作品。在诸多写作类型中,只要写作水平达到一定高度,剩下的,就是创意本身的优劣决定作品的成败了。正是因为文学创作极其需要创意,导致不从事写作的普通大众觉得文学创作高深莫测。作家不是从甲先生那里买些零部件,组装后再卖给乙先生。作家是无中生有,从虚空中创造东西出来。他要持续寻找创意,接下来的问题,当然是他必须从某处找到创意。

可是从哪里呢?

或者,对我们的目的来说更为重要的问题——怎么找创意?

每个作家都体会过创意层出不穷的好时光,那时候,大脑就像伊利诺伊州出产丰饶的河谷,创意到处涌现。但迟早,他们也会见识到这个比喻的另一面,他犹如置身于大脑的"灰盆"(Dust Bowl)①地区,稿纸上除了自己的名字,什么也写不出。"我有钱过,也贫穷过,"苏菲·塔克(Sophie Tucker)②说,"相信我,还是有钱好。"我相信她,或许你也该相信我,有创意也比你文思枯竭

---

① 灰盆,也称"灰尘碗",是 1930 年代发生在美国的一次环境灾难,持续了近十年。当时,由于气候干旱以及数十年农业扩张对土壤的过度开发,在很多地区产生了可怕的沙尘暴现象,导致农田被严重侵蚀。灰盆的影响区域横跨北美平原,又赶上经济大萧条,导致大量农民流离失所。——编者注

② 苏菲·塔克(1887—1966),美国传奇歌手、喜剧演员。

要好。

创意从何而来？我的一个朋友，当被问到这个问题时，曾告诉提问者，有一本半月刊，名为《创意手册》（或者类似这样胡扯八道的名字）"里面满是故事情节的创意。"他说，"我当然订了一本，每次拿到手，就立即从中挑出五六个创意，拼凑在一起，写成故事。书里好的创意都被我一扫而光，别的订户就没东西写了。我的故事就是这样写出来的，就这么简单。"

有不少笨家伙真信了他的话，都问如何才能订到这本杂志。"你得成为职业作家。"我的朋友干脆打破他们的幻想，"你得成为作家联合会成员，还得出过十几本书才成。你要坚持不懈，排除万难。"

好了。我们还是把注意力转到创作原理上来吧。显而易见，大量创意来自于你的潜意识。你从出生时受到的创伤开始（假如你是荣格①的信徒，还要追溯到种族的集体无意识），自身种种受到压抑的本能，一旦获得释放，就沿着创意线，通过一系列不可思议的过程，生成了你的创意。

上述对创意来源的解释过于深奥难懂，然而有非常多的创意并不需要这么深奥的方式就能出现，在此我提供几个，看一下，会对你们开发创意有所帮助。

那么，我的创意从哪里来呢？

汇集信息片段。凡是我所认识的成功的小说家，几乎所有人都习惯收集一些看似没有明显用途的零碎信息。有时这些零碎信

---

① 卡尔·荣格（Carl Jung，1875—1961），瑞士心理学家、精神科医师，分析心理学的创始者。著有《心理类型》（*Psychological Types*）、《原型与集体无意识》（*The Archetypes and the Collective Unconscious*）、《红书》（*The Red Book*）等。

息派得上用场,有时没用。例如,据我所知,怀俄明州1938年为每个美国人生产了三分之一磅的食用干豆子。假如我能根据这么点消息写出一个故事来,我自己都会感到是天大的惊奇。

然而,大约十年前,我在报刊上看到一则信息,说是这世上有一小撮人似乎从来不睡觉。我琢磨了一下这则信息,对睡眠问题做了一番研究,就没管它了。此后不久,我在百科全书上读到英国斯图亚特王朝(British House of Stuart),获悉至今还有人声称是斯图亚特王室后裔,有资格当英国国王,不过他只是说说而已,并未为此付出多少努力。他似乎是个快乐的巴伐利亚人。我现在有了把"永远睡不着的人"与"阴谋恢复斯图亚特王朝的统治"放在一起的构想,可写成故事还是不够的。在琢磨了一番不睡觉的人会过怎样的生活之后,我又去考虑别的事情去了。

两年后的某个晚上,我和一个对古钱币很有研究的记者喝酒畅谈,他刚从土耳其回来。他在土耳其待了两年,靠走私古钱币和古董过日子。他的谈话很吸引人,尤其是他详细谈到他曾对一个传言追根溯底,传言说,在士麦那大屠杀(Massacre in Smyra)[①]期间,亚美尼亚人把所有的黄金藏入巴勒克塞(Balekesir)某所房子的门廊里。他根据幸存者的描述,与几个同伙找到了这所房子,在一个深夜破门而入,发现那里真的藏过黄金,但只是藏过而已,有人在他们之前已经取走了金币。

哈哈!

两周后,我开始写一部小说,主角是一个年轻人,由于大脑为

[①] 指土耳其政府于1915年至1917年间,对其管辖境内的亚美尼亚人进行的种族屠杀。

子弹碎片所伤,大脑里的睡眠中枢遭到永久性损坏。他是一切失败事业的狂热爱好者,恢复斯图亚特王朝的统治是其中之一。他去土耳其寻找传说中的亚美尼亚黄金。这个人,我给他取名为伊凡·谭纳(Evan Tanner),这本书,我命名为《无法睡觉的贼》(The Thief Who Couldn't Sleep)。我以他为主角写了七本书,然后他就不干了,冲我伸了个懒腰,打了四十个哈欠。

假如我听说有人永久性失眠,就马上把它当成一个人物角色特征去写谭纳系列,我是写不出来的。因为我没有故事给他,他的形象尚未在我脑中成形,我也没时间慢慢考虑。假如我把他全忘了,假如我见永久性失眠这事儿不能立即派上用场,就把它彻底抛到脑后,那么,就算我想写亚美尼亚藏金的故事,我也找不到如谭纳这样合适的人选来担纲,充其量,我只能捏造一个毫无生气的扁平人物,来一段平庸老套的异国冒险,但几个信息片段汇集在一起,让我开心地完成了七本谭纳系列小说,就像我把衣服一件件穿好,然后面貌焕然一新那样开心。

别人给你创意。不少人对作家说,他有很好的故事创意可以提供。然而在绝大多数情况下,这些人都是错的,他们没有。能够提供故事创意的,只能是作家同行,或者从事出版行业的人士。

什么?别的作家会把自己的好创意告诉你?他们疯啦?哦,是的,他们会把创意拿出来分享,但这不是什么疯狂行为。每个作家都这样做。创意虽好,但不一定非要由我来写。这可能是个好故事的基础,但并非我擅长的故事类型。我也许写起来毫无乐趣,也许写不好,也许二者兼而有之,因此我会把这个创意交给别的作家来写。

出版人更有可能把书的创意送给作家。在某种意义上,他们也不是把什么东西送出去,而是把创意提供给作家,然后与作家签约,让作家写书,写完后由其出版。这种事发生的频率远比公众所知的要高。有不少作家大部分时间都靠出版社提供创意来写书的。我说的不只是主打公式化平装本小说的低水平作家,还有一些精心打造、出版社大力营销的畅销书,其中的情节、人物塑造等创意,相当一部分都来自出版人。

以这种方式喂到你嘴里的创意,若拿过来用,还真的有风险。若创意是你自己的,那么它可能已经在你的潜意识里酝酿了好久,一旦你开始动笔,你会调动自己所有的潜意识,专注于创作。若创意是别人的,除非你从一开始就非常、非常喜欢它,否则你写的时候就没办法把它提高到一个新的高度。好多由出版社提供创意的书,明明创意非常迎合市场,执笔的作家水平很高,但最终出来的作品则质量平平、过于机械,其原因正在这里。

我曾盗用其他作家的创意,写过一本书——是经过他允许的。他故事前提是:一个新娘在新婚之夜被人强暴,新郎缉拿凶犯。他也想好了书名:《致命蜜月》(Deadly Honeymoon)。我两者都盗用了。

我是等了一年才写的。当时,我别的什么也写不出来,而《致命蜜月》却在我脑中挥之不去。我打电话给这个作家,问他是否会写这个创意,他说不写,我问他是否介意我写,他说不介意,于是我动笔了,我让新娘和新郎一起缉拿凶犯。这本书首版由麦克米伦(Macmillan)出版社出版,戴尔(Dell)出版社再版,电影公司想购买其版权,后来因故放弃,我还一度以为,我下半辈子可以靠它拿年金呢。

作家培育创意,如同牡蛎培育珍珠。有些人认为,所有创意性思维,都产生于神经质防御机制。这种说法有些过头,但有时,创意产生的过程确实如此。几年前,我处在心绪极其消沉的状态,到了叔本华①也比我乐观的地步。我每天午后才起床,玩纸牌玩到晚饭时间,吃完后接着玩几个小时纸牌,然后把自己灌醉再去睡觉。在别人眼里,我当时肯定是个夸张的玩伴。

我不时也想写点什么,但似乎对任何角色都驱动不了,也想不出人物行动的合理理由。我甚至会想出这样的情节:"该死,他为什么不翻身去继续睡觉呢?"于是我就那样去做了。

就这样,我写了一本小说,是关于前绿色贝雷帽队员(Green Beret)②的故事。他被榨干后,遭到中情局解雇。他无法振作,想不出干别的事情的理由,最后只能去佛罗里达的岛礁上,钓鱼果腹,日子过得很清苦。然后,中情局来人,让他重操旧业,参加某项行动。写到这里,角色已经设定好了,这本书也有了自己的生命,开始讲自己的故事了。(这本书名为《危险的人》,以"保罗·卡瓦纳"[Paul Kavanagh]的笔名出版。)

看电视找创意。我认为电视是绝佳的创意来源。只要我有耐心看下去,总是能得到不少创意,不过我通常看不下去。

我不是说你在电视上看到什么都记下来,那是剽窃,是绝对不允许的。你要做的——你不必刻意去做,要听其自然——是改写

---

① 阿图尔·叔本华(Arthur Schopenhauer,1788—1860),德国著名哲学家,是哲学史上第一个公开反对理性主义哲学的人,非理性主义哲学家的代表人物,被称为"悲观主义哲学家"。代表作有《作为意志和表象的世界》(*Die Welt als Wille und Vorstellung*)等。
② 绿色贝雷帽是美国陆军特种部队的称号。这支部队一般以12人的分遣队独自作战,擅长非常规战、境外内部防卫、特种侦察、反恐等任务,并可以执行防扩散、人质解救、人道主义任务。

你看到的故事。你要提升故事的品质,考虑到电视上的东西品质往往不敢恭维,这项工作并不艰巨。

这种事我大概无意识地干过几次。但我记得,有一次,我很清楚自己正从电视中汲取创意(这对我而言是一次罕见的尝试)。我当时在看《希区柯克剧场》,说的是一个男人与老婆关系不好,他似乎有患精神病的征兆。

"哈哈!"我对我未来的前妻说,"我明白故事怎么结局了,他会假装发疯,并将装疯常态化,借此获得有精神病史的记录,然后,他会杀掉老婆,接着以精神病发作为借口,逃脱法律制裁。实际上,他从一开始就精心谋划这一切。"

错了。大错特错。

我不记得这个愚蠢的故事是如何结局的,只知道和我猜的相差太远。那个男人不是装疯。或许是他老婆使他觉得自己疯了,或者使别人觉得他疯了,或者其他什么的,我不记得了。其实我没太关注结局。我正忙着写自己作品的结局呢。

我甚至没等希区柯克在故事结束后出来解释这个罪犯最终并未逃脱法律制裁①,就直奔打字机,开始用自己的方式写这个故事,书名叫《如果这是疯狂》(*If This Be Madness*),然后投给《阿尔弗雷德·希区柯克推理杂志》,他们买下刊登了。我觉得这故事首次面世的机会应该给这家杂志,这样才公平。

这就带来了一个问题。我一有故事创意,马上就去写。就上面那个例子而言,这样做效果不错,因为我在看节目的时候,整个

---

① 在《希区柯克剧场》这部电视系列剧中,每集开始都由希区柯克出场为故事拉开序幕,故事放完,他又会出现在荧幕上,对故事进行总结陈词。——编者注

故事已在脑中构思完毕。可我过去写很多故事，都是这种写法，一有创意就马上直奔打字机，就算有时间间隔，也不会很长。现在我则得出结论，这样做错得很离谱。

一个创意也许可以写成一个短篇故事，但这个故事要写得优秀，还得需要合适的场景、具体的人物形象来烘托。偶尔会有这样的时候：你坐在打字机前，故事背景和人物都会在恰当的时间、恰当的地点涌现出来，让你点石成金。确实，写作过程中冒出的某一些灵感，会让你文思如涌，故事写得很精彩。

然而，我发现，假如我花上一两天用心琢磨故事情节，更多的创意会在脑中冒出来，完善已有的构思。我会让角色更深入，让情节更复杂，让对话更有深度。这些我未必全用得上，但会保留在脑中，这样，我在打字机前写作的时候就可以从容筛选。

我现在的生活方式，非常适合这样去做。我不固定住在某个地方，而是每天从这里漂泊到那里，跟着太阳走，没等别人来赶，就主动离开某个城镇。我早晨起床后，先在打字机前花两个小时，然后可能驾车开个数百公里，或者如果打算再在这地方待一天，就出门闲逛，东看看西看看，与人聊天、钓鱼。与此同时，我脑中则在琢磨情节和背景，把它们打磨成形，以便第二天早晨写作的时候派上用场。而所有的新地方，以及这些地方的人，都有助于产生创意。

从聊天中产生创意。 两周前，我在北卡罗来纳州外滩群岛（North Carolina Outer Banks）一家礼品店里，与老板娘争论了一番。我说她卖的牛仔裤是回收的旧货，因为她的牛仔裤一条才卖六美元，我纳闷哪里会有这种便宜货。老板娘说，她是从国内一家牛仔裤的主要供应商那边批发来的，一次就要订一百条。她还说，这些牛仔裤穿上很舒适。

可是,该供应商是从哪里进货的呢?究竟是谁在卖这种很有舒适度的牛仔裤呢?倘若零售价是六美元,供应商的进价是多少?难不成一条一美元?

奇怪。

我们就这样聊着,我说我或许会写个故事,说这家公司的代理商,专门靠谋杀年轻人,来获取牛仔裤。我们对此故事大笑了一番,随后我接着赶路。这番争论倒提供了一个不错的创意,只是需要时间来拓展。假如我马上就动笔,故事会很单薄,况且也没谁值得为每条才卖六美元的牛仔裤去杀人。等到这故事最终写出来时,回收牛仔裤只是该公司的副业,该公司的主业,你明白的,是生产狗食。

天哪,我可能卖不掉这个故事。它有点儿恐怖,但我喜欢。

我过去住在新泽西时,我邻居的父亲在当地开了一家动物收容所,这个收容所有一个焚化炉,用来处理动物尸体。我邻居告诉我,有两个当地警察,是如何对这焚化炉虎视眈眈。"那个狡猾的毒贩子,"其中一个说,"趁着天黑,把他猛地推进去,这样,除了一点儿骨灰,他就啥痕迹也没留下,而且神不知鬼不觉,你说是吧?"

我邻居还说,这两人当时一点也不像在开玩笑。

我差点就要把这写成故事,但总觉得少了点东西,就没写,随后就把这事抛在脑后。很久之后,我邻居的父亲不得不关闭了设在户外的动物饲养场地,这里就是用围栏围起一块场地,把一些农场动物圈在里面,让小孩去喂食、玩耍。然而不知道多少次了,总是有人在夜间翻过围栏,屠杀动物取乐,因此他只好把这块场地关了。

现在,我的故事成形了。故事里,收容所的主人设置陷阱,抓住了一个杀山羊的小孩,先让他在这地方游览了一番,然后冷不丁把他推进焚化炉,然后烤成灰。这篇故事由《希区柯克》杂志刊出,篇名是《温柔的方法》(The Gentle Way)。艾尔·胡宾(Al Hubin)还把这故事选进《1975年最佳侦探小说集》(Best Detective Stories of 1975),这两个情节创意,若不组合在一起,势必毫无价值。

创意、创意、创意。倘若某个创意不适合你,不管它本身有多棒,对你都没啥用处。把达希尔·哈米特(Dashiell Hammett)①放进一篇时代小说里,让他侦探一起谋杀案,诚然是精彩的创意,但除了乔·戈尔斯(Joe Gores)②这个本身就当过私家侦探的旧金山人,还有谁能把这样的创意发挥到极致?(即便乔像做梦一样写,也无伤大雅)。相反,我若有这样的创意,只会把它送出去——或者干脆忘记了事。

另一方面,前段时间,布莱恩·加菲尔德告诉我,他有一个好创意,我真想把他敲昏,锁进衣橱,把他的创意偷走,直到我写成书再把他放出来——不过我还是压制了自己的冲动,布莱恩把书写了出来,起名为《死亡希望》(Death Wish)。

我真该把他锁进壁橱,他究竟从哪里获得那样的创意?

布莱恩获得这个创意,是因为有一天晚上,他发现自己的敞篷车的活动车篷被人划破了,他把自己的愤怒转化成了写作素材。顺便添一句,本章是给《作家文摘》杂志写的第一篇

---

① 达希尔·哈米特(1894—1961),美国著名侦探小说家,"硬汉派"小说鼻祖,代表作有《马耳他之鹰》(The Maltese Falcon)、《玻璃钥匙》(The Glass Key)等。
② 乔·戈尔斯(1931—2011),美国侦探小说家,最著名的一些作品均是以旧金山为背景。布洛克在文中提到的把侦探小说家哈米特写进小说中的创意,指的是乔·戈尔斯1975年创作的小说《哈米特》(Hammett)。该小说在1982年被改编成了电影。——编者注

文章，写作地点是卡罗来纳州的某个地方。大约一年后，我和约翰·布雷迪坐下来，商谈开设一个与小说创作相关的专栏。同时，《一条旧品回收的牛仔裤》(*A Pair of Recycled Jeans*) 也在一家杂志上发表了，并收入了某个选集。

第三章 啊,多么复杂的网:论小说结构

24. 开场

任何人要是在这个国家饿死,那都是活该。

不要紧张。上述所言并非本文作者的政治观点,而是我发表的第一篇短篇小说的开头。这篇小说刊登在《猎人》上,时间已经久远。小说写得还行,但没有谁认为这是有史以来最伟大的作品。这篇小说之所以获得刊印,我想与它的开场白有莫大关联。

嗯,开场往往很重要。非虚构类作家也熟知一个好开头的重要性。写新闻,导语意味着一切,一两句话就得囊括人物、事件、地点、时间、原因、过程这几大要素。杂志文章呢,导语也很重要,只不过没有那么急迫,要把所有事实一股脑塞给读者。无论如何,导语承担的任务都非常重要,它要吸引读者关注,带领他进入故事,确立下文的行文方式,既要有趣又要实用,让读者有读下去的兴趣。

短篇故事和长篇小说也有先导段落。小说的开场和导语的功能很相似。常言道,第一印象不可能重来。这句老话,不管对现实人生还是创作来说,都一样有道理。实际上,在故事创作中,给读

者留下良好的第一印象非常关键。

我认为,与那些在文坛已有地位的知名作家相比,第一印象对写作新手更加重要。若是老作家投稿,编辑知道是谁写的,这是"品牌销售",就算第一段是废话,编辑也知道这故事接下来也许会有所改善。虽然最终可能还是被退稿——老作家也会如写作新手那样,因种种理由被退稿——但至少编辑通篇都会审读一遍。

鉴于新手都是主动投稿,开场一定要写好,因为这往往是编辑会读的唯一段落。谁要是读过写得很烂的东西,他一定会告诉你这可不是什么消磨时光的愉快方式,达不到出版水平的东西,只有受虐狂才肯读完。编辑们现在都很忙,必须要尽快从垃圾稿件中抽身。

你写的故事,当然不是垃圾,只是很可能会被编辑原封不动地退稿。因此,你写的每个句子都必须告诉读者你的故事不是垃圾,而开篇第一句更是有很多工作要做。

比如——

1. 让故事发动。新手作家在故事开场最常犯的毛病,是花很大篇幅才步入正题,比在大冷天早上发动斯图贝克(Studebaker)①老汽车还慢。在《作家文摘》杂志短篇小说大赛中,很多参赛作品都有这个毛病。我简直无法告诉你,有多少参赛作品,都是从主角起床写起,然后是冲澡、穿衣服。参赛作品最大篇幅限制在两千字,可不少作品,在花了足足四分之一的篇幅之后,才慢吞吞地步入故事正题。

---

① 斯图贝克是美国一家汽车制造商,最早是造马车、手推车的。该公司1852年成立,1966年倒闭。

相反,请看理查德·斯塔克(Richard Stark)的小说《犯罪组织》(*Outfit*)是如何开场的:

  这个女人的尖叫让派克惊醒过来,他迅速翻滚到床铺底下,就在滚落的瞬间,他听到身后一声消音器手枪的闷响,子弹击中了他刚刚枕过的枕头。

  斯塔克一开场就让故事发动起来了,对不对?他以动作开场——实际上,是在动作的最惊心动魄之处开场——你没来得及思考这些角色是谁,就一下子被这故事吸引住了。当然,他会在下文适当的地方告诉你,派克是谁,那个女人是谁,这一切又为何发生。我们会一路读下去,欲罢不能,因为他一下子就抓住了我们的注意力。

  这种类型的开场,不一定都由动作构成。比如,乔伊斯·哈林顿(Joyce Harrington)的小说《老灰猫》(*The Old Gray Cat*),就是以一段对白开场的:

  "我该杀了她。我真该杀了她。"
  "对,对。可怎么杀呢,怎么杀?"
  "我会找到办法的。我一定能想出办法!"
  "噢,当然。"
  "你不信?我可以在她的可可饮料里下毒。"
  "什么毒?"
  "啊,你知道的,砒霜。或者类似的东西。"

  这段对白引人好奇——两个角色在讨论谋杀第三个角色,而我们对他们的身份一无所知,只知道那个即将被害的角色是个女性,喝可可饮料。但这个场景极具张力,吸引我们一路读下去。

2. 设定故事基调。

　　静寂的电梯犹如绞刑具那般，载着这个年轻人飞快地来到十八楼，抵达威尔逊·科利亚德的顶层豪宅。电梯门打开时，正对着科利亚德本人。他套着一件高档葡萄酒色的吸烟便服，牡蛎白的法兰绒便裤和绒面衬衫，正好与他那精心修剪的狮子发型相匹配。他那锐利的白色眉毛下，是一双蓝色眼睛，犹如加勒比海般深不可测。正是加勒比海海滨的阳光，把他的肤色晒成健康的褐色。他瘦小的脚套着一双鹿皮拖鞋，薄薄的嘴唇上，挂着一丝微笑。他的右手握着一把手枪，德国制造，至于具体是哪家厂商制造的、哪种口径的，就不需要我们关心了。

上述段落是我的一篇故事的开头。那篇故事名叫《我们的疯狂事业》(*This Crazy Business of Ours*)，从两个职业杀手的会面写起。我也可以精炼一些，以下面这种方式开场：

　　这个年轻人一踏出电梯，就发现威尔逊·科利亚德的枪口正对着他。

这两种开场白没有高下之分。我选择前者，是因为我想在故事开场时就为故事设立基调。我在首句就使用"绞刑具"这个形象，是给这个故事设定一个冷峻的基调，然后详细描写科利亚德，让他以独特的方式出场。我想让读者在发现他手上有枪之前，先对这人有个总体的感觉。段尾那一句，是有意的设计，意在提醒读者他是在读一个故事。我有时使用这种方法让观众和故事拉开距离，是因为我觉得，假如读者明白自己不必太当真，他们欣赏这种阴森残忍的故事会轻松一些。

尽管如此,这个开场白还是推动了情节的发展。到这段收尾时,我们获悉:有两人面对面对峙,一个人还有把手枪。

有时,一种具体的描写,也许与下文没什么关联,但有助于确立故事的基调。比如,拉塞尔·H.格林南(Russell H. Greenan)的小说《阿尔杰农·彭德尔顿的秘密生活》(*The Secret of Algernon Pendleton*)是这样开场的:

> 在贝肯街靠近拐角的地方,一棵残缺不全的老榆树立在那里,所有的枝条已经被布鲁克林森林局砍掉,如今只剩下残株。不久后,这棵残株也会被锯掉。但此时,却有一根嫩枝从被链锯切割过的残株切面上长了出来,嫩枝上几片椭圆形柔嫩叶子,正冒出头。

这段视觉上的场景描写,会激发叙事者对生存和死亡的本质、生命在死亡中产生等哲理进行思考。这棵榆树的残株,也描写得非常生动,不仅让读者预感到叙事者接下来的生命沉思,也预感到接下来的叙事风格。这段描写确定了故事基调,我们也准备好被带入故事之中。

3. 点出关键问题。有时,作家在开篇时最关心的,是尽可能迅速地把核心的情节问题呈现给读者。杰克·里奇(Jack Ritchie)[①]用一段对话,就让读者迅速进入了一个迷雾重重的局面:

> 我刚度假回来,洛夫就让我去忙指派给我们的案子。
> "有三个陪审员被谋杀了。"他说。
> 我点了点头,了然于心。"啊,是的。我都明白。陪审团

[①] 杰克·里奇(1922—1983),美国侦探小说家,本名约翰·乔治·瑞茨(John George Reitci),出版过一部长篇小说及数量庞大的短篇小说。

给某人定了重罪,那人不服判决,就发誓报复。"

"不完全是这样,"洛夫说,"实际上,陪审团意见有分歧,有四个人认为被告无罪,另有八人认为被告有罪。"

"那是当然喽。"我说,"被告立即把三个认为他有罪的陪审员杀了。"

"也不是这样,亨利,死掉的三个是给他投下无罪票的陪审员。"

"这个恶魔为什么要谋杀三个投票支持他无罪的陪审员呢?"

"他应该没有杀人,亨利。他办不到,因为他已经死了。"

这个局面,可谓扑朔迷离,极其复杂。里奇在故事开场就通过一段侦探向搭档解释案件由来的对话,把读者吸引住了。

杰弗里·布什(Geoffrey Bush)在其小说《李唐的难题》(*The Problem of Li T'ang*)中,也是在故事一开场就把难题摆出来,比里奇的开场还要简练:

> 我有一个难题。我在中国绘画课上收到十六份学生论文,这是我第一次教课,第一次收论文,其中一篇论文精彩绝伦。

当然喽,在某种意义上,最有成效的开场,会同时实现多重目标。它们会让故事动起来,会设立故事基调,会点出关键问题——与此同时,它们或许还会完成一两个人物的速写,传达一些重要信息,倾倒一些垃圾,在你的袖口上缝个纽扣。

开场白并不意味着一切。即便你用"叫我以实玛利"(Call me

Ishmael)①开场,若下文不够谨慎,还是会失去读者。但是,你的开场白必须出彩,否则你后面的故事就不可能有机会展示,因为没人会坚持读下去的。

25. 故事从中间开始

永远别在招牌里有"妈妈"的餐馆里吃饭,别跟名字叫"博士"的男人打牌,别和比你还能惹麻烦的女人睡觉。②

纳尔逊·艾格林(Nelson Algren)认为,每个年轻人都该知道这些告诫。我早年读过后,就铭记在心。事实上,我从不在"妈妈"餐馆买煎蛋卷,也不跟"麦吉博士"之流打牌。

我觉得能从三条告诫中吸收两条,就很不错了。

不过,这辈子对我最为有用的告诫,并非出自艾格林,而是另有其人。他就是我的经纪人兼好友亨利·莫里森(Henry Morrison),他多年前给我的一句告诫,让我受用无穷。坦率说,现在把这句充满智慧的告诫拿出来和大家分享,我还真有些不情愿呢。多年来我靠着这句诀窍无往不利,我还真不确定该不该把它公之于众。

哦,不管了,我们是朋友,对不对?我们都是国际三流酸腐文

---

① 这句著名的开场,来自 19 世纪美国杰出小说家赫尔曼·梅尔维尔(Herman Melville,1819—1891)的小说代表作《白鲸》(*Moby Dick*)。
② 该引文出自纳尔逊·艾格林(1909—1981)的小说《野外散步》(*A Walk on the Wild Side*)。艾格林是美国作家,擅长犯罪小说。他早年混迹底层,偷窃、流浪,且坐过牢,这些经历为其后来小说中的社会底层描写提供了生动素材。他与法国著名女作家西蒙·德·波伏娃(Simone de Beauvoir,1908—1986)有过一段火热的恋情。——编者注

人同盟的同人啊,因此分享一下这个行业的诀窍又何妨?实际上,每个行当都有自己的诀窍,只是我们这个诀窍呢,就像木匠钉螺丝钉时说的那样,别泄露出去。你自己知道这个秘密就行了,兄弟。

别在故事开始的地方开始。

且让我告诉你,我是怎么得到这句告诫的。我当时写了部悬疑小说,篇名为《懦夫之吻》(Coward's Kiss),金牌(Golden Medal)出版社的诺克斯·伯格(Knox Burger)以他的睿智,将篇名改为《死亡的背叛》(Death Pulls a Double-cross)。此书现在已绝版,大家对此都很愉快。小说平铺直叙,是个侦探故事,主角叫埃德·伦敦,是个温和的私家侦探,喜欢喝白兰地,总是抽着烟斗,此外,就没什么特别突出之处了。我记得在此书中,他没有遭到头部袭击,也没有从楼梯上跌跤,这两个俗套的写法我没有用。

初稿中的故事开头,是伦敦的妹夫上门了。这个讨厌家伙的情妇最近被人杀了,他只好抱着婴儿,或是包裹什么的,来找伦敦。在第二章,伦敦用一块东方地毯裹住这个年轻女子的尸体,拖到中央公园,打开毯子,把她留在了"天堂",或者说是留给了徘徊在公园里一块开阔青草地上的恋尸癖们。接下来,他开始侦办这个案件。

写好后,我把此书送给亨利看,亨利二话没说,一口气读完了。随后我们一起讨论此书。

"把前两章对调一下。"他说。

"呃?"

"把第二章放在开头,"他耐心地说,"把第一章放到第二章。你得在打字机上重新打一遍,这样衔接能流畅些,但尽量少改动。

开头从主角动作的中间开始写,先让伦敦把尸体搬到中央公园,然后再回头说他在干什么,以及他脑子里的所思所想。"

"哦。"我说着,快速抬头,看看我脑袋上是不是出现了一个灯泡。哦,我猜这只在漫画中出现。

当然,这个极其简单的改动,并没有让《死亡的背叛》入围爱伦·坡奖①,就算加了全阿拉伯的香料也没有如愿以偿。但这个诀窍对书的改进很大。我从第二章开头,也就是从故事的发展进程中间开场,有动作、有行动、有张力、有悬疑。读者不知道伦敦是谁,也不知那个年轻女子为什么裹在一张布哈拉毯子(Bokhara)里,就像卷饼似的。可只要读者们上钩了,他们就有的是时间把这些问题搞清楚。

告诉你,关于写作技巧,我通过阅读其他作家的作品学到很多,通过自己的写作实践也领悟不少。但这些年来,很难说有什么写作技巧让我受用无穷,唯一的例外是那句戒律,我想把它再重复一遍,以免你忘了。

别在故事开始的地方开始。

自从我在悬疑小说创作中豁然开朗以来,我多半遵循这条戒律。冒着被人谴责给自己作品列清单的风险,我且来分析自己的几部旧作,让你们领悟,我是如何把那句告诫落实到实际创作中去的。

《首次死亡之后》(*After the First Death*)是写一个大学教授,被

---

① 全称为埃德加·爱伦·坡奖(Edgar Allan Poe Awards),该奖是美国最权威的推理小说奖项,由美国侦探作家协会创办于1946年,名字取自美国著名作家爱伦·坡。

指控酒后乱性,杀了一个妓女,而被判处终身监禁。入狱后,妻子与他离了婚。但两年后,由于检方证据是非法采集的,他获释,回归社会,四处漂泊。一天早晨,他在时代广场的一个宾馆房间醒来,发觉房间里不是他一个人。地板上还躺着个被割断喉咙的妓女。他想,"老天,我又干这事了!"然后拔腿就逃。不过,等冷静下来,记忆丝丝缕缕回到脑中,他开始相信,他没有杀人,于是开始寻找那个暗中设计他的家伙。

小说以他在宾馆房间里醒来开头,我觉得这是我写过的最有成效的开头。

《绿心肠的女孩儿》(*The Girl With the Long Green Heart*)则是关于一个金盆洗手的骗子,如何被迫重操旧业,干最后一票。这是一部犯罪小说。骗局一开始,各色人物就粉墨登场,互相背叛,直至结束。此书开场时,主角兼叙事者到达奥利安市(Olean),诈骗行动已经开始。然后小说再闪回,叙述这家伙是谁,如何到了此地。假如今天写此书,我会把小说的开场再往后推一些。

关于异想天开的冒险家、特工伊凡·谭纳,我给他写了七本系列小说。我这七本书的开场都是一个模式。每本书一开头,就让伊凡·谭纳深陷险境,然后再停下来解释他是如何深陷险境的,通常不是受朋友牵连,就是由于他那捍卫一切失败事业的嗜好。

在《无法睡觉的贼》中,开头就是谭纳身陷土耳其监狱。在《作废的捷克人》中,他上了捷克当局的黑名单,在捷克的火车上,警察要查验他的证件。在《谭纳的非常泰冒险》(*The Scoreless Thai*)中,我们的主角被剥个精光,像个巨大的金丝雀一样被吊在大竹笼里,而且还被告知,天一亮,他就要人头落地。在《谭纳的非洲大冒险》(*Me Tanner, You Jane*)的第一章里,他直接被活埋了。在《谭纳的十二体操金钗》中,他正在偷越铁幕。在《谭纳的两只老虎》(Tanner's Tiger)里,他被加拿大禁止入境。在《我的英雄谭纳》(Here Comes a Hero)里……

够了,你肯定弄明白了。我往往一开场就让谭纳身陷险境,然后回过头来再倒叙缘由。有几本书,动作已进行了两三章,才开始解释来龙去脉。这样写,还有个附带的意图。因为一开篇,就把谭纳扔入进退维谷的窘境,极具张力,此时强迫读者停下来,去看导致陷入险境的缘由,张力不仅得以维持,还得到进一步强化。

从故事开始之后开头,这种写作技巧,理所当然可用在悬疑小说里,因为悬疑小说总体上是由冒险和动作构成的。但其他类型的小说用这个技巧,也卓有成效。许多高层次的主流小说,其叙事结构也是根据这个思路展开的。这样的小说,其开篇总是颇具戏剧性,或者具有启示意味,或者什么的,以便有一个良好的开端。事实上,我读过不少这种小说,开头第一章就摆出一个危机,接下来的三十章描述主角危机之前的整个人生,最后一章解决危机。杰洛姆·魏德曼(Jerome Weidman)的小说《敌营》(The Enemy Camp),就是这样一个典型的例子。只是总体而言,我觉得这种技巧有点过犹不及。假如危机的出现和解决只需要一万字,干吗还要费力花十万字去交代背景?

嗯,我也写过不少没有遵循上述模式的悬疑小说。我固然认为这是结构小说的一个好办法,但不认为这是唯一的办法。有很多次,我故意从故事开始的地方开头。

例如:

《致命蜜月》是写一对新婚夫妇的。在他们的新婚之夜,一群凶徒在隔壁杀人,事后殴打了新郎,强奸了新娘。这对夫妇没有选择报警,而是自己去追索这群凶徒。书中的强奸情节至关重要,因为这为接下来这对夫妇的行为提供了动机,使他们的抗暴行为合理化,甚至让人称道。本书没用任何倒叙。

《危险的人》写的是一个被榨干价值的特战队员。他精神濒临崩溃,躲到佛罗里达的一个小岛上,过着隐居生活。这时,中情局人员上门拜访,让他重操旧业。若从故事的中间开始,也未尝不可,但我对一开始就确定主角的性格更感兴趣,因为对我而言,这是此书的关键所在。

《父之罪》(The Sins of the Fathers)是我的退役警察马修·斯卡德(Matthew Scudder)系列的第一部。小说的开头,是一个女儿遇害的父亲,找斯卡德查案。情节是逐步推进的,我觉得,此书若按时间顺序来写,效果会更好。不过,斯卡德系列的另两本书,我用了倒叙的手法。

《专家》(Specialists)是动作小说,写的是一群退役的绿色贝雷帽成员和断腿上校一起扬善惩恶,顺便从坏蛋身上捞点钱的故事。小说开头采用的是电影人所谓的"热场段落"(pre-credit sequence)①,拉斯维加斯的一个妓女被一个坏蛋欺负,她来找这个队伍中的一个成员,向他诉说。故事就此拉开序幕,动作开始了。

我在此得向你坦白。有些书我是按时间顺序写的,因为动笔写的时候还不知道故事会怎么发展。情节是按托普西(Topsy)②的方式成长起来的。不过有时我也会倒叙,只要叙述自然流畅,我

---

① 即电影片头演职员名单之前的开场段落。——编者注
② 托普西是著名小说《汤姆叔叔的小屋》(Uncle Tom's Cabin)里的小黑奴,当被问到是谁创造了她时,她说:"我想我是自己长出来的,我不相信有谁创造了我。"此后,短语"grew like Topsy"一度成为英语俗语,被用于比喻一种自生自长、放任自流的生存方式。

就让故事自然发展去了。

你的小说是否在故事开始的地方开头,并不重要;小说怎么开始,确定它从哪里开始,才是最重要的。写非虚构文章的人都知道写好导语极其重要,短篇小说的作者也知道开头对故事同样重要。(我认为,对短篇小说而言,开头其实更重要。读者也许会因为对相关话题感兴趣而耐心把文章看完,但若是开头糟糕,十有八九,会让读者放弃阅读。)

嗯,你的第一章,是你小说的导语。米奇·斯皮兰(Mickey Spillane)①不止一次说过,第一章决定这本书能否卖掉,最后一章决定下本书能否卖掉。此观点我完全赞同。

我们老是听人说,一本小说,应该有开头、有中段、有结尾。

这样讲毫无问题。

但你未必要按这个顺序来写小说。

26. 向前跳,再往后退

1、2、3、4、5、6、7、8、9、10、11……

倘若你打算给从 1 到 11 的数字排序,那么,你很可能就选择上面的顺序——除非你碰巧是个乖张、无知、精神有问题的家伙。但是,我们大多数人,虽然都有点儿乖张、无知、精神不正常,还是倾向于按照数字的自然顺序排列。若让我们给作品中的事件排序,不管是非虚构作品还是虚构故事,我们也会倾向于按事件发生

---

① 米奇·斯皮兰(1918—2006),美国犯罪小说家,原名弗兰克·莫里森·斯皮兰(Frank Morrison Spillane),他成功地将侦探推理文学风格带到新的境界,在作品中大量讨论性、暴力等禁忌题材,曾引起争议。

的顺序,一件件地排列。

我猜想,从第一个穴居人讲述他如何与一只剑齿虎搏斗开始,人类就总是按这种套路讲故事。按事件发生的先后顺序来讲故事,最能抓住听众的注意力,并能维持最大的悬念。剑齿虎会感觉到人的靠近吗?这只虎会攻击人吗?尖利的虎牙,会不会沾上人类的血?人类的猎杀会占上风吗?如果讲故事的人一开始就讲猎人怎么剥虎皮、怎么开膛破肚,这些问题也就无关紧要了。因为问题还没问,答案就出来了。

不直接按时间顺序讲故事,还会有别的风险,其中主要的一点就是容易造成混乱。你在玩弄时序颠倒的技巧时,很可能会把读者弄糊涂,不知道到底在发生什么。在《小说写作:从情节到出版》一书中,我曾讨论了两部不按时间顺序来写的作品,一是桑德拉·斯科佩托内(Sandra Scoppettone)的小说《某个未知的人》(*Some Unkown Person*),二是斯坦利·多南(Stanley Donen)的电影《丽人行》(*Two for the Road*)。这两部作品都因为采取时序颠倒的手法,取得了艺术上的成功,但由于对故事的讲述一会儿前,一会儿后,也失去了一些读者或观众。

故事有开头、有中段、有结尾,这已经是老生常谈。我得在此承认,我不懂这句话有何特殊意义。你也可以说,一个故事有第一页、最后一页,还有中间的页码。或者说,足球比赛有上半场、中场休息和下半场。高尔夫球赛有第一轮、中间两轮和最后两轮。或者说……

够了。也许下面这种说法更有用:故事有两个开头,亦即小说第一页的开头和时间顺序上的故事开头。有时两者重叠,有时不是。

这篇关于开头时间顺序问题的文章,其实来自约翰·布雷迪的笔记。我摘抄了一部分放在这篇文章里,不仅因为它非常切题,而且,我很高兴能抄一个编辑的东西,然后再卖给他:

我教杂志写作课时,常说:"从中间开头,以开始结尾。"这个原则比较僵化,束缚了作者,但它行之有效。你一开头,就要全力向主题冲刺,快速让读者参与进来,并引起他们的兴趣,然后呢,再后退,补充细节,通过探索向前推进,主题,巩固、巩固、再巩固……然后呢,到达终点后,再回顾你在开头设定的主题,让它进一步完善。

杂志文章的写法,与小说的写法不一样。约翰所描述的写作过程,比较适合非虚构类作品。但是,从中间开始的写作手法,其实对小说写作极其有用。小说的开场,从故事进行的紧要关头切入,读者马上就被吸引住了,投入到故事之中。然后你再退回来,让读者了解故事的来龙去脉,了解让他如此感兴趣的原因。

在前一节,我们看到,这个原则对小说开头是如何行之有效的。把小说的第一章和第二章对调,是我学到的最简单实用的写作绝招。

这个原则,对于短篇小说和长篇小说同样有用。短篇小说要直奔主题,一个办法就是在故事进行的紧要关头开场。

我想举例子来说明,但想到的却是个反面例子。几个月前,我在一本老杂志上,读到自己多年前写的一篇犯罪小说。小说开头是写一个家伙从办公室回家,途中想去酒吧,却发现他常去的那家酒吧因装修歇业。于是他在四处晃悠,直到他找到另一家酒吧。

他进去喝了一杯酒,结识了一个美女,事情一件接着一件,我记得他最后成了毒贩。

对这篇小说来说,他碰巧走进第二家酒吧或许很重要。假若在那个特定的夜晚,他常光顾的那家酒吧仍然开业,后面的事情就不会发生了,说这些漂亮话也没什么用。最重要的是,我让这小丑晃悠了一千字后,才开始讲正事。

这故事若让我今天来写——我不会写的,因为这故事糟糕透顶——我会从故事进程的中段写起。小说一开始,我或许就让主角与那个女人首次接触,或许让这两人已干起违法勾当。然后,我会退回,补充细节,让读者了解这人是谁,为何把生活弄得一团糟。我可能采用大量倒叙,但更有可能简明扼要地介绍故事原委。

从故事中正在进行的动作开始,随后再回头补充说明,这种基本的写作技巧,不仅适用于小说,在其他叙事文体中也屡试不爽。通过向前跳跃,再后退一步,作家可以创造出无数个新颖的开头,避免慢吞吞地往前挪步,拖慢整个故事的节奏。

每个场景转换,都是尝试这种新开头的好机会。倘若第一章的结尾是主角正要上床睡觉,那么下一章的开头就不必是他起床的场景。

詹姆斯·克拉姆利(James Crumley)①写的《最后的甜蜜之吻》(*The Last Good Kiss*)中有个例子。这是写得很精彩的私家侦探小说。叙事者刚刚获悉,他一直在寻找的那个女人几年前就死了。他在汽车旅馆房间里被人打了一顿,然后被绑起来,丢在浴缸

---

① 詹姆斯·克拉姆利(1939—2008),美国作家,擅长暴力硬汉犯罪小说,也有诸多短篇小说和散文问世。有评论者认为他是"现代犯罪写作的最佳实践者之一"。

里。第一章是这样结尾的:

> 随后,他的同伙拿一双袜子塞住我的嘴。谢天谢地,这袜子还算干净;谢天谢地,因为在他们离开后,我在捆绑状态下还能用脚关掉水龙头;谢天谢地,第二天早晨女佣进来打扫房间时,居然没有尖叫,只是把袜子从我嘴里拉出来……我重赏了她,让她转告前台,我还要多待一天。我需要休息。

接下来是第二章的开头,注意,克拉姆利不但先前进再后退,而且是从一个新场景的中间切入的:

> "这不是真的。"罗希第五次这样重复。
>
> "抱歉,"我重复道,"我看到了死亡证明,还跟见过她尸体的室友谈过。抱歉,这是事实。"
>
> "不!"她说着,头垂到胸前,泪水盈眶。这个重大打击,让她心碎神伤。"要是我女儿早就不在人世,你以为这些年我会一点儿都不知道吗?"
>
> 又是午后时光,在罗希的家里。室内是柔和、略带灰尘的暗影,使人心生凉意。室外,是温暖的春日,微风和煦,阳光灿烂……我赶到急诊室,匆匆地照了张 X 光片,拿了点止痛药,就离开了克林斯堡,往罗希家驶去。途中只是以安非他命、可待因、啤酒和汉堡为食。到达的时候,我一身脏兮兮的,胡子拉碴,还醉醺醺的……火球醒了,口水流了我一裤子,见我没给它啤酒喝,就躲到门后面去了。罗希一直没抬眼看我,不论是我进来的时候,还是我告诉她女儿噩耗的时候。
>
> "抱歉,"我说,"她去世了。"

先向前跳跃,再后退一步,这种写法,比较节省时间,没有这个小小的倒叙,克拉姆利的完稿字数,应该也差不多。这一章,也许可以从"我赶到急诊室,匆匆地照了张 X 光片"开始,再简明扼要地交代一下旅途的情况,而克拉姆利却直接跳到罗希家里开头。我们想情节尽快向前推进,想知道接下来会发生什么,因此很高兴地看到作家这种打破时序、简明扼要地交代事件的写法。

这种技巧很有用,适合所有类型的小说。对于那种时间跨度很大的长篇小说,跳跃式进入情节,能干净利落、毫不费力跨越不同的时间段。对于像《最后的甜蜜之吻》这样的由系列动作场景构成的短篇小说,这种技巧可以将一系列鲜活的场景串联起来,从而构成一个鲜活的整体。

向前跳,再往后退,这句箴言值得铭记。就算你不用在写作上,至少它会帮你在夏令时结束后,记得把时钟调回来。

27. 不要乘坐地铁 D 线

我有一个早期作品,写于青葱岁月(那时的我懵懵懂懂,日子过得像油醋汁拌沙拉一样乱七八糟)。那是我苦思冥想才写出来的文字,大致如下:

> 我挂断电话,想了一会,然后从客厅的衣柜里拿出我的薄大衣。我出了公寓,锁上身后的门。电梯带我穿越六层来到底层。我穿过门厅,走到街上,朝西走向第七十七大街。
> 到了百老汇,我转向市中心,在第七十二街和百老汇交叉路口的报摊上,买了张报纸,边等地铁边读。我乘坐市中心本

地线,到哥伦布圆环(Columbus Circle),沿过道走到地铁 IND① 月台,搭上去布鲁克林的 D 线地铁,在德卡尔布大道(Dekalb Avenue)换乘本地线。在 M 大道地铁站,我下了地铁,踏上满是油污的台阶……

够了!

我相信你肯定明白了。这个段落我记得不全,但原文差不多就是这样糟糕。问题在于,我当时写的东西,都是这副德行。犹如一本维多利亚女王的传记,却写了太多高中女生不感兴趣的东西那样,我也写了太多读者不感兴趣、也不需要知道的废话,既与故事无关,也很无聊——比如上文所写的纽约地铁系统。

若是《亡命快劫》(The Taking of Pelham One Two Three)这样聚焦地铁劫持案件的电影中,这种对地铁不厌其烦的描写或许还有点相关性,可我的叙事者只是乘坐地铁从 A 地到 B 地,所以我得这样写才行:

  我挂断电话,想了一会,然后从客厅的衣帽间里拿出我的薄大衣。四十分钟后,我在布鲁克林下了地铁,踏上满是油污的台阶——

啊,那些满是油污的台阶……

变换场景确实是个技术活。对新手作家而言,如何让角色进房间、出房间,如同对于新手剧作家来说,如何让角色在舞台上下穿梭那样,是个非常复杂的难题。虽然随着经验的增长,技巧的熟练,处理这个难题的信心也在增加,但变换场景还是要求作家自己

---

① IND 是纽约独立地铁系统(Independent Subway System)的简称,是纽约地铁系统的一部分,包含多条线路。——编者注

做出选择,不管是凭借直觉,还是精心琢磨。对于正在叙述的情节,要如何打断,在哪里打断,又要如何捡起重续,在哪里捡起重续,也要由作家自己做决定。

对于多重视角的小说,收束一幕场景,随后跳过时空开启另一幕场景,这不成问题。虽然作者还是要选择到底该给读者透露多少信息,但一般不可能永远在地铁里打转。可对于单一视角的小说,不管你是用第一人称还是用第三人称,你都情不自禁地想交代主角度过的每一分钟,告诉读者太多不必要的废话。

当然,有时,你确实想告诉读者很多信息。比如,你想传达时间消逝的那种单调沉闷,传达一个人拖拽着自己在城市街头地下晃荡的那种冗长乏味,传达叙事者每日按照既定路线茫然走下去的那种顽固,如此等等,那么,本文开头的那段地铁运行的文字也可能会显得很合适。

但是,倘若你想强调的是动作和节奏,或许就该尽量迅速地转换场景。这方面,没有谁比米奇·斯皮兰做得更好。他笔下的侦探迈克·哈默(Mike Hammer),从不浪费时间在场景转换上。这一句是他正在把某个家伙的脑袋塞进男厕所马桶里,下一句是他又跑到城市的另一边,朝一个女孩的腹部开了一枪。他或许也会在做爱和自言自语上浪费点时间,但是,他从未把时间浪费在如何从一个地方转换到另一个地方,如何从这个动作转到另一个动作上面。

米奇·斯皮兰刚工作时是给漫画书编故事的。我想,他是从这份工作里学会了如何快速剪接。就我个人而言,我宁愿阅读辣椒酱上面的说明标签,也不愿去看迈克·哈默的冒险。但有一个事实不容否认,斯皮兰的作品中,尤其是早期作品中,虽说有不少性和性虐待的场景,但正是他的创作直觉和写作天赋,让他的创作有很强的戏剧张力,并为他赢得一大批忠实的读者粉丝。

在斯皮兰的作品里,故事的动作其实或多或少是连续的。在他的笔下,快速的场景转换之所以能轻易做到,是因为他略去了大量的日常琐事。在时间跨度很长的小说里,你得跳过几天、几周、几月甚至几年。你有时会像这样写场景转换的过渡段落:

> 夏去秋至,接着冬天又降临了。白天越来越短,夜晚越来越冷。假期到了——感恩节、圣诞节、新年。然后呢,白天又变长了,阳光再次温暖地照耀大地……

很多年前,拍电影的人为了表示时间的过渡,往往拍几个手撕日历或调快时钟的镜头。或者是蒙太奇的手法,把不同日期的报纸扔到镜头前,用报纸标题的转换展现历史的进程,比如,从第一次世界大战的停战日到珍珠港事件,中间就过去了好多年。

其实不用撕日历,你也可以做到快速剪接,让读者感到时间的流逝,场景自然得以转换。你可以让角色在一个新场景的中间出场,顺便在合适的地方补上几句,强调时间的流逝,比如:

> 苏珊轻轻地下床,以免吵醒了霍华德。她套上睡袍,匆忙下了楼。楼梯的倒数第二步台阶,是她特别留心的位置,若是不小心踩到中间部位,就会嘎吱作响。现在是一月份,他们在这房子里已经住了三个月,可他还没找到时间来修理这个嘎吱作响的楼梯。

关于时间流逝的信息就在这里——"现在是一月份,他们在这房子里已经住了三个月"——这个简短的句子低调插进来,让苏珊向我们抱怨霍华德的拖拉,或许还告诉我们他们之间的关系如何。正如此例，我们可以用毫不唐突的手法，推进情节进展，告诉读者时间的变化。

还有另一种手法，也能快速展现时间的飞逝，那就是长期天气报告。比如：

> 接下来的两个冬天很温和。然后，那个男孩四岁了，九月份的最后一周下霜了。在感恩节前，就下了第一场雪。第二年四月，大地回春，可以耕种了。

假设你的故事涉及叙述者和另一角色的关系问题，你可以通过两人多年后的重逢，来跨越时间的维度，达到过渡的目的：

> 我握着他的手，笑着说："再见。"但事实上，将近三年后，我才再次见到沃尔多·戈登。我会偶尔想起他，但次数不太多，也不是太热烈。然后，一个五月的夜晚，我从俱乐部回家的路上，刚拐了个弯，就看到了他。我首先注意到的，是他比过去胖了。双下巴都出来了，挺着个大肚子。我只是在打量他的体形，没注意到他的右小臂已经没了。实际上，我都已经伸出手准备跟他握了……

且让我们回到地铁 D 线上来。我们觉得开头那段废话可以砍掉，也应该砍掉，是因为在这个过程中，什么事也没发生。乘坐地铁从一个地方到另一个地方，真的没有什么挑战——至少不应该是这样——这一过程平淡无奇，没有任何事件发生。

对新手作家来说，事无巨细地写地铁旅程是一种诱惑，因为这种文字容易写，而简练地描写一个更重要的场景，则需要更高超的技艺。当然，地铁旅程也有重要的时候——比如主角乘地铁时被人殴打了一顿，或者爬到第三根铁轨上，等等，这时你当然不能糊弄事儿,而要好好去写。

还有个不错的例子可以说明写作不同于拍电影。与书不同的是,电影的情节是按照预先规定的步调前进的,观众得忍耐导演的剪辑。在电影院里,你不可能把电影扔到一边,皱了半天眉头,然后又捡起来,把影片倒回去几帧,然后检查一下是不是有衔接不上的情况。实际上,电影可能有很多地方都接不上,也不合乎逻辑,不过导演的剪辑会让角色莫名其妙地卷入麻烦,又莫名其妙地解决了麻烦。

但是,你写小说可不能那样。

几年前,我写了一本书,书名是《无法睡觉的贼》,写的是一个异想天开的探险者,为了探寻某个尘封已久的宝藏,在整个欧洲玩起了跳房子游戏。此书的主要情节,是说他在形形色色的怪人的唆使下,挖空心思,使用各种诡计,从这个国家偷偷溜入另一个国家。虽然我并未因为此书获得普利策奖(Pulitzer Prize)①,但它算得上是写得不错的一本书。

后来,随着夏去秋来,喷气机队勇夺超级碗(Super Bowl)②,我手头上多了项工作,要把此书改编成剧本(很遗憾,电影没拍成)。可是,原书中好多穿越边境的情节,本来是非常有趣,可改编成剧本,则黯然失色。节奏太慢、对话冗长、没有足够的视觉效果。因此,我决定先确立主角足智多谋的个性,再展现他的成就。我让他身穿三件套西服,手提公文包,出现在法国巷道的角落。接下来,

---

① 普利策奖,又称普利策新闻奖。是根据美国报业巨头约瑟夫·普利策(Joseph Pulitzer)的遗愿于1917年设立的奖项,每年评选一次,除了新闻奖,还有包括文学、艺术在内的各种综合奖项。
② 喷气机队是纽约美国国家橄榄球联盟的一支球队。超级碗是全国橄榄球联盟的年度冠军赛。——编者注

我把镜头切到意大利米兰的巴士上,满车工人在吃午餐,大笑声和歌声连成一片。然后,镜头拉近,在一个人身上聚焦。这人穿着和举止都与大家一样,那就是我们的主角。没有多余的解释,因为这是电影,他是如何混进来的并不重要。

影视技巧把读者锻炼得更加成熟。我们没必要把做过的每一件事都写出来。但不是说你可以在叙事时蒙混过关。电影可以直接把镜头切到米兰的公交车上,小说中则不能这样做。

场景转换颇为有趣。看看其他作家是如何转换场景的,效果是好是坏,都会有启发,这一点你在阅读中需要特别注意。但无论如何,不要乘坐地铁 D 线。艾灵顿先生(Mr. Ellington)①说过,你应该乘坐地铁 A 线。

迄今为止,这仍旧是到哈莱姆区(Harlem)最快捷的一条线路。

28. "我"占多数

大约二十年前,我昧着良心为一个庸俗的文学经纪人工作,靠评阅来稿谋生。我在退稿信里总是有一段,提醒满怀希望的读者,不要使用第一人称。紧接着我又很快指出,第一人称对于缺乏经验的新手作家来说,充满陷阱。它会在读者和故事之间竖起屏障,限制叙事的视野,还有,根据我的回忆,会引起孩子龋齿,以及实验室小白鼠的皮肤癌。

---

① 指爱德华·肯尼迪·艾灵顿(Edward Kennedy Ellington, 1899—1974),昵称"艾灵顿公爵"(Duke Ellington),他是有史以来最伟大的爵士艺术家之一。《搭乘地铁 A 线》(Take the A Train)是他的经典歌曲之一。

现在,"不要用第一人称"这种告诫特别流行,绝非我个人的胡说八道。连写作课上奉行的信条,也是避免使用第一人称写作。我还记得,初听这条告诫时,我还处在缺乏判断力的少年时代,当时想着,不能用这种最自然的写作手法,真是遗憾。

嗯……

如今我重新思考这个问题,我不知道对第一人称的偏见是否出自我们的清教传统。H. L. 门肯(H. L. Menchen)①说,清教徒对所有令人快乐的事情,都极为恐惧。我想他不会介意我们修订一下这个定义,那就是,清教徒对所有出自自然的事情,都极为恐惧。毕竟,倘若一件事做起来这样容易、自然,又很有魅力,那肯定有问题。它会让你掌心长毛,让你变瞎,或者其他什么的。

大约就在我口口声声告诫人们,不要用第一人称写作的同时,我偶然读到大卫·亚历山大(David Alexander)写的一篇写作心得。亚历山大是《电讯晨报》(*Morning Telegraph*)的记者,写过一系列非常出色的小说,主角是私家侦探巴特·哈丁(Bart Hardin),他混迹于百老汇,住在一个跳蚤马戏团楼上,穿着花哨的背心,喝酒只喝爱尔兰威士忌,且从不在下午四点以前喝酒。亚历山大说,为了让自己的作品给人直观感,他所有的初稿都是第一人称。但是,为了掌心不长毛,每次写完后他又用第三人称重新改写一遍。

亚历山大业已去世,因此我无法问他是否真的那样做了。但凭借直觉,我觉得他是在忽悠我们。不管是谁,先用一种人称写作,然后再改成另一种人称,这就像有人能把政府的计划变得跟效

---

① H. L. 门肯(1880—1956),美国作家和评论家。他最初的文学创作是诗歌和短篇小说,后转向社会评论。

率专家的新发明一样。不过,亚历山大到底做没做,并不太重要,但他提到了第一人称叙事的两个特点:首先,它给人以直观的感觉;其次,这种写法应该受到谴责。

嗯,我自己曾加入这个反第一人称俱乐部,告诫别的傻瓜不要用它。但这不意味着我自己傻到听从这个告诫。我的处女作就是用第一人称写的,我的大部分推理小说和悬疑小说,包括好几个系列,书中角色都是用第一人称写的。起初我觉得这样写风险巨大,然后呢,发现这种写法比较轻松,于是我决定就这样写下去,等我需要眼镜时再说。

我还没有变成瞎子,但我正靠近双焦点眼镜王国①。多年来,我读了形形色色的故事,从毛姆的作品到奥格拉拉苏族(The Ogalala Sioux)②的传说(我跟你赌五分钱,在我之前没人把这两种作品放在一起),从中寻找力量,来支持自己对第一人称写作的嗜好。

先说印第安人。我有个在印第安保留地长大的朋友,他告诉我,印第安人口述历史,都是用第一人称的口吻,诉说着几个世纪以来部落的水牛围猎以及重要征战,代代相传。听众都明白,讲述者所讲的部落故事,发生的年代要比他本人早几百年,不过,当他遵循传统,用参与者和观察者的口吻讲故事时,大家都习惯性地接受。比如:我躺在茂盛的长茅草中,看到双矛嘉里骑马从山间疾驰而来,随着他越来越近,我感到了大地的颤动……

毛姆说,他年轻时特别自信,喜欢用第三人称全知视角写作。

---

① 双焦点眼镜是为同时需要近视和远视矫正的人群设计的一种眼镜,有近视眼的人,在年纪渐长,出现老花眼之后就可以佩戴双焦点眼镜。——编者注
② 指美国本土的一个美洲土著印第安人部落。

年岁渐长后,他发现,用自己的口吻,从一个固定的视角讲故事,要稳妥得多。

毛姆是个特例。正如地球重力不会影响雄鹰展翅翱翔,第一人称的限制也不会对他讲故事造成任何影响。如果你想知道大师如何将第一人称运用得炉火纯青,想了解叙事者不在场时,如何描述事件,如何在时间的流动中自由穿梭,请研读他的《刀锋》、《寻欢作乐》(Cakes and Ale)、《月亮和六便士》。

我也注意到,当我把自己当成普通读者时,面对整排没看过的平装版小说,我会更倾向选择第一人称写的小说,而不是第三人称。在其他条件相同的情况下,第一人称的小说,让人更有真实感,主角也更加活灵活现。

身为作家,我觉得第一人称最值得称道的地方,是它可以让我很容易快速地勾勒出人物形象。在《别无选择的贼》(Burglars Can't Be Choosers)中,主角是个有绅士风度的雅贼,他发现自己被人构陷,安上了谋杀罪名,为拯救自己,不得不想办法破案。小说一开始,我就想点明这是个风趣狡猾的家伙。因此我开头第一段是这样写的:

> 九点刚过几分钟,我就提着我的布鲁明戴尔百货商店(Bloomingdale)购物袋,尾随着一个金黄头发的高个子马脸男人走出门外。这家伙手里拎了个手提皮箱,这手提箱很薄,似乎放不了什么东西。你也许会说他是个很时尚的模特儿。他的薄大衣是新款花格呢料子,头发比我的稍长,但肯定精心打理过。

这些算不上什么绝世名句,但却成功地刻画了人物的性格,让故事得以展开。我觉得,同一个段落若用第三人称写出来,就很难取得上述成效。

对于人物形象的塑造,我觉得用第一人称总体上更容易一些,因为它很自然。你不是从外部观察,而是深入人物的内心,用他的声音与读者说话,这样一来,这个人物形象不仅对读者而言是鲜活的,对你自己而言也是鲜活的。

反对第一人称的人一致认为,你无法描写叙事者。你当然有办法,比如让叙事者照镜子,然后告诉读者他看到了什么。不过我真的觉得,用这种办法你要有所节制。对于叙事者兼主角的外貌,你可以通过其他方式传达,而没必要直接去描写。比如,上文那个例子,我们就知道主角的头发是啥样子的。

反正,我一直觉得,无论你用第一人称还是第三人称写作,不刻意描绘叙述者角色的外貌,其实好处很多。毕竟,故事是通过他的目光来呈现的。你不妨让读者在阅读中去想象叙事者的长相。(我时常认为,读者心中的叙述者形象往往很像他自己。小说阅读过程中的这种心理上的移情作用至关重要,你绝对不要妨碍这一点。)

虽然第一人称对新手作家而言,是最容易想到的写作手法——毕竟,第一人称非常自然,就像对朋友讲故事那样——但这种手法必然也有一些陷阱,稍不留神就会陷进去。最常见的陷阱,是把自己想到的所有东西,连同垃圾,都倾倒给读者。假如读第一人称的小说,就像在聚会上听故事,那么这种糟糕的写法,就像你遇到一个极其讨厌的家伙,逮着你一直说个不停,不让你拿外套离开。

如何避免上述陷阱,我也不是特别清楚。不过,你要切记,没必要把叙事者所有的心理活动都倾倒给读者,也没必要把他的日常起居事无巨细、如流水账般地全部报告给读者。(你总不至于每次都去写主角刮胡子、上厕所或者补妆之类的废话吧。)

同样道理,发生在叙事者身上的某些关键秘密,不告诉读者也是可能的。这一点在悬疑小说里尤为重要。当然,你不可能永远藏着这个秘密,在吊足读者胃口后,你可以选择恰当时机揭示出来。例如,在《父之罪》中,我让马修·斯卡德非法潜入一间公寓,寻找证物。他是这样向读者报告的:

> 窗户没上锁。我打开,翻身而入,又把它关上。一个钟头后,我爬出窗户,重新爬上防火楼梯……

斯卡德在公寓房间里找到的证物很关键,但过几章之后他才会让读者知道那是什么证物。我若在他发现证物后,就停下来告诉读者,这会放慢故事的节奏,所以我就相应延迟了揭露真相的时间。此书中,还有个关键点很重要,就是斯卡德识破真相的那一刻,但我并没有让他当场向读者报告,直到后来,斯卡德和那个邪恶凶手直接对峙时,才让他说出真相。

长期用第一人称写作有一个危害,我就有这样的受害经历。当时,我把自己的《邪恶的胜利》(*The Triumph of Evil*)手稿给一个作家朋友审读。他反馈说喜欢那本书。"当然喽,我猜中了结局。"他说,"但我不觉得别人也能猜中。"

为什么呢,我问,为什么他能猜中?

"此书不是用多视角写的,可你用的是第三人称。"

所以呢?

"所以我猜,你不用第一人称的唯一理由,是主角在最后会死掉。所以,我发现他真死了的时候,丝毫也不意外。"

嗯……

29. 情节这件事

亲爱的布洛克先生:

你的《作家文摘》专栏,我每期拜读。你在专栏里说情节是小说最重要的元素,我对此无法理解。假如你所言为真,那么这对初习写作的人来说,真的非常不利。我投入大量时间,苦心孤诣写出来的作品,屡遭退稿。编辑批评我的故事平庸俗套,解释我的情节有哪些问题。但几个月或者几年后,我总会在一家主流杂志上,看到一篇情节与我类似的故事,差别只在于作者是有名的作家。因此,我不认为情节有你声称的那么重要。或许它只是个写作风格的问题。我的文字没别人那么流畅,可老天知道我是如何努力。或许,正如我强烈怀疑的那样,问题主要在于我不认识相关人士……

我觉得,问题不在于你不认识相关人士,而是你要拿什么样的作品给他们看。这里顺便提一下,上述这封信是我编的,但它确实反映了我收到的不少读者来信的呼声,也反映了这些年来我自己对情节这个问题的思考。多年前,我曾帮一个文学经纪人看稿,以此谋生,其中一项工作,就是对业余作家的投稿给出批评建议。他们来稿时都会随信附上审稿费。有高手指点我,每封回信都要强调来稿的故事情节有问题,而不要说作者的写作能力不行,这样一来,就能鼓励他们多投稿——还有更多的审稿费。

我当时不以为然,觉得这显然是废话。我看到的东西,作者甚至连自己的名字都写不好,可我当然不会告诉他这一点,而是跟他讨论他的故事情节有哪些根本上的问题——尽管我一直知道欧·亨利(O. Henry)①写过情节类似的故事,写得很好,谢谢。我开始怀疑情节是故事中最不重要的一环,真正的问题是作者能不能写。

当然,基本的写作能力很重要。组织文字和写对白的能力是小说成功的关键,倘若作家这方面的能力不能在第一页就展现出来,下文就没有必要看下去了。我最近参与评审《作家文摘》短篇小说征文比赛的参赛作品时,更加意识到这一点。这些参赛作品我看个一页半页,就知道作者写作能力如何,能否在比赛中拔得头筹。

但有些作者还是把我给愚弄了。他们的文字根底不错,在行文和对话中也有闪光之处,我一路读下去,差点觉得最后获胜的作品,就在我手里。然而,很可能,我读完之后,会耸耸肩、叹口气,或者骂几声、咆哮几句,就转身看下一篇参赛作品去了。其原因,多半是情节太失败了。"没有冲击力!"我骂道。"没有戏剧冲突!"我咆哮。"没有故事!"我哀叹着,把这篇让我不爽的来稿撕成两半。

这样的事情一再发生,让我对这个古老的真理有了全新的认识。情节是故事最重要的元素。实际上,情节就是故事。除非情节奏效,否则你看到的只是一堆无意义的文字。

且慢,这岂不矛盾吗?我们看到,同样的情节,作家们处理得很成功,而我们却不行,而这并不总是风格的问题,也与

---

① 欧·亨利(1862—1910),美国著名短篇小说大师,他的作品构思新颖,语言诙谐,结局常常出人意料。

你认不认识相关人士无关。那到底是什么问题？

到底是什么问题呢？我想，这是混淆了情节和创意的区别。在我看来，创意是故事的前提。情节则是构造方法，把你的创意转化成小说。

有时，如果创意足够出色，其本身就能让作品成功。尤其是超短篇，所有文字基本上阐述了的就是创意本身。比如，在《作家文摘》的竞赛中，我把一个极高的名次，授给了一篇寥寥数百字的作品，因为这故事既出人意料，又合乎情理，而且构思完全原创，结构安排得当，但毫无疑问，它能取得这么好的成绩，主要归功于它有极其出色的创意。

或许，通过分析一个恰当的例子，能让我们更有效地区分情节和创意，弄清情节对创意那种虽然微妙却很重要的影响。我最近读到的威廉·特雷弗（William Trevor）[①]的小说，就是很好的例子。特雷弗先生是位非常杰出的爱尔兰短篇小说作家，现居德文郡，对于他的作品我不遗余力地推荐。他的小说不仅引人入胜，非常感人，而且在取材和主题上几乎有无限变化。他的故事不是类型小说，唯一的共同点是始终不渝的高品位。

啰唆了这么多，我打算在此挑选特雷弗先生一篇写得极好的作品，通过解剖分析，来让你明白情节的重要性。这篇作品是《最后的愿望》（Last Wishes），出自他的小说集《丽兹天使》（Angels at the Ritz）。该小说集收有他的十多篇作品，由企鹅（Penguin）出版社出版。

[①] 威廉·特雷弗（1928—2016），爱尔兰当代文学大师，被《纽约客》称为"当代英语世界最伟大的短篇小说家"，创作过近二十部中长篇小说、数百篇短篇小说，还著有戏剧剧本、童书及散文集等。

该小说情节如下:

阿贝克伦比夫人是个老太太,患有忧郁症,生活孤寂。她很少离开卧室,生活由一群忠诚的仆人照料。仆人们忠于职守,也喜爱自己的工作。她与外界的唯一联系是个医生;他定期来检查老太太的健康情况。

突然间,阿贝克伦比夫人意外死了,仆人们面临丢掉饭碗的危险。这时他们中间有个人意识到,只要外界没人知道老太太去世,他们就可以继续像原先那样生活下去。自从老太太的丈夫二十年前死后,就没人来这里看望过她。只要把她葬在庄园里,当她还活着,他们就能一如既往,继续过着安静平和的生活——假如能防止医生揭穿这个骗局的话。

这就是故事的创意,也可以说是故事的前提,很有原创性。但是,《最后的愿望》之所以如此出色,关键还在于特雷弗先生高超的写作能力。文体风格与人物塑造都很有分量,情节铺陈的技艺更是熠熠生辉。

故事从介绍阿贝克伦比夫人的生活开始。我们先获悉老太太的一些生活背景。接下来,仆人们轮流登场,每人大约一段左右的描述,让我们得以了解,为何所有人都觉得在老太太家的工作非常理想。管家普伦基特跟女仆廷德尔有一腿;两个园丁沉默寡言,默默工作正投其所好;厨师一辈子就会做那种大锅饭,偏偏大家都爱吃,她自然乐在其中。我们很快就会喜欢上这些人物,喜欢他们其乐融融的交往方式,希望这些人能一直这样生活下去。

接下来我们见到阿贝克伦比夫人。她吃完早餐,看了一封信,突然追忆起她丈夫的死,就静静地死在床上。她死得安静平和,并不让读者感到悲伤,因为多年来她一直等待死亡这一天,这样就能与丈夫在天堂团聚。

她的死亡让仆人们大为震动，尤其是普伦基特宣布，阿贝克伦比夫人修改遗嘱的流程尚未走完，这更让大家惊慌。老太太要把宅邸捐给一家研究珍稀草类的机构，但她想修改遗嘱，让仆人们有终生租用权，等所有仆人都离开人世，才将宅邸交给那家机构。那天早晨她的律师正好就此事宜写信给她，她还没有准备好新的遗嘱，就过世了。

每个仆人都开始琢磨离开庄园后的生活，都觉得前程堪忧。就在这时，普伦基特想出一个计划：把老太太埋葬在庄园里，隐瞒死讯。于是他开始说服其他人。他先说他们只是在实现老太太生前的真实愿望，这还算合乎情理。可没说几句，就谎话连篇了，他谎称老太太表达过葬在自己庄园土地上的愿望，说那个医生很好对付，不仅年老体衰，还是酒鬼，曾经有多人因为他的误诊而致死。他渐渐说服了大家，让厨师不再反对他，但他很难说服园丁贝尔小姐。最终，门铃响了，是医生来了。普伦基特的理智濒临崩溃，他和贝尔小姐之间的争论达到白热化，两人恶语相向，剑拔弩张。他情绪激动，结果说错话了，泄露了真相，与他有一腿的廷德尔知道，他最终肯定会犯下致命错误。

医生进门了。普伦基特领他来到老太太卧室，随后向医生挑明了他的计划。此时读者才发现他的计划何等荒唐。故事至此，我们本来也满心觉得可以接受这个计划，可现在我们站在医生的立场上来听这个计划，却觉得完全是胡说八道。我们此时还发现，医生不是普伦基特口中的老糊涂。普伦基特准备胁迫医生的计划也宣告破产，这个计划之前在厨房里筹谋的时候，我们还以为合理公正，现在则觉得它卑鄙无耻，不可能实现。医生完全不吃这一套,他当然也不应该这么做,我们怎么可以觉得他会同流合污呢?

计划到此宣告破灭。医生打开门,让冷静的现实空气涌进屋内。但随着那个计划的出台和破灭,众人间微妙的关系彻底改变了,他们曾是和睦的一家人,现在则彼此陌生,在一起很不自在。

但特雷弗先生还有神来之笔,再次让我们惊叹不已。医生瞥见了律师的信件,发现这一切实在没必要。老太太给她律师的指示应该受到尊重,尽管遗嘱尚未修改完毕并签字。她的意愿很清晰,就算本人已经死亡,也该执行。普伦基特没意识到这一点,没有人知道,这才让他们性格上的弱点毁掉他们对未来的期待,一切都太迟了,老太太最后的心愿也改变不了什么。这群人,被他们道德上的弱点永远改变了,不可能继续在一起生活下去了。

你看出来我的意思了吗?不是"最后的愿望"这个创意本身使读者经历了一次强有力的阅读体验,而是作者如何处理这个创意,主要是如何利用情节结构来展开创意。我本来担心,拿此书作为例子,会毁掉读者阅读这个故事的兴趣,但从更大的意义上说,并没有。一篇如《最后的愿望》这样优秀的故事,是不会被轻易毁掉的。你要是对短篇小说感兴趣,我强烈建议你去找一本《丽兹天使》,自己去读这个故事。你还可以读这本书中其他的故事,特雷弗先生的每一篇小说,其情节构思都非常精妙,展现了高超的写作能力。

30. 不要再当"好好先生"

我一般很少讨论关于希特勒的笑话,但我不时会想起一个夜店老笑话。据说,那是 1945 年的春天,希特勒躲在碉堡里,坏消息蜂拥而至。德军在各条战线都全面溃退。盟军正在向西部推进,苏联军队已经到了柏林的外围,号称将延续千年的第三帝国,正在走向崩溃。

"行了!"希特勒咆哮着,"行了!他们太过分啦!从现在起,不要再当'好好先生'了!"

哈哈!不说笑话了,同学们,今天主讲的课题是动机。在我看来——有问题吗,阿诺德?

您可以给动机下个定义吗,老师?

我想可以,阿诺德。动机是内在的驱动力,它给你的小说角色提供看起来可信的理由,使他按照你的设计来行动,从而使你的小说产生戏剧性的效果。

写作动机也不是想当然的,随便什么都是动机。比如蓝眼珠,那不是动机。你说你的角色是蓝眼珠,那就随它去好了,你没有必要解释他母亲也是蓝眼珠,他母亲的祖辈来自瑞典的一个小村庄,村庄里每个人都是蓝眼珠等等。你非要啰唆这么多,也没人拦着你。但一般而言,读者通常接受你给角色定下的长相,在相貌问题上,读者相信你的话。

但是,这个角色为什么有那么强烈的愿望想复仇、想平反冤屈、想找个好工作、想偷车,或者其他什么你要他去做的事,你得给出动机,否则就不能让读者信服。读者会接受普通平常的事。比如说,你的主角是会计,他若列上一堆数字,不会引起读者的质疑,因为在表格里列数字是会计日常工作的一部分。可这个会计若赶往英属哥伦比亚去扑灭一场森林大火,或者跑到那里纵火,你最好要给他一个这样做的理由。

那么，是不是只有角色做一件非同寻常的大事，才需要动机？

嗯……我感觉这也算是一个不错的看法。实用一点说，在叙事的某些关键点上，读者也许想知道角色为什么这样做而不那样做，或根本不做。这时候，动机就很重要了。

我在创作生涯中，就有绞尽脑汁也想不出充分动机的艰难时刻。我记得有一次，我接连几个月都写不出东西，因为我想不出一条理由，让笔下的角色有强烈的动机合乎情理地去做某件事情。脑子里勾勒不出情节，也塑造不出鲜明的人物形象。还有一次，我几本小说同时写，结果全都写到差不多六十来页就半途而废，我思路枯竭，想不出一个理由让笔下的人物继续行动，也想不出他们该说什么，该做什么。

你想说什么，瑞秋？

没什么，老师，很高兴你现在状态好转了。

嗯，谢谢你，瑞秋。我刚才说到哪儿了？

没关系。我最近读的一本书，可以很好地用来说明，一个技巧精湛的作家，如何将动机赋予书中的角色，让我们相信他们行动中那极强的戏剧性。你们有多少人读过罗伯特·B. 派克（Robert B. Parker）①的《荒野》（Wildness）？读过的人请举手。有谁读过吗？阿诺德？

老师，我猜大家的普遍感觉是：为什么要买精装本的悬疑

---

① 罗伯特·B. 派克（1932—2010），美国作家，主要创作冷硬派侦探小说。他创造了私家侦探斯宾赛（Spenser）的形象，并以之为主角创作了近40部小说。

小说？

我明白了。

嗯,既然你们自己没机会读这本书,那就让我跟你们讲讲吧。这本书的主角名叫阿伦·纽曼,是个作家。他爱好跑步、举重、保持体形。二十年来,他一直深爱着妻子,虽然他们的婚姻颇为乏味。

一天,他从健身房慢跑回家的路上,目睹了一桩谋杀案。作为一个有荣誉心,也在乎外界对自己评价的人,他去了警察局,并且同意指证那个凶手——一个臭名昭著的恶棍。可他从警察局回到家,却发现妻子被人剥光衣服,绑在卧室里,是那个恶棍借此警告他。尽管他妻子没有遭受强奸,但从目光和精神上,都受到了侵犯。

纽曼的荣誉准则动摇了。他不顾警方对他的鄙视,撤销了指证,只想回家守着妻子过日子。但更麻烦的是,他意识到,妻子被人捆绑、惶然无助的场景显然催动了他的性欲。此外,妻子遭人欺凌时他表现出的无能,让他很难心安理得地生活下去,也加剧了妻子用各种方式对他流露出鄙视态度的倾向……

有问题吗,艾娜?

你是想说他妻子是个很烦人的女人,对吧,老师?

谢谢你,艾娜。

接下来,我们来看派克赋予角色动机的高超能力。他让纽曼夫妇为消除心中的耻辱,展开复仇行动。他们决定自己来执法,用非人的方式把这恶棍给杀掉。他们的报复有点小题大做。虽然他们的对手确实是杀人犯,但对纽曼夫妇,只是威胁了一下而已。

派克先生先设定好环境和角色,然后让情节自然而然地开展下去,而行事动机随之逐步赋予角色,每次刺激他们一点点。杀掉那伙恶棍的主意,是纽曼在一次酒后提出来的,他是为了表现自己男子汉的气概,一时逞能说的话。但他妻子却抓住这个主意不放,她想杀死那些混蛋,非常坦白地说出自己的这个愿望。而纽曼的朋友、酒吧老板克里斯·胡德听后,对这个主意很感兴趣。

胡德这个角色很重要。他在战争时代杀过人,相当喜欢那种感觉。那之后许多年,他的生活一直没什么起色,纽曼夫妇的复仇计划让他有机会重新体验那种刺激。而且,胡德有此方面的本领,有他相助,整个复仇计划变得较为可行。

纽曼夫妇希望尽快把这事解决掉,杀掉仇人,就此了断。可胡德却以慢慢折磨对手为乐,主张采取拖延战术——若有可能,他愿意用一辈子的时间来计划这件事,仔细勘察,反复排演。因为一旦这事儿完了,他的人生就不再有价值。这是派克情节设计的高明之处。很多复仇小说都有这个问题:既然复仇是角色行动的动机,那就迅速复仇,这符合逻辑,可是,这样一来,也许书才写了两万字就戛然而止,结尾也难以让人满意。倘若作者乱绕圈子,不肯让角色马上复仇,读者也许会觉得不解,想弄明白角色为什么不明快一点,不直截了当地复仇了事。而胡德的徘徊不前,则犹如哈姆雷特那般,是合理的。对此感到沮丧的是纽曼夫妇,而不是读者。

就在这关头,派克先生又推动了一下情节。虽然我们能接受纽曼夫妇的复仇动机,但他们希望复仇,与真的去复仇,是两码事。复仇也许有利于改善他们的夫妻关系,但是,为了巩固婚姻非得去杀个外人,这种牵强的理念,恐怕不是《亲爱的艾比》(*Dear Abby*)①提倡的。事实上,对这伙不知不觉被人当成猎杀目标的恶棍,我们难免会有所同情。

没问题。我们发现,恶棍为保险起见,雇用杀手,想杀纽曼灭口。我们见到这个杀手,是他在计划犯罪之时。但结果他却被克瑞斯·胡德杀死在纽曼家门口。我们前面看到,一到夜晚,胡德就一个人在纽曼门前晃荡。当时显得荒唐的守夜举动,现在看来则是合情合理的。

派克先生进一步拉升情节,让角色危如累卵。现在已经到了你死我活的局面,因为恶棍在获悉首次谋杀行动失败后,又雇了一名杀手。这一事件让纽曼夫妇认识到,对方是玩真的,他们不得不严阵以待。

这时,小说场景转至荒野,那个恶棍带儿子去荒野打猎,随行的还有那两个羞辱过纽曼太太的手下。我们的三人组追踪而至。正是在这荒野之上,胡德得以尽情释放他的战斗激情,施展他的战斗谋略。他的猎杀本领从未这样高超过,但他在此又开始游移不定,放过了几次可以轻而易举猎杀对手的机会,因为他无法忍受这个猎杀游戏的结束。

最后,胡德在与恶棍的接触战中身亡,纽曼也被恶棍认出。紧张局面再次升级,恶棍识破纽曼身份,肯定会不死不休地追杀纽曼,而胡德的身亡,使纽曼夫妇顿失武力保护。现在他们只能依靠自己的力量,可夫妇俩或许根本就没有对抗的力量……

---

① 《亲爱的艾比》是宝琳·菲利普斯(Pauline Phillips)在 1956 年创立的美国人际关系咨询专栏,专栏笔名是"阿比盖尔·凡·布伦"(Abigail Van Buren)。

就在这关头——

瑞秋,有问题吗?

别把故事全剧透了,布洛克先生。

我绝无此意。就算我把情节大意讲到故事的结局,也毁不了这故事。因为《荒野》的魅力不只在于发生了什么,还在于事件情节是如何一步步推进的,在于角色如何行动与反应,其行动与反应又是如何影响到他们自身的。

今天的时间差不多到了。希望你们能了解,作者驱动角色行动的能力,会影响读者对故事的感觉,让全书布满悬念,使我们关心角色的命运。若还有时间,我们还可以讨论此书其他的一些元素——比如,对雇用杀手与他的女人之间关系的描写,虽短小却很精彩,正好与纽曼夫妇的关系形成强烈对比。我希望你们读读这本书,自己去领悟。

我也希望,我在这过程中已经回答了你的问题,阿诺德。

什么问题,老师?

"为什么要买精装本的悬疑小说呢?"我确信你们不难发现我这么做的动机。我最近正好有一本精装本悬疑小说要面世,各大精品书店均有销售。我希望你们每个人都去买一本。

31. 你找到"问题"了吗?

想听一个了不起的故事创意?那就听下面这个吧。战争结束后,一帮人急着想回家,回到妻子爱人身边,回去看望年迈的母亲。因此他们登上回家的船,旅途风平浪静,接下来就是他们都平平安安回到家,所有人都幸福快乐。

你不喜欢?

干吗不喜欢呢?很久以前有个叫荷马(Homer)①的家伙,就用这个创意,写了一本叫《奥德赛》(The Odyssey)的书。从那以来,有不少作家都用过这个创意,而且效果不错。最近的典型,就是索尔·尤里克(Sol Yurick)的小说《战士帮》(The Warriors),这本小说近期还被拍成电影。荷马写的是特洛伊战争后的英雄,尤里克写的是一群十几岁的年轻人,但两个故事的"问题"是一样的——平安返家。

归根结底,问题,就是故事的主题。在某种程度上,所有故事都涉及一个主角,试图解决一个问题。倘若主角刻画得很好,很人性化,且真实可信、令人同情,倘若主角能获得读者强烈的认同,读者就会想让他的问题得到圆满解决。倘若问题是可信的、重大的,且迫在眉睫,那么,主角圆满地解决这个问题,对读者而言就很重要了。

找不到比奥德修斯更棒的男主角了,而尽快平安返回伊萨卡(Ithaca)②是一个核心问题,至于你是一群希腊战士,还是康奈尔橄榄球队,都无关紧要。可这趟回家之旅从不一帆风顺,一路惊涛骇浪,没有一分钟不扣人心弦。唯其如此,才让这部作品历经千年,至今仍是读者心中的不朽经典。从他们离开特洛伊城开始,奥

---

① 荷马(约公元前9世纪—公元前8世纪),相传为古希腊盲诗人,创作了古希腊著名史诗《伊利亚特》(The Iliad)和《奥德赛》,两者统称《荷马史诗》。
② 在《奥德赛》中,伊萨卡为奥德修斯的家乡,而美国康奈尔大学的所在地也叫伊萨卡。

德修斯就和他的同伴一直在困境中搏斗。刚射瞎了独眼巨人①的眼睛，又得在斯库拉和卡律布狄斯②之间周旋。就算塞壬③的歌声迷惑不了他们，喀耳刻④还要把他们变成猪。紧张的气氛从未停止。

尤里克小说中的人物，回家过程也是困难重重。他们的关键问题，是从布朗克斯区（Bronx）⑤出发，平安返家。即便在最好的年代，这对随便哪个纽约人来说都不容易。何况还有十几个其他帮派在围追堵截，准备杀掉他们。尤里克笔下的战士帮，就跟《奥德赛》里的伊萨卡人一样，生活就是一连串麻烦的组合。

请注意。

我们正在抓住小说创作中最本质的真理。

小说就是一连串麻烦的组合。不管你的主角是多么可爱，面对的问题是多么绝望，倘若他直接向前，很简单就解决了问题，你就写不出一本被《出版人周刊》（*Publishers Weekly*）盛赞为"真正引人入胜"的作品。倘若他才出虎口，又入狼窝，倘若他前进道路上困难重重，倘若他经历的险境无人能比，你的创作就对路了。

---

① 独眼巨人，音译"基克洛普斯"（Cyclops），是希腊神话中西西里岛的巨人。它的独眼长在额头上，性格粗野，喜食人。
② 斯库拉（Scylla）和卡律布狄斯（Charybdis）是荷马史诗《奥德赛》中的两个女妖。斯库拉有十二只脚六个头，每张嘴里长有三排牙齿，脖颈长如蛇，鸣声似恶犬，奥德修斯的六个伙伴就是被其吞食的。卡律布狄斯则伺伏在靠西西里岛的一株无花果树下，每天吞吐海水三次，形成巨大旋涡，过往船只无不遭殃。
③ 塞壬（Sirens）是希腊神话中人面鸟身的海妖，飞翔在大海上，拥有天籁般的歌喉，常用歌声诱惑过路的航海者而使航船触礁。
④ 喀耳刻（Circe），希腊神话中的巫术女神、魔女之神，隐居在埃埃亚岛上。
⑤ 布朗克斯区是纽约五个区中最北部的一个。曾因治安极差、犯罪率居高不下而臭名昭著。——编者注

有件事你要明白,我不仅仅是在谈冒险小说。小说中的"问题",不是非得像《奥德赛》里险象环生的旅程那样,都是惊心动魄的大事件。如何拿到一个比较语言学的硕士学位,如何学会接受自己的性别认同困境,如何摆脱一段糟糕的婚姻,都可以是"问题"。角色不断遭遇的险境,也不是撞上火车那么简单,而是让故事更加曲折的意外事件,能否成功解决还不一定,进而迫使主角竭尽所能脱离险境,这样的写法才会引人入胜。

我开始写小说的年月,大概就在希腊战士返乡之后的几个月。当时我遇到了如何制造"麻烦"的问题。我也许能刻画一个合适的英雄人物,也能让他面临一个棘手的问题,可接下来,我只会让他勇往直前,巧妙地、敏捷地、飞快地解决问题。

我知道这样做不对,可我对此似乎无能为力。我知道,倘若主角刚入陷阱,就跳出来,故事就没了真正的张力。我知道,在事态好转前,应先让事态进一步恶化;在麻烦最终解决之前,主角越想解决麻烦,就会越深地卷入麻烦。我什么都知道,但于事无补,我还是让主角顺利搞定一切。这样做有两个后果:其一,我的小说写不长,字数很少超过一万五到两万;其二,小说的戏剧张力不足。这就导致小说的销售业绩惨淡。

嗯,随着时间的飞逝,我的写作技巧也得到提高,尽管速度够慢的。有一两年,我每月出一本软情色小说,这些为混饭吃而粗制滥造的作品,教会了我如何让一壶水处于沸腾状态。虽然我笔下的主角们也许不是每一章都在开水里煎熬,但至少要给他们找点麻烦。

现在回想起来,我早期的悬疑小说,缺乏一种高潮迭起的戏剧张力。在《致命蜜月》中,新郎和新娘合力追杀强奸新娘的坏蛋。

这里有张力,一路上也会遇到各种"问题",但我现在觉得,假如当时能给他们再添几道险阻,让他们与坏蛋抗争的过程更难一些,小说会更有戏剧张力。

我写的伊凡·谭纳系列,在结构上与《奥德赛》有些许相似之处。我那个严重失眠的主角,为解决一两个问题,满世界跳来跳去,然后才安全回家。其中一本很典型,谭纳非法偷越七八个国家的国境,面对七种语言的陷阱,才最终回到位于纽约上西城的家。

侦探小说的结构比较封闭,其情节通常不会四处兜圈子,当凶手身份这个主要问题揭露后,故事基本上就写完了。不过,精彩的侦探小说,总是有各种陷阱和险阻,主角不断遭遇这些无法预料的事件,还有各种不利因素,让问题更加错综复杂,使谜底的解开更加紧迫,也更有必要。嫌疑人被证实是无辜的。关键证人突然死亡。凶手再度行凶。侦探发现自己被诬陷成凶手。重要证物——金钱、珠宝或马耳他之鹰①——消失了。反正,局势越来越糟,看起来根本不会好转。

为了让这种描述更有效果,你得身兼二职,既是主角最好的朋友,又是最坏的敌人。你先把主角送到树林里散步,接下来就让一头熊追赶他。你让他躲到树上,接着就把树砍断。在熊的紧追之下,此人慌不择路,只能跳河。他抓住河里的一根木头,结果发现木头是鳄鱼。他慌忙捞了根漂浮的树枝,卡住鳄鱼张大的嘴巴。接着,你再给熊一个独木舟,教它怎么划桨……

好,你明白了。至少,我希望你明白,因为我不打算进一步研

---

① 《马耳他之鹰》是美国作家达希尔·哈米特所著的侦探小说,1941 年由好莱坞改编为同名电影,成为影史经典。"马耳他之鹰"是故事中的重要元素——传说中遗落在民间的价值连城的老鹰雕塑。

究熊在独木舟中的问题。

在让主角处处为难方面，罗伯特·勒德拉姆（Robert Ludlum）①是个大师，虽然据我所知，他迄今为止还没有把熊放进独木舟。就他已出版的小说来看，他最有代表性的写法，就是让主角面对一个庞大的阴谋。故事一开场，主角甚至还在阴谋边缘徘徊，就已深陷麻烦。数辆汽车在他面前急刹车。保险箱从高处窗户落下，正砸到他脚下。子弹从耳边呼啸掠过。主角还没搞清状况，就得先行动起来拯救自己了。

这种事件接连不断。其中某些事件或许有点牵强，经不起事后的推敲。勒德拉姆的小说，你也许屏住呼吸才能读完，然后上床睡觉。也许两小时后，你饿醒了，起来去冰箱找东西吃，回到床上时你也许突然想起，那个爱沙尼亚民族主义者似乎没理由在主角的花生酱饼干里放氰化钠。这个想法会让你很难入睡，甚至想给作者写信，要求作者完整解释清楚。但你无法否认，自己被作者和他有毒的爱沙尼亚英雄者深深吸引，熬夜也要读下去。这些事件本身就足够引人入胜，它们产生的紧张氛围也扣人心弦，让你姑且把质疑抛在脑后，直至读完才有可能意识到，而且你读每一页时都是一种享受。

这是否意味着，你可以随便写，不用顾及情节的逻辑和合理性？当然不是。你不能确定读者直到半夜起床去冰箱找东西吃时才确认你的破绽。他也许一眼就察觉了，这样他可能当即就对你整个故事的前提都不买账了。

---

① 罗伯特·勒德拉姆（1927—2001），美国著名间谍小说作家。他创作的大多数作品写的都是冷战时期的谍战，作品的主要特点是以英雄人物来对抗恐怖势力，书中充满了火爆的搏斗场面。

这意味着你可以抓住机会,在后文中把前面的情节圆过来。我在小说《喜欢引用吉卜林的贼》中,就是这样干的。小说的主角伯尼·罗登巴尔,从森林小丘花园附近偷过一本珍贵书籍。第二天下午,他正准备把书交给委托他行窃的客户。

我觉得此时该有某些戏剧性事件发生。因此,当伯尼站在自己的二手书店柜台后面时,门开了,一个包着头巾的大胡子锡克人走了进来。锡克人拿枪对着他,要他交出那本书,伯尼交出书,那人就离开了。

我写这个场景时,对这个锡克人是谁,来自哪里,在后面的情节发展中充当什么角色,都没有概念。但他让情节活了起来,而后我猜我会过河拆桥。在写作过程中,我终于把他嵌入后面的情节,让他的行动合理化,随后还延伸出一些创意,从而丰富了小说的内容。

这里有一条教诲。当小说显得有点平淡的时候,就添一点戏剧性的事情,把熊放进独木舟里,让一个持枪的包着头巾的大胡子锡克人闯进来。若不想直接套用,那就按自己的想法稍加变化。可以尝试用爱沙尼亚熊,它走进书店,口袋里有个独木舟。若不用头巾,就让那头熊戴上一顶棒球帽。或者把独木舟换成游轮。把书店换成面包房,这样下了毒的饼干,就很适合了。也可以把男的锡克人换成女的,但首先不能让她有胡子……

你不喜欢?那就转身。这世上有一堆熊,他们是战后返家的战士,他们急着回家,与妻子儿女团聚,还有年迈的母亲……

这篇专栏文章写好并发表之后,我才获悉小说《战士帮》的原型,不是出自《奥德赛》,而是希腊历史学家色诺芬(Xenophon)①

---

① 色诺芬(约公元前430年—公元前354年),古希腊历史学家、作家。雅典人,苏格拉底的弟子。著有《远征记》等。

的《远征记》(*The Anabasis*),讲的是希腊远征波斯,惨败后艰难撤退的历史。为这点事,就重写这篇文章,不太值得,尤其是还要找《远征记》来读,太麻烦了。在此恳请读者体谅我的"仇外"心理(Xenophobia)①。

32. 判断距离

你注意过没有,有些作家吸引你走近角色,有些作家却让你保持距离。读者与角色的距离,在很大程度上与读者的认同感有关。读者越认同某个角色,就越会把自己与角色联系起来,他们之间的距离就越近。这种认同感强烈到一定程度,读者也许就觉得自己好像在与角色一起经历这个故事,用角色的目光,越过角色的肩膀去看这个故事。倘若认同感很少,那么,读者就好像把望远镜拿反了,故事反而变得更远。

但认同感不是确定读者与角色距离的唯一要素。我常常为自己并不认同的角色所吸引,而对自己认同的角色,却保持距离。杰洛姆·魏德曼的小说《我能帮你批发到它》(*I Can Get It For You Wholesale*)中的主角哈里·博根,就让人很不舒服,身上也没有什么迷人的流氓气质,但我至今还记得读那本小说时与他的亲近之感。相反,毛姆《刀锋》的主角拉里,我却觉得很有距离。

作为作家,你可以做几件事,来拉近读者与角色的距离,或者把读者从主角身边推开。你首先要考虑的,就是你对角色的称呼

---

① 色诺芬的英文名和"仇外"这个英文单词只差几个字母,布洛克就此开了个玩笑。

问题。

假设你的主角是一名矿业工程师,名叫"卢西恩·哈普古德"。那么,你可以照电视上的叫法,称他为卢西恩,也可以称他为哈普古德,或者卢西恩·哈普古德,或者——

够啦。你对他的称呼会影响读者与他之间距离的远近。假如你想读者靠近他——与其说是喜欢他,不如说是想分享他的经历——你就别叫他"矿业工程师卢西恩·哈普古德",除非是他首次出场,或者是在叙事中隔了好久他才再次登场。你也不必一直称呼他全名,喊他卢西恩或者哈普古德都可以。

一旦你确定怎么称呼他,就不要改了。然而不是每个作家都遵守这个规则。早期的埃勒里·奎因小说,是弗雷德里克·丹奈与曼弗雷德·B.李两人轮流写作,结果这一章主角叫埃勒里,下一章又成了奎因先生。有些作家不是合写小说,可也是在名与姓之间跳来跳去。我觉得俄罗斯小说令人费解,这正是其中一个原因。俄罗斯作家总是喜欢给角色取一连串名字,比如"德米特里·伊万诺维奇·格林科夫"之类。这一段喊他"德米特里",下一段喊他"伊万诺维奇",等到下一页,又换一种叫法,到后来,作者到底说的是谁,我就真的搞不清了。

按照普遍的看法,如果你称呼角色用的是名字而不是姓,会让读者感觉较为亲近,这或许是真的。但我认为,是否称呼角色的名字,实际情况较为复杂。

有时,我似乎觉得,你用名而不是姓氏来称呼主角,会削弱主角的重要性。因为你贬低了他的正式身份,损害了他的重要地位。

在我用保罗·卡瓦纳的笔名出版的小说《邪恶的胜利》中,男主角名叫迈尔斯·多恩,我得决定怎么称呼他。一方面,我希望读者认同这个角色,因为毕竟,故事是通过他的视角来写的。但另一方面,他是个职业杀手,是个中年恐怖分子,一辈子都在使用暴力,在故事中杀了好多人。我固然想要读者强烈的认同感,但又提防读者直呼其名会削弱这个坏蛋的危害性。

在写女性角色和青少年角色时,作家几乎都用名字而不是姓来称呼。其中原因我不确定,虽然我愿意相信这与男性作者有意无意的优越感有关,而就女性角色而言,性别歧视可能是其根源所在。不过,我觉得如今的作家暂时无法摆脱这个局面。我若称呼笔下的女性角色为苏珊,则有贬损她的尊严之嫌,可我若称呼她为阿克曼,读者又会搞不清我在说谁。更何况,这种写法,会让读者对角色敬而远之。

在多视角小说中,作者常常会玩弄这样的技巧:只称呼主角名字,其余角色一概用他们的姓来表示,就算某些场景是以其他角色的视角叙述的,也不例外。罗伯特·勒德拉姆基本上就是这样做的。就好比在好人头上戴一顶白帽子,告诉读者该支持谁。有时我觉得这种技巧比较笨拙,但有时又觉得用起来挺自然的。

细想一下,关于用姓还是名的问题,依靠直觉来解决最有效。我最后决定叫那个杀手多恩,不叫他迈尔斯,并不是理性思考的结果,我只是决定那样称呼他更舒服些,就那样去做了。

与用名还是用姓同样重要的,是你不要老是称呼他们的姓名。你称呼他们姓名的次数越多,就会导致与读者的距离越远。你若想拉近与读者的距离,那么,只要不引起混淆,你尽量使用人称代词。刚开始时连名带姓,明确这个人物的身份,然后就用"他"或"她"表示。你可能会发现,你根本不必经常使用人物的名字。

在小说的对话部分,你若想拉近与读者的距离,就砍掉所有不必要的环节,只保留对话本身。你写的除对话本身之外的任何东西,只会提醒读者,他不是在倾听对话,而是在读某个人写的东西。你若用"说"来代替其他动词,用人称代词代替姓名,并砍掉修饰语,也可以拉近距离。比如"詹宁斯沉思许久,狡猾地说道"所产生的距离感,就要大于"他说"。你若连"他说""她说"也砍掉,只在难以分辨谁在说话的时候才塞进一个,就更能拉近对话与读者的距离,也使读者更容易融入其中。

为何作者想拉近与读者的距离不难理解。可有时,作者会渴望拉开读者与故事的距离。

比如,推理小说中常见的策略,就是借用华生(Watson)的功能。华生医生是阿瑟·柯南·道尔爵士(Sir Arthur Conan Doyle)①在夏洛克·福尔摩斯(Sherlock Holmes)系列中塑造的形象。华生最显著的功能,就是让读者身在局中,只能通过他的眼睛看到案情的局部,同时对他隐藏一些事情;读者只能了解华生知道的东西,而不知道神探福尔摩斯想到什么、观察到什么。华生还有一个功能,就是让他对福尔摩斯的才智和独到眼光表示惊叹。否则,每次都让福尔摩斯自己跳出来吹嘘,未免让读者感觉此人太过自我膨胀。

我觉得,华生医生还有一个很重要的功能,就是拉开读者与神探的距离,而不是拉开读者与故事的距离。福尔摩斯这个形象,个性古怪、难以捉摸,若我们站远一点看,会更显出他的威严和权威。

---

① 阿瑟·柯南·道尔(1859—1930),生于苏格兰爱丁堡,因塑造了成功的侦探人物夏洛克·福尔摩斯而成为侦探小说历史上最重要的作家之一。其代表作《福尔摩斯探案集》被称为是开辟了侦探小说历史"黄金时代"的不朽经典,风靡全世界。

让我们靠着他肩膀后面看过去,哦,我们会看到他脚上的泥点子①。

使用配角当叙事者,绝不只有推理小说如此。比如,毛姆的《刀锋》和《寻欢作乐》里的第一人称叙事者,约翰·奥哈拉作品中的吉姆·马洛伊(Jim Malloy)、赫尔曼·梅尔维尔的作品《白鲸》里的以实玛利,这些角色的声音,与华生医生不同,但功能却相差无几。

我曾以一个犯罪的刑事律师埃伦格拉夫为主角,写过几本小说。我用了几个小技巧,拉开了读者与他的距离。比如,我常用"这个小个头的律师"或是"小可爱辩护人"来指代埃伦格拉夫。这不仅强化了他在读者脑中的形象,还使读者意识到,他正在看的是一本虚构的小说,里面的人物都是想象出来的。

我这样做是为什么呢?一方面,这个故事本质上是虚构的。主角是个短小精干、行为怪癖的律师,为了给有罪的委托人脱罪,他不惜编造伪证、谋杀别人。这样的故事,倘若写得太过逼真,反而会让读者觉得不可信,读者本来是遵循读虚构作品的法则,自愿放弃对真实性的怀疑来享受你的故事,结果你故事的现实感却让他们无法遵循这个法则。此外,只有拉开读者与埃伦格拉夫的距离,我这样说才有效果:"别紧张,这只是虚构小说。这种叫人讨厌的疯子在现实中不会真的存在。放松,随便他干什么,好好享受

---

① 此处原文是"feet of clay",直译是"泥足"。"泥足巨人"是一个俗语,典出《圣经》,用来指代声名显赫或有权力的人身上的弱点及性格缺陷。它也可以用来指代更大的群体,如社会、企业和帝国,它们看起来像是很强大、不可阻挡的巨人,然而脚却是泥捏的,一推即倒。布洛克在此玩了一个双关的文字游戏。——编者注

这个故事就可以了。"

同样,倘若以现实的目光去衡量埃伦格拉夫系列故事,就会发现这故事有悖常理,也不可信。而移开一些距离,这样的故事就可以有自身的疯狂逻辑。

总的来说,写文章讨论这些具体的故事写作技巧,我感觉有点滑稽。但我想,了解作家怎样写作才富有成效,有其巨大价值。我知道,我自己在阅读时,也经常会关注作家所用的某种特别的写作技巧,还会思考该技巧的效果如何。

不过,我却很少这样分析我自己的作品。就我上文刚刚分析的埃伦格拉夫系列故事而言,回顾起来,我也不记得自己下了决心要刻意拉开读者与主角的距离。我采用的策略,全来自直觉,而不是反复思考的结果。这样去讲述一个特别的故事,好像很自然。偶尔我会反复思考后才会做决定,但绝大多数时候,都是无意识的选择。

写作是不断选择的过程。这让我觉得自己必须小心谨慎,不能对此解释过多。你若真能从这篇专栏文章中学到些什么,我希望你学到的是更深入地意识到作为一个讲故事的人有哪些选择,还有阅读其他作家的作品,要用分析的目光。这或许最终会有助于你提高自己做选择的能力,并让这能力在无意识的直觉层面上起作用,那些最具创造性的决定,似乎都是在这个层面上做出的。

33. 这是个框架

"早上好,同学们。"

"早上好,布洛克先生。"

你们也许还记得,上周我们讨论了……阿诺德,有问题吗?

其实现在是下午,老师。

真的是下午,谢谢你提醒我,阿诺德。上周我们讨论了小说中的距离,读者与故事的距离可以通过种种方法拉近或推远。关于距离问题,还有一个相当有意思的策略,我还没有提,那就是"框架"。有谁知道框架①的意思?瑞秋,你知道?

是的,老师。它的意思是,你清白无辜,可警察硬是给你罗织了罪名。或者真正的罪犯留下假线索,结果让你成为嫌疑人。或者……

谢谢你,瑞秋。恐怕我所说的框架是另一回事。作为一种文学策略,框架是指在小说的某种上层结构内部设定故事的一种方式,不管是短篇还是长篇,都是如此。举个最简单的例子,两个男人在一个酒吧里相遇……有问题吗,格温?

为什么必须是男人,老师?

不是必须,也可以是女人啊,还可以是一个男人与一个女人。其实,也不必非地球上的人不可。我们就说,是两个金星人在酒吧里相遇,怎么样?他俩很友好地一起喝酒,其中一个说起什么,勾起另一个对某件往事的回忆。他——或者她,格温——开始诉说一个很长的故事,等故事讲完了,他们喝了最后一杯酒,然后各奔东西。

框架是怎么运作的呢?故事的真正核心,其实是一个金星人

---

① 框架的英文为"frame",但"frame"在英文中还有"设计""陷害"的意思。

对另一个金星人讲的故事,读者呢,就是邻座的酒客,顺耳就听到了这个故事。酒吧起了一个油画画框的作用,故事就在这画框中间展开。

倘若这个故事值得讲,那它不需要框架的支持,也能独立成篇。这个金星人讲故事,用第一人称也好,用第三人称也好,都是讲给读者听的,采用这个所谓的框架,到底会有什么效果呢?

你提到过距离,老师。

的确提到过。你在一个虚构故事的外围建一个框架,最明显的效果,就是在故事与读者之间拉开了距离。你马上就让他——或她,格温——意识到这其实是个故事。小说能吸引我们,在很大程度上是因为我们阅读时忘了这是虚构的故事。我们主动卸下心防,选择相信我们阅读的这个故事正在发生。

且让我们考虑另一种框架。这种框架策略不是利用对话,而是时间的流逝。至于例子,我很快就想到查尔斯·波蒂斯(Charles Portis)的小说《大地惊雷》(*True Grit*)。这本书讲的是一个十四岁女孩追缉杀父凶手的故事,故事是用第一人称讲述的,但讲述的时间,已经是故事发生后很多年,当年那个十四岁的女孩已经成了一个老妇人,在给我们讲述这个年代久远的故事。

你会觉得,这会毁掉小说的悬念。在故事的高潮阶段,女主角玛蒂曾命悬一线,可我们已经确切知道,这个女孩肯定会死里逃生,至少还能再活五十年。只是,尽管我们明明知道这女孩死不了,因为她还要活着讲这个故事,可读故事时还是非常紧张,关心她的命运,这就显示了作者深厚的写作功力。

距离有自身存在的理由。当这本小说改编成电影《大地惊雷》①时,原书的这个框架被删掉了,我确定这个决定很草率。我们承认,采用框架,会使小说丢掉一些悬念和直观感。可虽有所失,是否也有所得呢?采用这个技巧,会得到什么?

我觉得,采用框架,最显著的收获就是使小说的内涵更加厚重。在波蒂斯的小说里,我们了解了玛蒂的全部人生,而不仅是追缉杀父凶手那一段。通过偶尔出现的旁白,我们获悉她终身未婚,长大后是个精明务实的商人,邻居和同事都认为她性格有些古怪。但是,因为知道她那段少年岁月的经历,我们也就理解她长大后的性格,也能明白华兹华斯(Wordsworth)②的名言:"孩子是男人的父亲"(在这个例子里,则是"孩子是女人的母亲")。我们通过十四岁女孩玛蒂的眼睛看这个故事,也通过玛蒂成年后的视角来审视这个故事,双重的视角,使故事内涵更加厚重,缺失这层框架,就不会有这个效果。

斯蒂芬·贝克尔(Stephen Becker)的《死亡约定》(*A Covenant With Death*),也采用了类似的框架。故事讲述者是一个中年法官,他追忆早年审判生涯中的一个案件。隔着沧桑岁月来讲述那段经历出现的效果,以及这段经历如何塑造和影响了此后的岁月,都已经成了故事的一部分。

这种框架法,我不常用,但不久前,在《阳台》(*Gallery*)这个故事

---

① 《大地惊雷》最初在1969年改编上映,由美国派拉蒙影片公司出品,亨利·哈撒韦(Henry Hathaway)导演,著名西部片影星约翰·韦恩(John Wayne)主演。2010年,该小说被美国著名导演科恩兄弟(Joel and Ethan Coen)再次改编上映,这一版中,布洛克所说的叙事"框架"被保留了下来,很显然,它增加了电影的魅力。——编者注

② 华兹华斯(1770—1850),英国浪漫主义诗歌的主要奠基人和成就最高者,湖畔派诗人的主要代表。文中所引诗句原文为"The Child is father of the Man",也译作"孩子是大人的父亲",出自其诗歌《我心雀跃》(*My Heart Leaps Up*)。

中,我倒是用了一次。故事发生在南太平洋的一个无名岛。有两兄弟,一个是农场主,一个是商人,想通过交换来获取对方的心爱之物。一个呢,拥有一瓶1835年的干邑白兰地,另一个呢,拥有一个受他监护的达到适婚年龄的混血女郎。两人都想让对方上当,于是找当地的一名老医生出主意。这老奸巨猾的医生,真的做到了。

假如不设框架,这个故事讲起来太简单了点。于是,我就给故事圈了个小说的上层架构。故事交给一个年轻作家来讲述。这人正处于感情破裂的疗伤期,在旅行中来到医生家做客。吃过晚餐,呷了一口白兰地,医生开始讲述这个他也有份的故事,因为他觉得年轻作家或许能把这个故事写成小说。

接下来,医生开始讲述,讲完后,我们又回到原先设定的框架。医生解释他是如何一面假装帮助他们,一面戏弄他们的,结果是他既获得那瓶白兰地,又享受了年轻女士的第一次拥抱。

我为什么用这个框架呢?部分原因,可能是因为我想向毛姆和一直使用这种手法的其他作家表达敬意。我还觉得,南太平洋故事如果缺失框架,会过于平淡。我觉得,采用老派的情节,采用同样老派的框架手法,是我在跟随先贤的神圣脚步。

我用框架的另一个原因——或者说至少达到的另一个效果——与距离相关。使用框架,当然会拉开老医生以奸计戏弄两兄弟这个故事本身与读者的距离。但我觉得,这种距离,不会影响故事的冲击力。这是个智谋故事,它的吸引力在于智慧,而不在于情感。距离无损小说的力量。

不过,一个框架会拉开距离,也会拉近距离。还记得刚才我们谈的酒吧里那两个金星人的故事吗?我说过,读者就相当于邻座的酒客,在偷听两人的谈话。这种框架拉开了读者与故事的距离,但同时,也自动拉近了读者与两个谈话的金星人之间的距离。

我用过的那个框架,也有类似的效果。按照我的预期,读者阅读时,就会被带入那个热带餐厅,就像故事讲述者那样,坐在医生的餐桌旁边,呷着白兰地,听着老家伙用沙哑的声音叙说着这个故事。

欧·亨利有时也充分运用框架手法的优势。我记得他的一篇故事,名叫《登峰造极的男人》(*The Man at the Top*)。故事的叙述者是个专职赌徒,他伙同一个小偷,一个骗子,捞到一笔钱,三人分赃。小偷用自己的赃款开了家赌场。叙述者讲述他怎么把做了记号的牌混淆到一堆牌里,骗光了小偷所有的钱。故事说到这里,他得意扬扬地宣称,他给这笔钱找到了稳妥的投资渠道,可我们发现股票凭证上的名字,却是那个骗子的。这个框架,给了故事一个出其不意的结局,非常有冲击力,否则就不可能有这样的效果。

在故事里堆砌故事,谈不上是框架。记得我写过一篇小说,内容是一对恋人彼此告诉对方一件逸事,这逸事其实是虚构的,相当长,表明了双方对这段恋情的看法,结果,逸事讲完了,两人的关系就结束了。这其实算不上框架,因为真正的故事发生在这两人之间。而故事里的故事,只是对话,是用来推动情节发展的,就像《哈姆雷特》里的剧中剧一样,不是整个故事的核心环节。

我不建议大家在写作中使用框架,至少现在还不行。它的风险常常会大于可能的收获。不过,你若留意其他作家如何运用这个叙事技巧,倒颇有好处。除非你碰到一个非采用框架不可的题材,否则还是避免使用。

你有问题吗,阿诺德?

倒不如说是观察,老师。

哦?

　　老师,你在本章里,就采用了框架手法吧?你通过与一个虚构班级的对话的形式,把读者吸引进来,等他上钩,就砍掉中间插话的环节,直接进入问题的核心。

你这样说也行。有问题吗,瑞秋?

　　现在你把我们带回来,是为了完成这个框架,对不对,老师?

差不多。格温,怎么了?

　　你听到阿罗德刚才说的话了吗?"等他上钩",为什么你不说"他或她"?

就算说是金星人也行啊。好了,似乎快下课了,时间过得太快了。早上好,同学们。

　　"下午好,老师。"

34. 文件记录

萨克斯顿河,佛蒙特
(Saxtons River, Vermont)
1979 年 8 月 26 日
约翰·布雷迪先生
《作家文摘》

亲爱的约翰:

　　这里可谓是人间天堂。清新的空气,凉爽的气候,绿色的山丘,没有广告牌,也没有垃圾。离我们回城还有四天,我真的不想走。

我一直想写一篇专栏文章,来讨论那些实验性叙事技巧——比如伪托日记、书信集等形式,来写长篇或短篇小说。在今年的小说竞赛中,就有一些参赛作品进行这种尝试,其中有的较好,有的则较差。但不管怎样,我评审时都很容易被这种叙事形式所吸引。我猜想,读这种作品,就像在私拆他人信件、偷窥他人日记那样,有种窥探他人隐私的特殊快感。

我自己大约是在十年前,开始对这类虚构叙事手法非常感兴趣。当时我对小说的总体印象很糟,觉得小说人工斧凿的痕迹很重。有一阵子,我甚至连传统的小说也读不下去,觉得它们似乎不真实。那个掌控书中所有角色的生活和想法、全知全能却没有形体的叙事者,究竟是谁?就算读的是第一人称的小说,我也会吹毛求疵。这人怎么能一口气讲这么长时间的故事呢?那么多细小的琐事,都是很久以前发生的,时间过去这么久,他怎么还记得那么清楚呢?我极端的文学意识,使我对一般的小说不予理睬,只对那种伪托成真实文件的作品感兴趣——比如书信体、日记体、记事体等等。

你觉得这个话题可以写吗?接下来我会花两周时间,来写这个话题。或许目前我对它的思考还比较单薄,不足以写一篇专栏文章,但我觉得其中有些创作方法值得给《作家文摘》的读者剖析一下。

请向罗丝及其他同人问好。坚持下去,大个子。

拉里

时间:1979 年 8 月 28 日
地点:萨克斯顿河,佛蒙特
跑步时间:晚上 7 点
跑步里程:6 英里

评论:我会怀念在这乡间跑步的经历。再过两天,就要回城了,沿着西区高速公路,车轮一英里一英里地压着水泥路面开回去,不得不回去呼吸那污浊的雾霾。我会怀念这里清新的空气,优美的风景,不过,我不会怀念这里的狗。我要是一直在这儿跑步,到最后准会带把枪出门。

今天的大部分时间,我都在琢磨下一篇专栏文章,主题或许是关于实验性质的叙事技巧。问题:为什么说是实验性质的呢?当我首次想以日记体形式写一本书时,我就认为这种手法有实验性质,当我开始以书信集的形式写一本书时,也是这样认为。为什么呢?这根本是老套的写法啊,这种写法如同我今天跑过山丘一样古老。不妨回想一下——第一本用书信体写作的英语小说,塞缪尔·理查森(Samuel Richardson)①的《帕梅拉》(Pamela),就是用女主角与她的妹妹通信的形式写的。(问题:收信人是她妹妹吗?或许该查证一下。当年修了一门十八世纪小说的课程,可老师布置的绝大部分书籍都没去读,因此我不知道,真可谓恶有恶报。)

丹尼尔·笛福(Daniel Defoe)②早期的小说也有类似的实验

---

① 塞缪尔·理查森(1689—1761),18 世纪英国著名小说家,作品有《帕美拉》《克拉丽莎》(*Clarissa: Or the History of a Young Lady*)等。
② 丹尼尔·笛福(1660—1731),英国小说家、新闻记者,18 世纪英国现实主义小说的奠基人。《鲁滨逊漂流记》是他的第一部作品,也是最出色的一部,出版后在整个欧洲引起了强烈的反响。

性质,如《瘟疫年纪事》(*Journal of the Plague Year*)、《鲁滨逊漂流记》(*Robinson Crusoe*)等。他的《摩尔·弗兰德斯》(*Moll Flanders*)有意采用自传体回忆录的形式,很接近传统的第一人称叙事。

我觉得,早期小说采用这种假托真实文件的方式,是因为当时的读者还没准备好接受虚构叙事的方式。这些过渡阶段的写作形式,为十八世纪读者接受最终的虚构小说做好了准备。倘若那只硬毛杂种狗还要追我,我发誓,我一定会朝它的狗头踢上一脚。

纽约市

1979年9月4日

约翰·布雷迪先生

《作家文摘》

亲爱的约翰:

希望你的劳动节周末过得很愉快。我的劳动节嘛,还真是在劳动。我们刚从佛蒙特回来,就一头栽进成堆的信件中,都是有关素食餐厅指南的。

在这堆信中间,有你4月26号写给我的回信。获悉你认为那个专栏文章的主题太偏、太单薄,我有些沮丧,之后我就此问题进行了更多的思考,觉得它不再单薄了,我觉得我可以从好多角度来探讨这个话题。

例如,"逼真"重要到什么程度?一方面,读者肯定知道他手里阅读的书是小说,是某些靠写作混饭吃的人写出来的(或者是打字打出来的),书信或日记不过是写作形式而已。基于这种情况,所有其他的考虑都要服从于"说故事"这个总体原则。

第一本用英语写作的书信体小说《帕梅拉》就是这样。很难相信帕梅拉会写这么长的信,这样的书信形式,只是作者用来讲故事的一种手法而已。

同样的情况,也出现在两本成功的当代小说中。一本是林·拉德纳(Ring Lardner)①的《你知道我的,艾尔》(You Know Me, Al),另一本是约翰·奥哈拉的《老友乔伊》(Pal Joey)。虽然这两本书的叙事口吻,作者都处理得非常好,我们还是很难相信,拉德纳笔下的棒球选手,或奥哈拉的夜总会演员会写出那样的信来。但是这两本书都成功了,你不可能写得比他们更好。

另一方面,倘若作者能尝试写得更逼真一些,读者自然会欢迎的。读书时,我若真的相信(让读者主动搁置对故事真实性的怀疑,是小说成功的必要条件)自己读的是别人的信件或者日记,阅读的乐趣会大幅增加。

举个例子,个把月前,我读过一本小说,作者是伊丽莎白·福赛思·海莉(Elizabeth Forsythe Hailey),书名为《一个独立的女人》(A Woman of Independent Means),这本书作为精装本上市时,没什么销量,但经过读者的口口相传,平装本却成了畅销书。此书采用的是书信集的叙事手法,伪托成一个女人一生的书信选集的模样。主角给不同的人写信,态度也不一样,某些要点她删掉了,某些事实被她扭曲了,因而,她的真实性格就在她写信的字里行间揭示出来了,这个主角也成了我这些年来所曾见过的最为丰满的形象之一。

---

① 林·拉德纳(1885—1933),新闻记者、幽默作家,为他赢得文学声誉的主要是他的100多篇短篇小说。

再举些比较轻松幽默的例子,有些作家对这种写作模式乐此不疲。尤其是有几本书,不仅有主角写给别人的信,还有别人写给他的信。马克·哈里斯(Mark Harris)的《醒醒,蠢蛋》(*Wake Up, Stupid*),还有哈尔·德雷斯勒(Hal Dresner)的《写黄书的男人》(*The Man Who Wrote Dirty Book*),都是精彩的例子。我在小说《罗纳德兔子是个糟老头》中,也做过小小的尝试,在此不多说了。

在此值得一提的还有唐·韦斯特莱克的《再见,舍赫拉查达》(*Adios, Scheherezade*)。故事的讲述者,绞尽脑汁,想憋出一篇黄色小说,但一直跑题,原本是想写十五页的故事,结果写成了十五页的信,是写给自己的,也是写给这个世界的。他不顾一切,硬逼自己写这本书,苦敲失控的打字机,这种形象让读者觉得特别搞笑。

哦,我又扯远了。希望你重新考虑一下,哪怕是勉强接受,也要同意我写这篇专栏文章,讨论一下……对了,这种类型的小说该叫什么名字呢?用书信形式写的小说只能叫书信体小说(epistolary novels),有没有一个名字能涵盖从书信到日记以及类似的私人记录呢?纪实小说吗?不行,听起来像是非虚构小说,或是虚实结合的东西。

我要回去吃我的豆腐和有机热狗了。精神点,老虎。

拉里

时间:1979年9月9日
地点:纽约市
跑步时间:早晨8点30分
跑步里程:16英里

评论:老天,浑身都酸疼。幸好我不是用脚写作,书评家们不会用脚对付我吧,因为我今天不想处理这事儿。沿着西区大道来回跑一遍,好处就是你不用担心忘记路线,但坏处也有。我今天跑了十六英里,按这个程度,我都可以参加十二月份的泽西海岸马拉松了。设想一下,我跑完后会多么惨……

我昨天收到布雷迪的回信,他被迫同意我的建议,只是态度并不热衷。因为他顾虑一件事,就是这篇专栏只会讨论长篇小说,而《作家文摘》的大部分读者对短篇小说更感兴趣。

今天跑步的十六英里路程,大概其中九英里我都在琢磨如何反驳这个观点。虽说日记体和书信体更多的是运用在长篇小说中,但在短篇小说中肯定也可以运用。《老友乔伊》和《你知道我的,艾尔》在以书的形式结集出版之前,都是作为短故事先在杂志上连载的。四十年代的《星期六晚邮报》(*Saturday Evening Post*),也曾有一个系列故事连载,主角亚历山大·波茨是个销售"蚯蚓"牌拖拉机的旅行推销员,这些故事就由波茨汇报销售进展情况的信件组成(作者待查)。

苏·考夫曼(Sue Kaufman)就喜爱这种记录式的小说,而且还擅长运用这种技巧写作,可参见《一个疯狂主妇的日记》(*Diary of a Mad Housewife*)。她在《纽约时报》(*New York Times*)的"周日杂志"(*Sunday Magazine*)板块上,也以虚构日记的形式发表过一篇作品,是写她重回瓦萨学院(Vassar College),或是对瓦萨学院的回忆什么的,篇名是《一个瓦萨女孩的自白》或是《瓦萨女孩日记》什么的。

还有一篇故事,我至少是在二十五年前读过的,名为《地址不详》(Address Unknown)，我记得是刊载在《读者文摘》(Reader's Digest)上，至于这篇作品到底算不算小说，还有些疑问(几年后，这篇作品曾选入过一部文选，我又读了一遍)。

故事梗概如下：在德国纳粹时期，一个美国犹太人跟一个德国生意伙伴有书信来往。从来往的信件中可以看出，这个德国人完全屈服于纳粹屠杀犹太人的政策，没去救助那个美国犹太人的亲戚。这个美国犹太人决定以非同寻常的方式报复。他知道自己寄往德国的每封信都会经过纳粹审查官的审查，于是他写信时故意让审查官怀疑他那个德国生意伙伴。他在最后一封信的结尾这样写道，"愿摩西之神站在你的右手边"。这封信被盖了个地址不详的戳印被退了回来，我们可以推测，这个德国人已经因为叛国罪而被捕了。

但愿能找到这篇故事，这对专栏写作，会很有用。明天的跑步计划：求生。轻轻松松跑五英里就够了。

纽约市
1979 年 9 月 12 日
罗丝·阿德金斯女士
《作家文摘》

亲爱的罗丝：

随函附上两份文件，一份是 12 月份专栏校样，一份是 1 月份的稿件——《文件记录》。正如你看到的，这篇文章自身就是假托成文件的汇编。给可敬的你的这封信，也包括在其中。这里面有奥秘在，罗丝。倘若高高在上的万物之主反对这篇专栏的语法句子什么的,请告诉他这一切都是为了"逼真"(verisimilitude)。(请顺便检查一下"逼真"这个英文词的拼写有无错误,罗丝。)

请保留我陆续寄到的卡片和信函,亲爱的。另外,劝说布雷迪离那些青春美貌的女学生远一点。否则他总有一天会发现自己要惹上大麻烦。

拉里

35. 惊奇!

在前面几章中,我们看清楚了"故事"在小说中至高无上的重要性。绝大多数读者看小说,总是出于某种理由——认同小说中的角色,了解不同时代的背景及生活方式,加深对自己生活的理解,或者只是在刚喝完汤,等着沙拉大餐上桌之前的空当消磨一下时间。但是,能让他们一页页地翻下去,理由只有一个——急切地想知道接下来发生什么。

为了激发读者的兴趣,让他们想知道接下来发生什么,作家可以动用"惊奇"(surprise)元素。出人意料的结尾,是小说的经典写法,尤其是短篇小说,更是如此。事实上,那种篇幅极短的微型小说,最多在1200字或1500字的篇幅里,就迅速抬高悬念,再猛然给出一个令人吃惊的结尾。

结尾没必要为了满足读者而故作惊奇。各类小说的情节走向都有内在逻辑,是可以预测的,就像星辰有自己的轨道一样。虽然我不至于说,你读过一篇哥特风格的小说,就等于读遍了所有哥特小说,但若要说很多人读了太多的哥特小说之后,还对其结尾瞠目结舌,我却深表怀疑。

就更高的层次而言,那些伟大的文学作品,鲜有依赖出人意料的结尾来吸引读者的。更可能的安排是,故事一开始就注定是悲剧结局,但人物还是不可阻挡地走下去,无法改变。这丝毫无损作品对我们不可抗拒的吸引力。正如观看莎士比亚的名剧《麦克白》(*Macbeth*)那样,尽管在中学时就知道它的结尾,我们还会深受吸引。哪怕我们能跟着演员一起背诵里面的台词,我们依然会追寻"接下来发生什么"的问题。

然而,不管是已出版的小说,还是未获出版的小说,里面都有不少结尾太出人意料。大多数悬疑故事、大量的科幻小说、为数可观的普通杂志故事,都离不开这种出人意料的结尾。尚未成名的作家坚持采用这种结尾的,比比皆是,这倒一点儿不令人惊奇。例如,在上次由《作家文摘》举行的短篇故事写作大赛中,回顾起来,三分之一的参赛作品采用的是这种出人意料的结尾。(另有三分之一的结尾还能让读者理解,比如,一个女人去自杀的路上,看见两只麻雀在戏水台上亲热,猛然意识到这世界还不是太糟糕。还有三分之一的结尾无法理解。比如说,那个女人看到戏水池里的麻雀,决定不自杀了,跑到五金店买了两磅钉子,还有一把闪亮的新铁锤。)

或许,审视一下不同类型的惊人结尾,我们会知晓哪些结尾效果好,哪些不好,以及其中的原因。

1. 隐瞒信息。业余作者写惊人结尾,最常见的方式是刻意向读者隐瞒关键信息,不动声色地把故事讲下去,到最后才揭示真相,让读者瞠目结舌。比如说,我们以为那个叙事者是个人,到最后却发现它是一株甜玉米上的玉米穗。或者,我们的太空旅行英雄降落到一个古怪的星球上,到最后我们却发现这星球竟然就是美好的地球。或者……哦,算了吧。

对于这类结尾,读者的反应,通常不是对作者的想象力和文字游戏表示敬畏,而是觉得这纯属欺骗,因而感到不快和恼怒。读者觉得遭到作者的欺骗,在多数时候他都是对的。这种故事看到最后,所谓出人意料,其实非常平庸,就像从烤箱里拿出蛋白牛奶酥,最后砰地关上烤箱门那样。

另一方面,偶尔有作者这样结尾也能奏效,甚至可以成为杰作。浮现在我脑海中的例子,是一部名为《危险》(Danger)的电视剧集,我不记得何时看过,但至少是二十五年前。(我似乎觉得是在幼儿游乐场透过围栏的缝隙看的。)

《危险》的情节如下:一伙勇士,在独裁者的统治下生存。他们的祖国被邻国的铁蹄践踏,遭到吞并。我们跟随着镜头,看着这帮勇士,如何历经艰险,图谋杀掉那个独裁者。他们的领袖名叫乔尼,是个拥有超强魅力的英雄,事实上,我们一直站在他这边,看着他悄悄接近魔王,一枪击毙魔王,为他鼓掌欢呼。

然后,乔尼一面大喊:"这就是暴君的下场!"一面从包厢上跳下。镜头这才转到独裁者身上,我们这才发现,独裁者竟然是亚伯拉罕·林肯(Abraham Lincoln)[①]。

告诉你,尽管距离我看这个电影的时间已过去二十五年,但我一想起这个场景就浑身起鸡皮疙瘩。

这就是隐瞒信息,不过创作者隐瞒得很巧妙,而且一路上有不少伏笔,最终也揭示了掩饰的理由。你不会感觉自己被结尾骗了,

---

① 亚伯拉罕·林肯(1809—1865),美国第 16 任总统。林肯任总统期间,美国爆发了内战。他主导废除了美国黑人奴隶制。内战结束后不久,林肯遇刺身亡。

反而会感觉如遭雷击,震惊不已。

还有另一个例子。1977 年 7 月,《埃勒里·奎因》推理杂志刊登了一篇令人印象深刻的杰作,是肯尼斯·瓦茨(Kenneth Watts)的处女作《夏之声》(The Sound of Summer),故事的叙述者遭到一个逃犯的绑架,但最终,由于主角的行动,这个逃犯被逮住了,主角竟然是个聋子——他根本不知道逃犯就在现场!这个故事也隐瞒了信息,但非常成功,所有这些都能在一千字的篇幅里完成。建议你找来看看,研究一下这样的结尾成功的理由。为讨论方便,我唯有把这故事的结尾告诉你们,但我不觉得这会毁掉你们的阅读兴趣。

威廉·戈德曼就经常采用这种对读者隐瞒信息的写法。他的这种惊奇写法,不仅在结尾出乎意料,而且故事进展过程中也处处令人意外。例如,在《父亲节》(In Father's Day)中,读者全身心地投入故事,情绪随情节的发展而起伏,就在读者以为这是真事,急切地关心最终结局时,才知道一切不过是主角的一场幻想。《马拉松人》(Marathon Man)同样构思精巧,惊奇不断。这种写法,有时成功,有时失败。戈德曼是这种写法的大师,但有时看他的作品,感觉就像宿醉后看扑克牌魔术。

2. 只见"猪肚",不见"豹尾"。《夏之声》成功的原因之一,就在于它篇幅很短。真相大白后就戛然而止,之前所有的文字,都用来营造最终的惊奇效果。我们不反对通过读一篇千字文章,最终到达瓦茨先生的惊奇结局,但同样的故事如果加长三倍,就不会有这样的效果。很难相信,有作家能连篇累牍写一整部小说,就为了给这种惊奇结尾做铺垫。

但有些作家偏偏如此。例如,下面的情节:有个家伙醒过来时,发现自己身在中央公园。钱包丢了,也失忆了,不知道自己是谁,怎么到了那里,只是在口袋里有张纸条,写着"伯德温"三个字,他也不知这是啥意思,只能猜想是自己的名字。于是他费了整整一天的时间,想搞清楚自己是谁。他经历一些惊险,遇到了一些有意思的人,对话栩栩如生。最后,他找到回自己公寓的路,可打开门一看,天哪,妻子的尸体正悬挂在水晶灯上,这一景象让他大为惊骇,他又一路跌跌撞撞,回到中央公园,重回失忆状态。我们据此得知,这个循环他重复好多次了,这几天,他过得一直这样糟糕。

这个故事构想不错,但写个四千字就到顶了,对不对?可埃文·亨特的小说《伯德温》(Buddwing)却写了十万字,结尾肯定是毁掉了小说。一部大部头的小说,却草草结尾,就算如亨特这样写作技巧高超的作家,也无力让这种方法奏效。

3. 你想让谁惊奇? 倘若整篇小说堆砌的效果就是为了让人惊奇的结局,你就得在惊奇的效果上下大功夫。假如读者在一英里远的地方就看出结局,这个故事就麻烦了。

我迅速想到的例子,不是小说,而是一部电影。几年前,达斯汀·霍夫曼(Dustin Hoffman)[①]曾领衔主演过一部电影,名叫《谁是哈里·凯乐曼以及为何他要说我坏话?》(*Who Is Harry Kellerman and Why Is He Saying All Those Terrible Things About Me?*),情节似乎是那个哈里·凯乐曼打电话给霍夫曼认识的所有人,散布

---

① 达斯汀·霍夫曼(1937—),好莱坞殿堂级男演员,创作了大量让全世界影迷难忘的经典角色,共获得13次奥斯卡奖提名,两次获奖。代表作有《毕业生》(*The Graduate*, 1967)、《克莱默夫妇》(*Kramer vs. Kramer*, 1979)、《雨人》(*Rain Man*, 1988)等。

关于他的可怕谣言,整部电影里霍夫曼都在追查凯乐曼到底是谁,你猜出来了吗?对,就是霍夫曼本人。他由于人格分裂而对自己造谣污蔑。这个结局一点也不令人惊奇。大多数人在电影开映后十分钟内就会猜出结局,还有一些脑子聪明的,不用去电影院就把结尾猜出来了。

你怎么知道哪种惊人的结尾有效果,哪种不行呢?好问题。我想,通过分析这些年来你看过的书,你就该知道,哪些结尾很惊奇,哪些是故作玄虚。从广泛阅读中,你可以培养出一种感觉,让你知道哪种结尾是真正的惊奇。

这里再强调一下,广泛阅读的重要性是显而易见的。一个出其不意的结尾,要想获得真正的成功,就必须有原创性。可是,假如你没有相关领域的广泛阅读,如何知道你的结尾是否有原创性?

4. 惊奇——外加新看法。这种结尾最高明的写法,不是仅仅让读者大吃一惊,而是让读者重新思索先前读到的一切,这样一来,他就会用新的目光来审视书中的人物和故事的布局,对自己所阅读的一切有了全新的看法。

不妨想想马克·海林格(Mark Hellinger)的《窗户》(*The Window*)。在一家疗养院,三个长期卧床不起的女病人,同住一个房间。住得最久的那个,有权睡临窗的那张床。日子一天天过去,每一天,她都会把窗外的情景,绘声绘色地说给另两人听——孩子们在玩耍,恋人们吵架、和好,季节的变化,鸟儿南飞,等等……

后来她去世了。住的时间仅次于死者的那个女病人搬到窗边的床上,另一个也相应移了位置,一个新病友住了进来。得到窗边位置的那个女病人非常兴奋,多年来一直听着窗外令她向往的故事,她以为自己终于可以亲眼目睹了。可她看向窗外时,却是——

惊奇！——那扇窗户只对着一堵墙。然后，又是惊奇！她愣了一下，然后就开始描述她眼中的景象——孩子们在玩耍，女人在清扫门廊的台阶，树在发芽。她为两位病友编出一个个故事，供她们消遣，正如前任"床主"所做的那样。

这是一个令人惊奇的结尾。我还能告诉你其他一些例子，然而——惊奇！——我没篇幅写了。你去读读约翰·科利尔（John Collier）、杰拉尔德·科什（Gerald Kersh）、萨基（Saki）等人的作品，去读读近期杂志，看看哪些结尾效果好，哪些结尾效果差，坚持读下去，直到你搞清其原因及其技巧。然后，自己去写故事，犯该犯的错误。倘若写出的故事还不错，就寄出去，一直寄到不被退稿为止。

当有一天，你收到的是一个白色小信封，而不是一个褐色大纸包，祝贺你，这是最大的惊喜！

第四章　推敲文字:论小说技艺

36. 从不道歉,从不解释

　　我读新作家的作品,注意到他们都喜欢不厌其烦地解释,不管是已出版的还是未出版的作品,皆是如此。在我看来,造成这个坏毛病,不外乎两个原因:其一,想掌控读者,不想让他们对自己作品有另外的解读;其二,不愿相信读者有理解故事的能力。

　　写小说的人,必须拥有极为强大的自信和自我。为了能写下去,我们得相信,我们创造的情节和人物,是用心血一点点编织出来,用自认为最恰当的文字呈现出来的,就算是与我们素不相识的读者,也会被这个故事所深深吸引,乃至投入阅读。

　　这样的自我,自然而然,强烈地想掌控、主导一切,就像扮演交警的孩子那样。这种渴望,可能会以许多种方式表现出来。比如这个例子:

　　　　"不要那样对我说话!"玛尔戈嚷道,她真的很生气,"你不能那样对我说话!"

　　　　"我想怎么说,就怎么说!"罗伊也发火了。他受不了玛尔戈行事的方式。

"我是认真的!"她怒不可遏,"我受够啦!"

"哦?"他退却了,因为他从她的声音里辨出了不同寻常的气息,开始担心起来,"那你打算怎么做?"

"我会想办法的。"她说。然而她口里这么说,心里却在打起退堂鼓……

你看到作者在这里干什么了吗?他直接跟着角色上场,靠在他们肩膀上,随时插几句,向读者解释自己所写的每句话的意思。他不让人物的情绪通过其言行举止自然流露出来,非要不厌其烦地向我们解释每一个细节。

上述这个例子是我为说明论点而虚构的,不过,我也不是凭空捏造,而是根据某个朋友写的短篇小说改编的。他让我帮他指正。值得一提的是,我那位朋友是个舞台剧导演,且小有名气。我向他指出,他把写小说当成在剧院导戏了,总是告诉角色他们的动机,对白该如何呈现。然而,就算是导演,也不会在剧院正式演出时,与演员一起上场演出,同样,作家在写作时,也不能在角色身边插话,因为这会让对白的艺术效果大打折扣。

作者绝不仅仅只在对白部分这样插话,强加解释。在去年的《作家文摘》短篇小说竞赛中,我就碰到过这样一个例子,印象颇为深刻。记得里面一个角色说了个笑话,然后作者就写道:"面对席乐德的冷笑话,保罗勉强发出笑声。"

这个"冷"字,就是作者硬加上去的,他硬要插进来,死活要让我们确信,席乐德的笑话很无趣。可我们已经知道了啊,我们刚听完这个笑话,丝毫不好笑,明显是个冷笑话,否则保罗也不会勉强发出笑声,你干吗还非要插进来,对我们说,这是个冷笑话?

过度解释不仅仅表现为作者自己硬插进来解释。有时,作者是让角色说一堆我们不必知道的废话。所谓"肥皂剧对白"（Soap-Opera Dialogue），就是这样的例子。肥皂剧对白的用处之一，就是把前因后果全部交代清楚，以便错过一两集的观众也能看得明白。结果就出现角色之间讲出许多废话连篇的呆板对白，以不必要的长度向彼此解释各种事情。换言之，书中的角色不是在对话，其实是在向读者交代所有信息。

例如：

"你姐夫西德尼今天下午打电话来了。"

"希拉的丈夫？我自听说他预定手术后，还没跟他说过话。他想干什么？"

"他非常担心丽塔。他本来想直接打电话给你，查尔斯，但希拉说你正在忙着阿克罗德的治疗方案，叫他别打扰你。"

你明白了吧？查尔斯的那句废话："希拉的丈夫？"毫无理由。除了让读者知道谁是西德尼，以免忘记之外，没有任何意义。这两人的对白只不过是在传递信息而已，在这个过程中，对话就显得非常不真实了。

还有一种过度解释，是因为作者不相信读者有能力跟上故事的节奏。我在早期的推理小说里，就有过这种倾向。主角开始思考，我就让他自言自语，好让读者知道他在想什么。主角开始行动，我就会跳出来解释一番，唯恐读者看不懂。

我最终还是明白过来，读者阅读时，不必知晓一切。有时，读者看着主角迈步向前，却不知他的去向，就会花点心思猜想，到底发生了什么，主角为什么这么做，这样反而有趣得多。

我第一次悟出这个道理，是在写私家侦探马修·斯卡德系列的时候。斯卡德是个内心深沉的角色,他行为怪异,思虑重重,很多事他只是去做,却没告诉读者原因。有时他甚至连自己也不知为什么要那样去做。当他猜出关键,逐步侦察出案情时,他也不会自言自语地说出来,这样读者就会步步紧跟,直至最后。

这方面还有更好的例子,格雷戈里·麦克唐纳(Gregory Mcdonald)的关于记者弗莱彻的系列小说,书中不作解释,也绝不辩解,让读者始终处于黑暗之中。尤其在《弗莱彻》(*Fletch*)和《招了吧,弗莱彻》(*Confess, Fletch*)中,弗莱彻经历的事件扑朔迷离,情节环环相扣,我们只看到他在做什么,却不知道他为什么会这样做,最后会导致什么结果——这也正是这两本书的魅力所在。因为我们会一路读下去,不仅想搞明白结果如何,还想知道弗莱彻为什么会在我们眼前做这些莫名其妙的事情。

早些时候,我曾把作家比喻成剧场导演,把角色在舞台上移来移去,告诉他们该如何讲台词。在剧场表演中,有个重要概念,就是观众构成了"第四堵墙"(the fourth wall)①。换言之,观众对表演的阐释能力正是戏剧表演自身活力的组成部分。

我认为小说也是如此。不管是长篇小说还是短篇小说,读者的阅读感受会因人而异,因为每个读者的背景不同,视角不同,阅读感受自然不同。比如,这样一个小说场景:一个女人在横贯肯尼亚的火车上动堕胎手术,读者就会因为是男性还是女性、是否有堕胎经历、是否熟悉火车车厢环境、到没到过肯尼亚,而有不同的阅读感受。而读者个人的独特经历——比如在肯尼亚待过,或者堕

---

① 第四堵墙,指的是在传统镜框式舞台上,在人们的想象中位于舞台台口的一道实际上并不存在的墙。它象征观众和演员之间,现实和虚拟之间的界限。

过胎什么的,会让她在阅读时有更深的触动。

就此看来,读者如何感受我们的小说,我们是无法掌控的,也不该掌控。我们能做的,就是尽我们所能,诚实、认真地写作,让读者自己去阐释。只要我们写得好,自然会有足够多的读者抓住足够多的小说信息。

小说的读者参与理论,当然不是我首创的。下文出自劳伦斯·斯特恩(Laurence Sterne)①1760年出版的《项狄传》(*Tristram Shandy*):

> 写作,倘若处理得当(我认为自己的作品就处理得很得当,这一点你可以确信),就该是另一种形式的对话:对话者要想让对方愉快,就不会多说废话,同样,作家应该懂得礼貌和良好教养的界限,不会以为自己能考虑到一切;在写作中持这种态度,就是对读者的理解能力表示最真诚的尊重,留些空间供读者自己去想象,正如作家做该做的事情那样,该读者做的事情就让读者去做。
>
> 就我而言,我永远尊重读者的理解能力,并尽我所能,让读者的想象与我的一样繁忙。
>
> 现在轮到他了。我已经详细描述了斯洛普医生的惨败和他在后客厅的凄惨模样——现在该让他就此发挥一下他的想象力了。

很不错吧?我在此可以解释,标点符号全是斯特恩自己标注

---

① 劳伦斯·斯特恩(1713—1768),18世纪英国小说大师,被誉为"意识流乃至整个现代派小说的鼻祖"。《项狄传》是他的代表作,也是英国乃至世界小说史上里程碑式的巨著。

的,十八世纪的标点符号与现在有些不同,所以上段文字的分号和逗号看起来有点怪异。我在此还要解释:事实上,我从没有读过《项狄传》,尽管这是早期英国小说课的指定教材,但我没有读过。直到上周,我在伦敦的大英博物馆,那里有一箱子珍贵书籍的初版。我在浏览时,恰逢《项狄传》就摊开在这一页,这段文字映入眼帘,我立即摘抄。我可以跟你大谈意外发现珍宝的运气,也可以大谈这个意外收获如何给我灵感,让我获得这个章节的主题。甚至我还可以再写一个章节,大谈浏览中的意外发现如何转化为小说创作的灵感。

但我不会再谈了,因为我领悟到,不要解释过多。

37. 他说,她说

劳森清了清嗓子。"勃林格今天上午来找我了。"他拉长调子,一字一顿地说。

"哦?"贾维斯装腔作势地说,"他想干什么?"

劳森抬眼审视对面的男人,眉毛拧了起来。"你以为他想干什么?"他吃惊地叫道,语气充满讽刺,"还不是生默娜的气。她似乎跟他说了,你们那晚去了哪里。"

贾维斯有些惊慌。"神经病。"他嘴上还是不肯示弱。

劳森还是怀疑。"是吗?"他还真想知道。

贾维斯毫不动摇。"你知道就是这样。"他断言,还重重敲了几下桌面,以示强调自己的观点。

"或许吧,"劳森嘟哝道,"可勃林格不这样想。"

我们不必关注默娜、勃林格、劳森、贾维斯究竟是谁,他们之间究竟有什么问题,就可以看出这个段落犯了严重错误。只要快速浏览一下,就会知道这个段落写得太烂。对话本身没毛病,但它拖着一吨重毫无必要的烂泥,这就出问题了。

把对话写好,最简单的方法,就是让对话"自说自话"。下面这个例子,就是让对话自行展开的:

"勃林格今天上午来找我了。"

"他想干什么?"

"你以为他想干什么?还不是生默娜的气。她似乎跟他说了,你们那晚去了哪里。"

"神经病。"

"是吗?"

"你知道就是这样。"

"或许吧,可勃林格不这样想。"

真正的对话,只要这样自行展开就行了。但是,如上文第一个例子那样啰唆的稿子,每天都会在编辑的案头出现,某些被印成书的小说(不得不遗憾地说),也同样啰唆。什么"断言""言不由衷地说""拉长调子说"……这些愚蠢的描述,阻断了行文的流畅,把一切都搞砸了。

对话是小说中最为重要的元素。在对话中,人物的言辞本身,就能向读者传递细致入微的情绪信息,比你在一旁插话描述,要更为有效。对话推进情节、塑造情节,使复杂的情节进展变得可以理解,并允许小说发出自己的声音,让小说不止对读者的头脑说话,也是对耳朵说话。毫不夸张地说,小说的易读性——不是指价值和质量,而是单指易读性——与小说里的对话部分有直接关联。

对普通读者而言,小说越类似于散文体的戏剧,就越容易把握它的内涵。

因此,我们就有了**规则一**:倘若角色塑造得不错,对话也很流畅自然,你就该尽量放手,让他们在舞台上直接对话,不要上前挡他们的路。

你要做的第一件事,就是学会遵守规则一。

你要做的第二件事,就是学会何种情况下打破规则一。

打破规则一的主要理由,是为了让读者搞清,说话者是谁,正在对谁说什么。我最近读到一本小说,是希拉·博伊德(Shylah Boyd)的《美国制造》(*American Made*)。此书的所有对话,包括长达数页的对话,作者都没有一点描述,连说话者是谁都没有任何提示。更糟的是,这些对话场景,说话者有五六个人,就这样你说一句,我说一句,根本搞不清话是谁说的。倘若为清晰起见,作者在必要的地方加上了"他说"或者"她说",小说的易读性就会大大增加。

有些对话则不必加上太多的"他说"或者"她说"。如果是一问一答,读者熟悉了这种问答的对话模式,就会毫不费力地从头读到尾。至于作者要添加多少次"他说"或者"她说",没有固定规则。这取决于对话的长度,对话的总体节奏,还有其他无法用模式归纳的因素。其中最为重要的,是作者希望展现的个人风格。

还有什么情况下,你会打破规则一呢?嗯,你也许想刻意放慢节奏,让读者感受对话的场景氛围,以及说话者的内在交锋。对话中的潜台词,往往比表面上的词句信息更为重要。请看下例:

"勃林格今天上午来找我了。"

"哦?"贾维斯垂下眼睛,放下他的咖啡杯,"他想干什么?"

"你以为他想干什么?还不是生默娜的气。她似乎跟他说了,你们那晚去了哪里。"

贾维斯先探询了一下对方的脸色,然后眼神又飘移到了后墙的钟上。"神经病。"他说。

"是吗?"

"你知道就是这样。"

"或许吧,"劳森漠然地说,"可勃林格不这样想。"

这段对话读起来不像前一个那么快捷,但多出的部分,可以帮我们揣摩说话者的神情,尤其是贾维斯,同时也让我们感受到两人之间的潜台词。

有时,你可以把"说"当作停顿的符号来用,用来切入对话,为原文建立节奏。还有时候,只让其中一个角色"说",以示强调:

"勃林格今天上午来找我了。"

"哦?"贾维斯说,"他想干什么?"

"你以为他想干什么?还不是生默娜的气。她似乎跟他说了,你们那晚去了哪里。"

"神经病。"贾维斯说。

"是吗?"

"你知道就是这样。"贾维斯说。

"或许吧,可勃林格不这样想。"

说,说,说。著名悬疑小说家迪恩·孔茨(Dean Koonz)曾对我说,他在对话中除了"说",从不用别的动词,这对他而言是雷打不动的原则。我觉得你也可以像他这样做,以免麻烦。不过,我觉得,有时切换几个动词,也有用处。这在对话中会起强调作用,不过用的频率越低才越有效。比如,某句话可能包含几重含义,而你觉得有必要让读者按照你的意思来理解这句话,这时,你就可以换掉"说",改用其他动词来加以强调。

"声明""断言""确认""宣布"这类词都是记者常用的,这样新闻故事读起来就像是新闻了。但在小说中,则几乎不用这类词。不过,如"慢吞吞地说""咕哝""低声说"这类词,能描述说话者的语气,不妨在对话中用用。小说毕竟与戏剧不同,没有舞台和演员的帮助,诸如"大喊""低声说"的任务都交给作者了。我在此不再举例了——我确信你搞懂了——不过,你不妨按自己的方式把贾维斯与劳森的经典对话多练习几遍。(我在上文例子中展现的贾维斯有些紧张,对话本身是中立的。但你可以在对话的基本框架上,添加自己的情感色彩。劳森可以显得羞怯,贾维斯可以莽撞、压迫感强、无动于衷,怎么都行。)

在第一人称的叙述方式中,对话从不会完全中立,因为传达给读者的每一条信息都要经过叙述者的过滤。在第一人称作品里,叙述者一直存在,倘若在某段对话中,叙述者的声音完全消失,结果就会造成上下文的冲突。

在第一人称的对话里,叙述者也许只能用"他说"和"我说"这种格式。或者,他可以将自己的所见所闻报告给读者。他还可以为了某种目的,将想法和观察插入对话。比如:

> 我让他在那儿坐了一两分钟,然后说:"勃林格今天上午来找我了。"
>
> "哦?"他从我的香烟盒里往外抽一支烟,然后想起自己已戒烟了,"他想干什么?"

我拿出他推回的那支烟,用大拇指揿了下打火机,点燃了,深吸了一口。勃林格想干什么?妈的,我真想知道,大家都想干什么?为什么有人会这么做?为什么今天早晨大家都起床了?

可贾维斯不想听我的哲学入门课,因此,我透过烟雾注视着他,说:"你以为他想干什么?还不是生默娜的气……"

告诉你,我自己都有点生默娜的气了。

你会注意到,上面这个例子,给原先的小对话添加了相当多的描述文字。不过,虽然字数多了些,整个段落读起来依然很顺畅。

这是否意味着我们在灌水?或许是,或许不是——离开具体语境,这问题很难回答。灌水,是指乱加一堆无用的文字。如果整本书、整个故事都充斥着自省、点烟,还有对细枝末节的无边观察,你可以断定它是灌水,或者说是写得太烂了。但是,如果添加文字是为了渲染某种对话的氛围,如果你想传达给读者的某种内涵,比对话本身包含的内容还要重要,那么这些添加的文字,就不是灌水,而有其必要性了。

有些时候,一个场景的存在只是为了推动情节,而另一些时候,一个场景则是全书的关键,具有真正的戏剧价值。在这种情况下,角色说了什么话,倒在其次,重要的是角色在说话之间正在经受哪些变化。写这样的场景时,你要让读者稍微放慢阅读的速度——正如我们前面看到的那样——让读者多花点时间品味这个场景。当然,你不想写的东西被别人讨厌,不想被别人指摘为灌水,因此,你要确信这些多出来的描述是有意思的,要么创造独特的感官印象,要么描绘种种情绪,要么是给读者提供了思考的空间。

因此,且让我们相应地修正一下规则一,改改它的形式,让它对所有的小说家都极其有用。

即:对话应该被允许独立存在,纯粹而简单。当情况不允许时,就不要独立存在。

明白吗?

38. 充满活力和激情的动词

我用夸张的手势,"橘子酱了"①一片面包。我没想到自己有朝一日涂果酱的时候,竟然差点哼出"哒—啦—啦",让我在这个早晨,犹如处在赛季中间的状态。我曾听吉福斯说,上帝在他的天堂里,与这个世界和谐相处。(我记得,他还乱扯了一通云雀和蜗牛,不过那与正题无关,我们不必费神。)

说话者是年轻的伯特伦·伍斯特,引用的作品是《上唇僵硬,吉福斯》(*Stiff Upper Lip, Jeeves*),作者是已故作家 P. G. 伍德豪斯(P. G. Wodehouse)②,伍德豪斯活到九十三岁高龄,发表了几乎同等数量的小说,还有话剧、音乐喜剧、电影剧本、散文和其他各类文章。我深信,他的言论已成为早餐谷物盒上的广告宣传语,或成为塞进幸运饼里的箴言。他以优雅完美的文字完成了这一切,就

---

① 此处原文为"I marmaladed a slice of toast……"作者将名词"橘子酱"(marmalade)直接当作动词使用了,即"名词动用"。——编者注
② P. G. 伍德豪斯(1881—1975)被认为是 20 世纪英语世界成就最大的幽默作家,他出生于英国,在英国成名,1955 年入美国籍。他的作品在大西洋两岸都受到欢迎,在漫长的写作生涯里共写书 100 本左右。他的"万能管家"吉福斯系列小说最为出名,曾多次被改编成电视剧及舞台剧。

像伟大的棒球手迪马吉奥(DiMaggio)挥棒打腾空球那样,看起来毫不费力。

我最近才重新发现伍德豪斯。他的作品虽然我以前也读过几本,但我直到今天,才能真正感悟他的伟大之处。对于一个写了将近一百本书的作家,竟然还能保持这样的激情,确实难得。这么多年对他作品的阅读,我就像是一片无人践踏过的平整草坪在我面前铺展开来。但是唯一美中不足的是,倘若你想模仿他笔下伯特伦·伍斯特的说话方式,你会让你的同伴们感到无比尴尬。

我扯远了点。请把注意力放回文章的第一段,那个很有动感的词"橘子酱"。

该词的含义绝对非常清晰。就算是最糊涂的读者在读到说话者"橘子酱了"一片面包时,也会立即领会它的内涵。可在我所知的字典里,"橘子酱"从来没当动词用过。该词最早来源于葡萄牙语,后来经由法语再转成英语,原意是将水果加糖煮熟后熬成的果酱。同时该词也可指一种名为"Lucuma mammosa"的果实,或结出这种果实的树。

伍德豪斯将"橘子酱"活用为动词,将一个常见的词以一种陌生的方式使用,一下子就吸引了我们的注意力。我们可以用三种方式来读这句话。其一,我们只是感到春风拂面,但没有注意到这个词的反传统用法。其二,我们可能注意到作者对这个词的妙用,对作者的文字想象力会心一笑,然后接着往下读。其三,我们可能会就此进行深入思考。我们沉思,在伍德豪斯这样做之前,是不是已有类似的文字使用先例给了他灵感呢?比如,我们在面包上抹一层黄油(butter),黄油就可以作为动词使用,且被广泛使用。倘若你能"黄油"一片面包,为什么不能"橘子酱"一片面包呢?你可以把各种物件"油"(oil)一下,"油"发动机、"油"手表等等,那为什么不能在"醋"一碗沙拉之前,先"油"它一下呢?

　　这种活用动词的手法,在伍德豪斯的作品中比比皆是。比如,当伯蒂把什么东西塞进裤子口袋,不管那东西是什么,他都喜欢说自己"裤子"了某东西(trouser the article)①。一般而言,没人说"裤子"了某东西,而是说"口袋"了某东西②。但既然能"口袋"了它们,为什么不能"裤子"了它们?可以说一个女人拿起打火机又"手提包了"它(purse it)吗?或者只能说她噘起了小嘴呢(purse one's lips)③?

　　这很有意思。我希望它能激起你对伍德豪斯作品的热情,让你有兴趣去尝试新的用词方法。但我从《上唇僵硬,吉福斯》里挖出那个段落,是有原因的(我其实也没怎么深挖,那是该书的第一段)。我拿那个段落来说明,有活力的动词,会让整个段落鲜活起来。当然,我说的可能有点夸张。

　　据说,是海明威还是某个作家,曾建议所有的新手作家,在文章写完后,通读一遍,删掉所有的形容词和副词。经过这般修剪的文章,固然艰涩难懂,但唯其如此,深层的内涵才能被读者领略。英语文学的生命力——或者说所有文章的生命力——就在名词与

---

① 据《牛津高阶英汉双解词典》及《剑桥词典》(在线版),"trouser"(裤子)在英式英语的非正式用法中,也可以作动词,意思是捞取、收受、侵吞大量金钱。——编者注

② 据《牛津高阶英汉双解词典》及《剑桥词典》(在线版),"pocket"(口袋)也作动词,意思是把东西放进衣服口袋,还可以指攫取利益、揩油、中饱私囊等。——编者注

③ 据《牛津高阶英汉双解词典》及《剑桥词典》(在线版),"purse"作名词时指皮夹子、手提包等,作动词时一般用于短语"purse one's lips",指噘嘴。——编者注

动词之间。名词用来描述"是什么",动词用来说明"发生了什么"。

请看下例:

> 派克穿过窗户,面前稀烂的木头和玻璃碎片在下落。他低着头,右肩重重落地,滚了两次,身子还没站直,就开始移动。他听到背后一声枪响,不知道枪口是不是朝他射击的。他跑到谷仓拐角,正准备转身,一颗子弹钻进他头侧的木头,木屑弄到了他的脸颊上。
>
> 他倒地翻滚了几下,身子挨在谷仓的木板墙上,房子已不在他视线之内。他把手放进外套,只碰到了一个空枪套。

这一段写得不坏,实际上,还很不错,动作描写非常紧凑,栩栩如生。然而,比起理查德·斯塔克在《酸柠檬真相》(*The Sour Lemon Score*)的原文,就谈不上好了。理查德的原文如下:

> 派克纵身跃出窗户,面前稀烂的木头和玻璃碎片纷纷溅落。他迅速低下头,右肩重重落地,翻滚了两次,身子尚未站直,就开始跑了起来。他听到背后一声枪响,不知道枪口是不是朝他射击的。他跑到谷仓拐角,正准备转身,一颗子弹击碎了头侧的木头,啐出木屑到他脸颊上。
>
> 他马上卧倒在地,撞在尘土上,几个翻身,身子抵住谷仓的木板墙,房子已不在他视线之内。他把手伸进外套里,却只摸到一个空枪套。

看到差异了吗?把"通过(went through)窗户"变成"纵身跃出(dove through)窗户",我们就能感受到动作的迅速。木头和玻璃碎片不是"下落"(falling out),而是"纷纷溅落"(spraying out)。

子弹射进派克头侧的木头,我们不仅知道这件事,还通过独特的动词所提供的声音和感觉,让我们听到和感觉到这一点。子弹"啐出木屑"(spit splinters)到他脸颊上,这个动词拥有双重内涵:一是给我们展现了一幅千钧一发的画面,而且给这个危急时刻赋予了一种仿佛有人朝另一人脸上吐唾沫的那种轻蔑之感。

他并没有停下或者摔到,而是马上卧倒,撞在尘土上(hits the dirt)——这个动作非常积极主动——然后才几个翻身,身子抵住了谷仓的木板墙。他把手伸进外套里,却只摸到了一个空枪套。

伍德豪斯总是对自己的作品详加修改。他曾在一封信里描述,他如何把手稿一页页订在书房的墙上,找出不够鲜活的句子,不断修改,直到句子变得鲜活起来。他是个完美主义者,坚持修改,直到相信吉福斯的故事里每一句话都有娱乐价值才罢休。

理查德·斯塔克则很少修改。上文引用的两个段落很可能在初稿时就是那么写的。我也不太修改,且修改大多与动词有关。一句话若有问题,通常可通过换一两个动词来改进,让动作更加活跃、更加具体,或者有特色一点,或者更加简单明晰。

早在我在八年级的时候,大约就是英国贵族迫使约翰王签署大宪章的时候,英语老师要我们思考"get"的同义词。我觉得她对那个词特别迷恋。不管怎么说,反正她要我们把能替换"get"的所有动词都列出来,可无论我们列出的清单有多长,她的评语总是"陈腐、不够精确、对母语的玷污"。

嗯,学得越早的知识忘得越晚。在一个少有的早晨,我用"get"打出下列文字:

  I got dressed, got myself downstairs and out of the house, pausing to get the mail out of the mailbox. When I got to the corner I got a paper from the newsdealer, then got a good breakfast at the Red Flame. I got a headache when I got the day's first cigarette going, but I got the waitress to get me a couple of aspirins and that got rid of it. Then I got out of there. On the way out the cashier told me a joke, but I didn't get it. (该段意思为:我穿好衣服,下了楼梯,走出房子,在信箱前顿足,取出了信。我走到拐角,从报贩那里买了张报纸。随后我在红焰餐馆吃了一顿丰盛的早餐。我点燃今天的第一支香烟时,头开始疼,我让女服务员给我两粒阿司匹林吃了,头就不疼了。然后我离开饭店。离开时收银员对我说了个笑话,但我没听明白。)

为练练手,你也许想修改这个不朽的段落。

不过,你也许懒得改。

我并不想给你这种印象:以为凡是非同寻常的、华丽的动词,总比平淡的、普通的动词好。你用哪个词,如何用它们,取决于你想达到的效果,动词的使用也是这样。平淡无奇的动词也有自己的位置。某个动词的重复使用也是如此。某个时候你可能想这样写:

他走到拐角,左转,走过三个街区,等绿灯亮,随后又走过两个街区,走到了格兰达的公寓。

你要想取得不同的效果,就用不同的动词来替换"走",比如让他"溜达",让他"大步前行",让他"漫步",怎么都行。在一句话里,你把一个动词连用三次,就等于强调这个动词的中立性质。关于他是"怎么走"的,没有一个副词告诉我们,因此,最终当然只能依靠对这个角色本身及其处境的了解来判断。

他疾步来到拐角,向左急转身,死死盯着红绿灯,一看绿灯亮了,就大踏步走过两个街区,到了格兰达的公寓。

这比上面那个好,还是差?这显然取决于这句话的目的。但毫无疑问的是,两者的不同之处,在于使用了不同的动词。

对我自己来说,多半是凭借直觉在使用散文风格(prose style)①。在实际写作中,我很少深究这个问题。我也不建议你在打字机上方的墙上,涂上"给动词加点维生素"之类的标语。这对形成自己的风格,并无多少助益。

我建议你在阅读中注意一下,别的作家是如何使用动词的,以及你喜不喜欢他们的技巧。你不妨在他们的作品或者你自己的作品中,替换几个动词,看看会有什么不同的效果。如果你想观察大师如何出神入化地巧用动词以及其他词性,那么你不妨去读P. G. 伍德豪斯的作品。

39. 如何修饰情绪波动

海明威这样说过:首先写出故事,然后回过头来,通读整篇,删掉所有的形容词和副词。结果,你的文字变得干净、干练、诚实,剥离了所有华丽辞藻,连作者的感受也被抽离了,只剩下最本质的文字精华部分。

我不觉得这个建议有多糟,尤其是在它刚出现的时候,美国小说因此获得重生,大量干净、干练、诚实的文字得以涌现。我读过

---

① 在英文中,"prose"所指的"散文"是指与诗或韵文相对的语言运用形式,小说、戏剧、随笔、杂文等等均囊括在内,与中文的"散文"意思有所差异。——编者注

的不少故事,其作者都因遵循海明威的建议而获益匪浅;同时,按照海明威的建议,拿一只蓝笔,可以把下面这段文字处理得干净利落:

  这个身材笨拙的高个子妇人,犹犹豫豫,走在那条绿树成荫的蜿蜒小径上,小径通往一座老旧的杂乱无序的装有绿色百叶窗的白色宅邸。她那布满青筋、受关节炎折磨的老迈双手,紧握着一根银头拐杖,已经磨损的铜打的杖尖,颤抖着戳在不肯就范的地上,支撑着她一步步艰难地迈出……

是不是很累赘?修饰语成堆,我们要花上老妇人走到那房子的时间,才算读完。若精简一下这个段落,效果如何?

  这个妇人沿着小径,走向那所宅邸。她的手紧握拐杖,每踏出一步,拐杖的铜尖,颤抖着戳在地上。

这当然要简单一些。把那些枝蔓去掉后,节奏感就出来了。但我不认为,我们可以就此妄下结论,断定一个段落质量的好坏与它所使用的副词与形容词的数量成反比,从而将副词和形容词从我们的专业语汇中无情地清除掉。因为精简后的段落与原段落相比,虽然无疑要简单些,读起来也快一些,但却有个显著的缺点:它所描写的画面,也比原段落要简单得多。

读精简后的那个段落,我们不知道那个妇人是老是少,是高是矮,是活力四射还是暮气沉沉。我们对她走的那条小径和要去的房子也没有画面感。我们能从名词和动词中得到一些暗示,比如,假如作者没说明是宅邸,只说是屋子;没强调她手握着拐杖,只说拿着拐杖;没描述拐杖的铜尖戳在地上,只简单地说是碰到地上,我们所知的信息会更少。但即便如此,有很多细节还是必须通过形容词与副词才能描绘出来。

这就涉及一个平衡的问题。倘若我们大量利用修饰语,细致描写所有细节,我们行文就会非常笨拙,仅仅写那个老妇人走到那所房子,就要费好几页的笔墨。可倘若我们删掉修饰语,读者又不知道具体发生了什么。

不管写什么东西,都不会只有单一的写法,上述例子就是如此。作者得自行决定,而且一般要凭直觉迅速决定。小说写作,更像绘画,而不是拍照。我们不能像相机那样对着某个地方,镜头一闪,就把镜头里的景物全部记录下来。相反,我们只能运用文字,就像画家运用画笔那样,这里浓墨重彩,那里则有意模糊。

> 这个妇人犹犹豫豫地走在小径上,朝装有绿色百叶窗的宅邸走去……

这种写法,聚焦的是这个妇人走路的神态和房子的绿色百叶窗。倘若这是在上课,我会要求你尝试改写这个段落,构造出三种不同情境。(不管你是不是在上课,你自己也可以选择去练习。)好了,且看另一个例子:

> 这头巨鲸的身躯,如同一座大理石坟墓,虽然已经变色,但就其体量而论,并没损失什么。它慢慢漂远了,它躯体的四周,被一群鲨鱼劈开了海浪,浪花四溅。上空的海鸟也飞来烦扰,它们的尖鸟喙犹如无数匕首,猛戳着这头鲸。这头幽灵,越漂越远,而且每漂开一点,便引来更多的鲨鱼群,更多的海鸟群,四下尽是一片杀气腾腾的喧闹声。船只停泊了好几个小时,眼前始终是这恐怖的图景。在天空下,在平静的海面上,微风吹拂着,这个巨大的尸体,就这样越漂越远,最后消失

在视野之外。

这段文字,当然选自梅尔维尔的《白鲸》。不过,它与原作相当不同,有点像作者重读稿子后把所有修饰语删掉的结果。在看过删节版之后,我们再来看完整版:

这头被剥去鲸脂、砍去脑袋的巨鲸的白色身躯,如同一座大理石坟墓。虽然已经变色,但就其体量而论,显然没损失什么,残躯依然巨大。它缓缓漂远了,它躯体的四周,被一群凶残的鲨鱼劈开了海浪,浪花四溅。上空贪婪的海鸟也飞来烦扰,四周激荡着它们的尖叫声,它们的尖喙犹如无数匕首,猛戳着这头鲸。这头巨大的白色无头幽灵,越漂越远,而且每漂开一点,便引来更多的鲨鱼群,更多的海鸟群,四下尽是一片杀气腾腾的喧嚣。船只静静停泊了好几个小时,眼前始终是这恐怖的图景。在万里无云的蔚蓝天空下,在愉悦平静的海面上,和煦愉快的微风吹拂着,这个巨大的尸体,就这样越漂越远,最后消失在视野之外。

可能会有人说,形容词当然会给场景带来生命力,又或者让场景如死地一般。梅尔维尔的文字让这个段落所显现的景象非常逼真——"被剥去鲸脂"的"白色"身躯,"贪婪的海鸟的凄厉尖叫""巨大的白色无头幽灵"漂浮在一片"杀气腾腾"的喧嚣里。

不过,请你注意,梅尔维尔在此段的末尾突然语气一变,换了形容词,让我们转眼就看到"万里无云"的"蔚蓝"天空,"愉悦平静"的海面,"和煦愉快"的微风。这种对比的效果反差惊人。梅尔维尔通过选择不同性质的形容词来加强这种效果——我觉得他是有意的。这些词是温和的、积极的、对肯定生命的,与先前表现死亡的修饰语,形成强烈的反差,只是这些形容词也绝对是平淡无味的,没有想象力,甚至有点陈腐。愉悦平静的海面?和煦愉快的微风?万里无云的天空?若不是出现在这个语境里,真可谓是陈词滥调。

梅尔维尔为何在段落末尾写上这几句,我们不妨自己推敲一下。或许他有意将毁灭的巨大力量与生命的平淡无奇进行对比。或许他想展现,面对死亡,生命还在继续。或许,就像很多作家那样,他并没有深入思考,只是觉得用这种特殊的方式来写,自然会传达出某种内涵。

这段摘自《白鲸》的文字很有教育意义,因为作者使用了不同类别的形容词。第一类形容词,只是纯粹客观的描述。"被剥去鲸脂的""砍去脑袋的"巨鲸的"白色"鲸身,这类形容词组成的画面,并未告诉我们作者的感受,也未暗示我们该如何感受。我们只是被告知,那艘船,是"静静地"停泊。尸体是"缓缓地"漂远,天空"万里无云"。

第二类形容词,虽说依旧描述客观事实,但也引起了我们的观感。的确,鲨鱼是"凶残的",海鸟是"贪婪的",叫声是"凄厉的",鲸的尸体是"巨大的",但我们对这些海洋清道夫的胃口、对海鸟的叫声、对鲸的尸体的大小的感受,无疑会受到这些修饰语的渲染。

第三类形容词颇有主观色彩。喧嚣声的"杀气腾腾",并非用来衡量音量高低,也和真实发生的事情无关——因为鲸已经死了,海鸟和鲨鱼并没有杀什么,"杀气腾腾"只是一种比喻性说法。是作者自己认定,这是个"恐怖"场景。最后,"愉悦平静的""和煦愉快的"这类形容词,完全是主观性的描述,不能告诉我们大海和海风的真实情况,只是左右我们对它们的认知而已。

总体上来说,我相信作者应该尽量使用客观描述性的副词和形容词,而那些企图控制读者反应的要少用。后一类修饰语不仅不能给我们描绘的画面添加助益,反而添加了累赘,把作者的认知,插入读者与作品之间。

> 她是个美丽的姑娘,笑起来很欢快,温暖的眸子里闪烁着热切的光芒。她的身材很匀称,衣服很吸引人。

这几句话看似没啥错误,但肯定不会让你眼前一亮,因为描写过于空洞。假如一个作家通篇都是这种写法,结果就是死气沉沉。因为这样的描述,没让我们觉得这姑娘有多好。我们知道那个隐形的叙述者喜欢她的样子,可我们不知道她长什么样。这几句话也没有给出理由,让我们相信这是个美丽的姑娘,她的衣服吸引人,她的笑容是欢快的,眸子是温暖的。

我得加一句,同样是这句话,用第一人称来写,就不会那么令人反感了。因为在第一人称的写法里,所有东西都经过叙述者的主观过滤,叙述者对事物的反应是作品的必然组成部分。不过即便如此,这句话也谈不上出色,因为其所用的修饰语不是描述性的,而是判断性的。

这些判断性的修饰语方便省事,是那些懒惰作者的庇护所。因为他们觉得刻画场景太过费劲,不如直接用几个修饰语左右读者的反应来得轻巧便捷。对于不太重要的东西,作者不想费力气去描述,也这样做了。假如一个街头小混混带着震耳欲聋的音响,在街上大摇大摆地前进,你直接用"刺耳难听""行为可憎"来形容,比你描述音量有多少分贝,放的是何种音乐,要方便省事。

当然，一切最终还是取决于你自己。我在此不想给出任何教条。形容词无所谓好与坏——所有形容词都有各自的用途，包括"好"与"坏"也一样。我也不想你在写作时，脑子里都是我对你说的规则。在你写完重读时，不妨再审视一下自己写的修饰语，看看那些描述性的词语是否达到既定的效果。它们是太具体了，还是不够具体？应该多点描述性，还是多点判断性？你想控制读者的反应吗？你想多展现、少评论吗？你的形容词和副词是不是用得太多了？还是你走向另一个极端，形容词与副词用得太少了？

祝你一切顺利。在愉悦的海面上，在和煦的微风吹拂下，我越漂越远，直至消失在大家的视野之外。

40. 闭上眼睛写作

写作太难，我只能闭上眼睛写作。

既然我引起了你的注意，且让我解释一下。作为写小说的，我收获最丰的时候，是我坐在打字机前，手指放在键盘上，眼睛闭上。唯其如此，我才能看到脑中呈现的画面。一旦我看清楚了，并且体验过了，剩下的事情就很容易了：我会睁开眼睛，敲击键盘，把我的所见转化成对话和文字。

假设我要写某个次要角色的卧室场景，这个场景我以前没写过。我会坐回去，闭上眼睛，让一个房间的画面浮现在脑海里。我脑海里塑造的画面也许是我以前曾去过的一个房间，也许完全出于想象，最可能的是各种因素的组合，包括我见过的，我在书上读过的，还有从影视、戏剧、对话中获取的留在脑子里的印象。

当你想到"苹果"时，脑中会是什么样的画面呢？我想应该不是某个特定的苹果。你肯定见过成千上万只苹果,从麦金托什苹果到塞尚(Paul Cézanne)①画的苹果,每个苹果当然各不相同,也不会轮流在你脑海中亮相。当你听到"苹果"这个词时,所有苹果,包括你见过的、闻过的、拿过的、吃过的,会融合在一起,最后在你脑中形成一个苹果的形象。

且让我们回到那个想象的房间。我首先在门口打量它,因为我笔下的人物会站在这个位置,第一次看到他住的地方。我会注意房间里的家具。有张床,当然。还有衣柜。有椅子吗?什么样的椅子?地面是铺了地毯,还是油地毡?是什么形状?

墙上有画吗?或者有日历?床铺好了吗?房间自身是整洁还是凌乱?窗户怎么样?是窗帘、百叶窗,还是其他什么?

房间有多大?床是否占了大部分空间?还剩多少空间可以让人走动?

这些问题的答案来源于两方面,一是故事本身的需求,二是我脑中提供的画面。换言之,这房间有些物件,是预先为那个住客准备的,与该角色的性格和处境有关。此外,房间里将要发生的事情是另一个预定因素。比如,某人要在衣橱里找东西,那么这房间必定得有个衣橱。但房间里别的物件,如带流苏灯罩的落地灯、已经封住并涂过漆的壁炉——就可能与情节进展和人物刻画的需求毫不相干,它们就只是场景中的一部分。

况且,我写这个场景的时候可能压根就不会提到这些摆设。

这一点很重要。视觉化的过程,不是让作者将自己的所见全

---

① 保罗·塞尚(1839—1906),法国后印象主义画派画家,他的作品和理念影响了20世纪许多艺术家和艺术运动,尤其是立体派。塞尚画过大量以苹果为主题的静物画。

部倒给读者,这不是视觉化的首要目的。对我而言,视觉化最有价值的地方是让我能体验脑中所见的图景——体验那个房间、那个苹果,然后根据我自己的需要,将我体验到的经历写到小说里。

这是什么意思呢?嗯,我可以举个例子给你。下面这个普通的例子摘自我的一本小说,描写某个角色因为心脏病突然发作而去世的场景。

> 他回到家,在通常的时间与妻子一起吃过晚饭,帮妻子把碗盘放进了洗衣机。随后夫妻俩坐回客厅看报纸。他先看的是《纽约时报》,妻子看的是《水牛城新闻报》,看完后两人交换了手上的报纸。妻子正读着克莱夫·巴尔内斯为一部新英语话剧写的剧评,他突然出声:"希尔?"
>
> 她放下报纸。他的脸色非常憔悴,神情有些茫然。
>
> "我不舒服。"他说。
>
> "怎么啦?你在那别动。我来给欧夫·祖克尔打电话。"
>
> "哦,可能没什么。"他说着,紧接着靠到椅背上,就这么死了。她眼睁睁地看着这一幕,立刻就知道出了什么事。人刚刚还在,然后就不在了,他离世了。

我在此引用这个段落,因为我记得,在写之前脑海中所看到的场景非常清晰。对于他们两人读报所坐的客厅,我脑中有强烈的印象。我看见那两把椅子,清楚两人间的距离。我感受到了房间里的氛围:两人洗好碗后看报纸放松。夫妻彼此眼中的对方是什么模样,我也看清楚了。当整个场景铺展开来时,我很有感觉。

我肯定不会事无巨细地描写这个房间。这个场景变换得很快,快速勾勒几笔,就可以了。因为我在写之前已经通过可视化过程对整个场景了然于心,所以凭直觉选用了某些词,而弃用另外一些,纳入了某些观察,而放弃另外一些。因为我体验过这个场景,所以有办法把这个场景写得非常逼真。读者不大可能会想出跟我脑子里一模一样的房间,不过这无关紧要。

这道理颇为玄妙,颇像禅宗学说,其内涵难以传达。我想,这与演员扮演角色有共通的一面。演员要从生活点滴中调用自己需要的元素,再融合在一起,灌注到角色身上。

或许,让你练习一下,你会更加明白。

我们姑且来试一试。让自己舒服地坐下,闭上眼睛。在脑中想象一只水果的样子——上文提到的苹果或者什么的,都行。仔细端详它,体会它,感觉它的大小,注意它的颜色,感知它所占的空间。想象自己把它握在手中,衡量一下,它占多大的体积?有多重?

你握着它有何感觉?温度多少?

它摸上去是干燥还是湿润?粗糙还是光滑?

想象着你把它拿到鼻子下,闻一下,你能想象出它的香味吗?用你的大拇指掐一下,等里面的果汁味道散发出来,再闻一闻。

想象着你削掉果皮,把它切成块,去尝一下。去尝吧——咀嚼、吞咽,尝尝它的味道。感受吃的过程。

你也许已经注意到,在做这个练习的过程中,水果在你脑中的印象每次都会有些许不同。水果的相关元素,颜色、重量、香味等等,这一次模糊,下一次鲜活。这没关系。视觉化的过程,本来就是流动的,我们脑海中显现的形象,会不断地自行调整。

假如你经常这样练习,会对你的写作越来越有助益,你个人视觉化的能力也会越来越强。你也可以不想水果,想点别的。你可以专注地回想过去发生的事情,尽可能完整地在脑中重新体验一次。做这个练习,你也许会发现感官记忆(sensory memory)比线性记忆(linear memory)更有助益。换言之,不要老想着当时到底发生了什么,而要更多地去关注你的所见、所听、所尝、所闻。还有,你是如何感觉的,如何体验的。

这样的练习随时都可以做。还有一种特殊用途的练习,是为你完成每天定量写作而准备的。正如本篇文章开头讨论过的那样,你坐在打字机前,闭上眼睛,"看清"你准备写的东西,然后再开始动笔。

或许我该强调一下,我并不是每次都能非常完整清楚地看见脑海中浮现的场景。有些场景会更逼真些,有些场景会更具体些。正如你每次想象的水果形象都不同,你脑海中的场景,每次都会有所差异。我在脑海中描绘的场景,有时一些细节清晰,而另一些则含糊,因此更像绘画,而不是拍照。我发现,在动笔前,我构想的场景越完整,写作这个场景的时候就越容易,结果也就越满意。

在剧作界曾有一派思潮,认为场景应该尽可能具体,即便观众看不到的细节,也不例外。假如舞台上有张桌子,那么抽屉里就该放上铅笔、纸之类的东西,哪怕它在整个表演过程中都不会打开给观众看,该放的东西还是一样不能少。

花费大量时间去给一个不会打开的抽屉放东西,我想这样的舞台设计师现在应该不会再有了。但我认为这个原则是合理的。视觉化在打字机前行之有效,正是基于这一点。

千万不要忘了,读者若不自愿放下对小说的怀疑,小说就不会产生效果。读者明知道这只是个虚构的故事,但他还是选择忘掉这一点。他读下去的时候,代表他选择了相信。

但是作者是否也得首先放下自己的怀疑？他比谁都清楚这只是个虚构故事——毕竟，这故事是他自己编出来的。是他首先在脑海里看见故事，并体验这个故事，然后把故事写出来给人看的，就此而言，他的作品需要首先在他眼中变得真实。因此，他必须搁置自己的怀疑，才更容易让读者不去怀疑故事的真实性。

视觉化是一个相当简单的过程，我希望我没有把它搞得过于复杂。在此我只能建议你再读一遍上文关于练习的部分，自己去试一下。首先看见，然后写作。这是有效的。

41. 你哼几个小节……我来假装

愤怒的邻居：你知不知道自己乒乒乓乓的钢琴声，快要把我逼疯了？

钢琴家：不知道。你哼几个小节，我来即兴假装（fake it）①。

我跟朋友说起本章的主题时，她用谴责的目光看着我。"教作家怎么作假，"她说，"就像教孩子怎么偷窃一样，你该为自己感到羞耻。"

我的确该为自己感到羞耻，也经常这样，但这次除外。因为作假是小说的心脏和灵魂。我们所有的小说，不论长篇还是短篇，都是谎言的组合。

除非你假借小说之名，写的却是完全真实的自传，否则，你会

---

① 英文中"fake"有伪造、冒充、假装等意思。而"fake it"也有"即兴演奏"的意思，即给出一组既定的曲调，演奏者即兴演奏出类似风格的曲调。作为本文主题，则有"编造、说谎"之意。

发现自己从事的是骗子的行当,是魔术师的黑魔法。为了打消读者心中的怀疑,你必须弄虚作假,让读者确信你知识渊博。倘若你的故事发生在异国,你要让读者以为你护照上盖的章比邮局盖的邮戳还多。倘若你笔下的一个重要角色是个汽车机械师,你必须显得好像对凸轮轴与引擎盖标志的差异了然于心的样子。否则读者就会觉得这故事是你瞎编的,完全没这回事,若是这样,小说的生命力和真实感就全没了。

倘若你只写自己知道的东西,小说当然会有真实感。可有时,故事情节有自身的要求,不一定非得发生在你的家乡,人物也不一定非得是你的邻居、朋友。这种时候,你就必须通过研究资料和虚构手法,创造出一份想象中的真实了。

让我在此哼几个小节,好吗?

1. 杜撰地点。我曾写过一篇骗局小说,故事地点是多伦多(Toronto)、奥利安和纽约。我当时住在水牛城,为写这篇小说,还专门跑到多伦多待了两天,奥利安待了一天,匆匆记下那些街道和饭馆的名字,并做了一些相关调研。这其实很有意思。我当时还年轻,觉得必须以专业的态度来对待作家这个职业。

两年后,我开始写一个间谍小说系列,故事地点遍布全球。我开始发现,我不必因为把主角送到南斯拉夫(Yugloslavia),就得自己跑一趟那地方。既然我不必非得去贝尔格莱德(Belgrade),当然也就不必去奥利安了。真正要去的地方,其实是图书馆。

最显而易见的资料来源是旅游指南。还有可在电话公司那里获得的电话号码簿,里面经常附有简单的城市地图。各地黄页里有宾馆、饭店和当地的地标,在你描写不熟悉的地方时,这些信息可以丰富你的作品。

我发现小说也有类似用处。在连续搬家毁掉我的私人藏书之前,我对买的每一本书,都加以妥善保存。倘若我想在自己写的东西里面加点地方色彩,我总是能找到相关的书籍,里面恰好有适合我故事的场景。

有时,若不想做调研,就索性虚张声势、蒙混过关,这方法既方便、又有效。比如,我写过一本小说,大致取材于查尔斯·斯塔克韦瑟(Charles Starkweather)中西部连环杀人案件①,我想把故事发生地设在内布拉斯加(Nebraska),但不想胡乱虚构一个小镇。于是我选择了格兰德岛市(Grand Island),这地方我从未去过,只是从《大英百科全书》(The Encyclopaedia Britannica)上看到了相关的几行字,所知甚少。

我杜撰了这里的街道名称、社区、商店以及其余一切。我并不担心自己所杜撰的东西不符合格兰德岛市的真实模样,因为在这本小说的背景中,那地方的细节无关紧要。也许一千个读者中偶尔有一人知道,在格兰德岛市并没有一家叫"克雷恩汉斯"的男装店,但很有可能,他只会以为,我是为了避免日后的法律纠纷才故意改了名字。

2. 假装专业。伯尼·罗登巴尔是个天才的小偷,他仅仅靠一个发卡,就能自由出入诺克斯堡(Fort Knox)②,自他在书中出现后,很多人都疑惑地问我,我怎么知道那么多关于盗窃方面的内行门道。

---

① 查尔斯·斯塔克韦瑟是一名美国青少年纵欲杀手,1957年12月至1958年1月期间,在内布拉斯加州和怀俄明州(Wyoming)谋杀了11人。他14岁的女友卡丽尔·安·富盖特(Caril Ann Fugate)是该案共犯。
② 诺克斯堡是美国国家金库所在地。

我非常诚实地告诉他们,我早在两年前就开始研究这个职业了,简直是把它当成我的第二个职业来研究(这对作家而言很自然——我们独自工作,可以自行支配时间)。我没跟他们说的,是伯尼对这个行业比我内行得多。比如,他曾头头是道地谈论"拉布森"锁的优点,显得很有见识。现实中并没有那个牌子的锁,是因为阿奇·古德温(Archie Goodwin)在尼罗·沃尔夫(Nero Wolfe)系列侦探小说①中总是称赞这个牌子,我就借用过来了。

3. 放轻松些。你越卖弄自己其实不懂的东西,读者就越能看出你是在虚张声势,不懂装懂。

我也有这种倾向,越是自己不熟悉的场面,就越想补偿。为证明自己了解那个地方,我会把指南上看到的所有内容,都事无巨细地扔给读者。在这种情况下,连主角过一座桥,我都要引用一番基石上的铭文,甚至这座桥建成时的市长是谁,都要报告给读者。倘若主角开车在我不熟悉的城市里兜风,我会根据地图绘制出他的行车路线,连每一次左转或右转都报告给读者。

我必须不断提醒自己,自己写小说的目的,不是让读者相信,我一辈子都住在南达科他州的华尔镇(Wall, South Dakota),或是其他什么城市。因此我让自己接受一个测试,非常简单:倘若我对这些信息更有把握,更自信一些,我会在小说中塞进那些垃圾吗?倘若将故事场景设在我自己生活的社区,我会写那么多过量的信息吗?倘若不会,那么就是我做过头了。

4. 当心"慕莱塔"(muleta)。多年前,我写过一个短篇故事,

---

① 阿奇·古德温与尼罗·沃尔夫都是侦探小说家雷克斯·斯托特(Rex Stout,1886—1975)笔下的角色,其中沃尔夫是聪明、古怪且身材肥胖的私家侦探,古德温是其助手。

说的是一个睿智的前斗牛士,用他的"慕莱塔",刺穿了一个新手的喉咙。现在我知道自己是闹笑话了,因为"慕莱塔"不是斗牛士用的剑,而是斗牛用的红布。这事是我本该事先了解的。尽管这糟糕的故事没出版,但这并不能成为我推卸责任的借口。

5.注意小细节。正如搞错了"慕莱塔"的含义会毁掉小说的可信度那样,精心处理的细节,会赋予整本小说真实感。

在《谭纳的十二体操金钗》中,有个场景是主角教一个立陶宛小孩说一些拉脱维亚语,相关段落如下:

"Runatsi latviski,"我说,"意思是,你将会说拉脱维亚语。"我握住她的手,"你看清单词是怎么改变的吗?Zale ir zalja——草是绿的。Te ir twvs——这是爸爸。Twvs ir virs——爸爸是男人。Mate ir plava——妈妈在草坪上。"

"Mate ir plava zalja."米娜说,意思是妈妈在绿色的草坪上。这表明她已经掌握了要领……

这段文字是我煞费苦心,借助一本叫《拉脱维亚语自学手册》的书,杜撰出来的。这种书,大概除了我,没有谁会买来研读。我还为此结识了好多拉脱维亚裔美国人,在这方面花费的时间,远超研究所需。两年后,我和一位在里加(Riga)①出生的年轻女士交往时,那本《谭纳的十二体操金钗》让我很得她父母的欢心。

没人会洞悉一切,是不是?把一点小细节处理正确了,读者就会认为你了解自己所写的东西。

有时候,编造一点小细节,也会有效果。在谭纳的另一次冒险中,我让他去了曼谷。可我在审阅校样的时候,吃惊地发现有个中

---

① 里加是拉脱维亚首都。

情局密探说:"会面的地点——旅行社、吐波店、酒吧、饭馆……"

吐波店究竟是什么?

我检查了一下原稿,发现本来写的是"烟店"(tobacco shop),没想到一个有创意的打字员把这个词敲成了"吐波店"(tobbo shop),我当下断定"吐波店"当中情局的联络点最为适合,因为它给小说添加了当地色彩。对,"吐波店",为什么不可以呢?

因此我就保留了这个词儿。

我期待着,将来有一天,我会在别人的书里,看到臭名昭著的曼谷"吐波店"。

如果足够多的作家写了关于"吐波店"的事儿,泰国的街头迟早就会开上一家"吐波店",这样的事谁说不会发生呢?毕竟,生活也在模仿艺术。

42. 塑造角色

我刚读完一本英文悬疑小说,该小说以上世纪之交的巴黎为背景。作者对巴黎历史了解甚多,在书中扯了不少关于巴黎的知识。情节不算特别精彩,但也过得去。文笔嘛,就算笨拙了点,却没有大的失误。只是这本书我看不进去,其原因在于我不能认同书中的角色。这些角色缺乏生命的火花,书中的侦探、警官,在我眼前无法鲜活起来。

我曾在这个专栏和其他场合,强调过角色塑造的重要性。要使小说成功,角色一定要满足三个要求:一要有可信度,二要获得读者的认同,三要具有原创性。

假如角色缺乏可信度,读者就无法卸下心防,无法融入小说。

"没警察会这么行事,"他会说,"没谁处在这个位置,拥有这种性格,还会干出这种事。所以,我总是提醒自己在阅读一本虚构的书,是有人坐在桌前,煞费苦心地编造出来的,倘若我老是提醒自己这些,我又怎么能投入书中,关心接下来究竟会发生什么呢?"

倘若角色缺乏读者认同,读者会因为不同的理由,失去阅读的兴趣。信任角色、为角色的命运所吸引,是读者花时间阅读的理由所在。可是,倘若他们对角色无法产生同情,要他们读下去的前景就很渺茫了。角色不一定非得是圣人,才能获得读者的认同。实际上,性格完美无缺的角色,反而因为缺乏真实的人性,让读者敬而远之。一个带有缺点的反派角色,说不定他的某些性格会讨读者的喜欢,让读者产生认同感:"我若是那种类型的人,"他可能会说,"我也会干出那样的事儿,我若是那家伙,我也会是那副德行。"

倘若角色缺乏原创性,读者对可信度和认同度的包容也就小得多。倘若主角没有个性,就像个衣服架子在书中行走,我们只能把他当成作者发明的机械装置。打个比方,这家伙的个性一直都非常模糊,也没有什么能激发他,成为活生生的能呼吸的角色,凭什么我们要关心他所发生的事情?

作者往往误以为,只要给角色贴一堆标签,原创性就有了。"我马上要开始写一个侦探系列,"一个前景很不错的作家不久前对我说,"我觉得我想到了一个很有原创性的角色,他从不在正午前起床,每天只穿红衣服,喝酒只喝冰镇白薄荷甜酒。他养了一只名叫比提的恒河猴和一只名叫山姆的鹦鹉,你觉得如何?"

我觉得这个作者所说的并不是角色本人,而是一堆角色的标签。上面这些标签,给角色贴几个,或者统统都贴上去,可能会有用。但实际上,我写上述段落时,想到了大卫·亚历山大生前塑造的一个侦探形象,这个侦探住在第四十二街跳蚤马戏团的楼上,总是穿一件俗气的背心,喝酒只喝爱尔兰威士忌,每天四点前从不喝酒,四点后照喝不误。可这个角色之所以令人难忘,不是因为这些怪癖,而是因为他的基本性格,这些怪癖只能起烘托作用。这个角色如何看待这个世界、如何行事、如何反应,要比他早餐吃什么重要得多。

在我自己的写作中,我发现写得最精彩的视点人物,都有我自己的某些影子。这并不是说他们都是以我为原型来写的,也不是说我与他们拥有共同的观点、态度和行为方式。或许这样解释最好:假如我是他们,我也会如他们那样行事。另外,他们自身的环境和个性,在某些方面也源于我自身的环境和个性。

或许我可以用马修·斯卡德这个角色来展示这一点。七十年代中期,我以斯卡德为角色写了三本长篇小说,两个中篇故事,随后把他雪藏了几年,近期又用他写了此系列的第四本小说,时隔几年我又重新启用这个角色,内心有些忧虑。这些年我自己也改变了不少,因此无法确定自己是否还能通过斯卡德的目光来看这个世界,用他的声音说话。

令我愉快的是,回头再写这个角色,我发现自己毫不费力,就像好久没有游泳、没有骑自行车一样,重新捡起来并不费工夫。这不是说,我刚写的这篇小说有多精彩,也不是说,我这本书里的斯卡德与五六年前一样,塑造得多么出色。不过,这确实展示了斯卡德这个角色对我来说一直非常重要。我非常明白,他可信度高,能获得读者认同,是个原创性角色。我非常清楚,我对他的了解,远不止是他的衣橱里有什么,他的行为举止如何。我可以信任他,可以关心他——我还能写他。

在如何塑造角色方面,斯卡德提供了一个绝佳的例证,因为在我编造他的冒险经历之前,我已经对他很了解了。我笔下的角色,通常是在我的写作过程中逐渐展现出来的。斯卡德虽然在一定程度上也是如此,但这个角色在我动笔前就已经构思成形了。

我与当时还在戴尔出版社工作的比尔·格罗斯(Bill Grose)谈过,准备为一个侦探系列小说塑造一个角色。读了莱昂纳德·谢克特(Leonard Shecter)的《绳之以法》(*On the Pad*)之后,我有了灵感。我准备写一个想要索贿的警察,在寻机收黑钱的时候,碰巧侦破了一宗杀人案。我喜欢这个构思,但很快明白,我不想让警察部门的官僚当主角。我的侦探,应该独立办案。

因此,斯卡德就成了一个前警察,当下的身份是私家侦探。但他的生活会是什么样的?他为何离开警察队伍?

非常自然地,我从自身的生活中借用了一些元素给斯卡德。我当时刚离开妻子儿女,从新泽西乡下搬到了曼哈顿。我决定让斯卡德离开警察局后,婚姻也破裂了,他不得不从长岛搬到曼哈顿。因为喜欢自己住的这个地区,我就把小说背景设在这里。我让斯卡德搬到我住的街区,安排他住到第八大道与第九大道之间的西五十七街。虽然我住的是公寓,但我觉得旅馆更符合斯卡德的风格,因此就安排他进了一家。

他为什么离开警察队伍?我先想着,是因为一则丑闻,但随即抛弃了这个想法。我想给他留个更个人化的伤疤,让他的眼神里,有比旁人更多的罪恶感,我决定让他在下班后,在酒吧里喝酒,他要阻止一起持枪抢劫案件,结果开枪后,流弹射中了一个孩子,导致孩子不幸身亡。从此后,他能宽恕一切恶行,就是不能宽恕自己。

　　这个构思从何而来呢？我当时不能告诉你，现在则觉得，那是我将自己的某一部分，投射到角色身上了。当时我陡然结束了一段十几年的婚姻，我相信，也承认自己那样做是对的。然而，就算我没杀死一个孩子，我却抛弃了三个孩子，在某种层面我无法宽恕自己。

　　我赋予斯卡德一个古怪的习惯——常常到教堂坐一会儿。他去教堂不是参加宗教仪式，也不是笃信宗教，但搬到曼哈顿后，他经常去教堂，把那里作为获取内心安宁的场所。我其实是把自己最近养成的习惯赋予了斯卡德。纽约太过嘈杂，教堂提供了一个安静的场所，让你坐下静静思考。我造访教堂，在很大程度上是不自觉的精神探索之旅，斯卡德无疑也是如此。不过，我让他的行为更严格一些。他每次进教堂，都要为死者点上蜡烛，每一次都包括被他的流弹误伤而死的那个小姑娘。

　　此外，我还让他每次将收入的十分之一，捐给他造访的教堂。他这么做，不是觉得教堂会妥善运用这笔善款，也不是觉得这个行为对他有何意义，而是觉得做了就是做了，仅此而已。在解释他这个行为的那一页，我这样写道："他做了很多事，却不明白为何要做。"我当然不会将收入的十分之一捐赠给教堂，以后肯定也不会，但我经常做些自己也不明白为什么要做的事情，直到如今。

　　既然斯卡德已经成了我的邻居，我就让他去我消磨时间的酒吧溜达，我当时每次都喝得醉醺醺的，所以也让他喝得醉醺醺的。我喝威士忌，有时还加咖啡，斯卡德也这样。

　　他和我在许多方面都有差异。他曾干过那么多年的警察，其模样、想法、反应都还像警察。他对事对人的态度和反应也不是我的。但在他身上有我的不少影子,因此我了解他,他性格的成长与演化,使他显得真实可信,并引起读者的认同,具有原创性。

与老熟人重续交情,真好。在他的陪伴下我写了两百多页的作品,真好。因此,我高兴地向你报告,马修·斯卡德又复活了,生机勃勃地住在西五十七街。

43. 选取角色

女招待小心翼翼地打量着他,眼神带着敌意,唯恐他在骗他。她是个中年女人,面庞严厉,香槟色的头发,堆成了蜂窝状的造型,她不断用手拍拍摸摸,似乎要确定它还在原处。她这模样,倒与这个牛排馆很搭配。这个牛排馆,地上铺有仿地板漆布,用的是钢管桌椅,还有一台高声鸣叫的自动点唱机。

这段文字摘自《刀与骨》(Cutter and Bone),作者是纽顿·索恩博格(Newton Thornburg)。这本书写得很出色,就算书中有写得不好的句子,我也没注意到。我特地选这段文字,是因为作者成功地描绘出了一个鲜活的小角色。关于这个女招待,我们所知的就这么多。她没开过口,也没在别的场景中出现过。但关于她该知道的事情,我们都知道了。虽然只是短短一瞬,她的形象却令读者难忘——尤其是我。否则我写这个专栏时,不会想到她。对别人而言,她只是背景的陪衬,用来烘托餐馆的氛围,让主角在合适的背景下对话,给对话增添了独特的味道。她是否令人难忘,其实并不重要。因为她是个小角色,是用来陪衬的。

刻画这种次要角色,是否只要分清"男人与男孩"?不行,有些大男子主义的味道。或者说,只要分清"成人与小孩""山羊与绵羊""傻瓜与金钱"之间的不同就可以了?

够了。在分工明确的好莱坞,给次要角色挑选演员,是选角导演的工作。选角导演先研究剧本,对剧本所写人物形成自己的观念,随后凭借自己的直觉、经验,以及对待选演员的了解,挑选出最适合扮演这个角色的演员。

可怜的作家,得包揽所有的活儿,还得自己担任选角导演。作家必须运用自己的直觉和经验,加上想象和观察,竭尽全力,勾勒出最好的配角形象。

你从哪里找配角呢?很多作家从身边的世界寻找,他们仿照朋友、熟人或惊魂一瞥的路人,来塑造配角的形象。这种方式完全正当合理,只是它与纪实小说(roman à clef)不同,不是假托小说的名义记录真实的故事。反之,你是以真实的生活原型为基础,将真实生活中的对话的方式、人物体貌特征、为人处世的态度,融入你所塑造的角色身上。

无论你的配角来自哪里,在把他们转化为书中人物之前,要先训练自己在脑海中将他们"视觉化"。也许"视觉化"这个词用在此处不够恰当,似乎在暗示你只能看到角色的外形,而在想象某些角色的过程中,出现在你脑海的也许并不是视觉形象。有时候,我会对某个角色有强烈的视觉印象,我能在脑海中把他描绘得非常清楚,就像是我的亲密朋友一样。其他时候,我看不到完整形象,但能听到他说话的声音,或者他如何一边说话一边把身体重心从一只脚移到另一只脚,或者他眼睛或手上的某样显著特征。

他身高五尺十寸(约 178 厘米),体重约一百五十磅(约 68 公斤),深褐色的头发,接近黑色,朝后梳得笔直。他的额头宽阔,鹰钩鼻,眼睛是中等的棕色。大嘴巴,厚嘴唇,笑起来时,会露出整齐的大牙齿。他身穿灰色鲨鱼皮套装,三排扣,带垫肩,里面穿的是淡黄色衬衫,拉袢领,很拘谨地打着一条深蓝色丝质领带。他……

这段描写不算特差劲,但也谈不上多好。这是照相式的描写,告诉我们这个角色的身高体重,还有外形、穿着。确切地说,这正是警察需要目击证人所做的描述。可就小说次要角色的塑造而言,这段描述说了太多我们不必知道的事情,而我们应该知道的信息,又交代得太少。

相比之下,在《刀与骨》中,索恩博格对女招待的描写,就没有告诉我们这女人的身高体重,关于她的外表也没有谈论太多,只是寥寥几笔,刻画她的发型和严厉的面色。可我知道她的模样,你也知道。那个女人的形象,在你我心中各不相同,在索恩博格眼中与读者心中也有差异,不过这无关紧要。我们对这个人有感觉,关于这个人空白的部分,我们可以凭借自己的直觉、经验与想象去补充完整。毕竟,阅读是一项需要读者参与的冒险。即便是同一篇故事,每个读者的阅读感受都会有细微的差异。

重要的是,当你"视觉化"某个角色的时候,你要传达给读者的应该是某个令他们印象深刻的细节。下面这个例子摘自我写的《窗外》(*Out the Window*),这个短篇侦探小说刊登在《阿尔弗雷德·希区柯克推理杂志》上:

> 门开了。他又高又瘦,双颊深陷,眉骨突出,神情疲惫憔悴。他应该是三十出头,看上去也不比这年纪老,但你可以感觉到,再过十年,他看上去会再老二十岁,假如他能活到那时候的话。他穿着打补丁的牛仔裤,T恤衫上绢印着"蜘蛛网"

三个字,在字体的下方,是蜘蛛网的图案,一只雄武的大蜘蛛站在网底,咧嘴笑着,伸出八只手臂中的两只,欢迎一只犹犹豫豫的少女苍蝇。

我选这段落,固然有虚荣心作怪的因素(这段落写得不错,是不是?),但也是因为我记得这段落是怎么发展而来的。我动笔的时候,并不知道这家伙的模样。我知道他是一个酒吧调酒师,与他同居的女友死了,招致男主角的调查。我对他的脸部有大致印象。像他这种类型的自由放荡的男子形象,我在现实生活中碰到过,也在电影里看过,我将这些形象糅合在一起,在脑中勾勒出他大致的模样。更重要的是,我能感觉到这家伙究竟是谁。因此,这一段形象描写就在这些基础上自动跳出来了,非常迅速。我已把他工作的酒吧命名为"蜘蛛网",正好与他T恤上的图案相呼应。

集中笔墨刻画细节,而不是照相式地描写全貌。倘若如此,你写的东西让读者记住的概率会大大增加。重点刻画角色身上的关键特色,略去那些缺乏想象力的外表描写,你就会给读者留下深刻印象。比如,我就很难忘记那个女招待摸摸她的蜂窝发,"确信它还在原处"的那段描述。

这类印象主义描写,与夸张的漫画式描写之间有一些区别。漫画家会忽略平常的共性,而夸张式地强调独特的个性。有时,要想迅速地几笔就勾勒出配角的形象,漫画式的手法是不错的选择。

伊恩·弗莱明(Ian Fleming)[①]对这种漫画式的手法乐此不

[①] 伊恩·弗莱明(1908—1964),英国小说家,曾做过特工、间谍。1953年开始根据自己的经历创作特工詹姆斯·邦德系列小说,故事中邦德代号"007",任职于英国情报机构军情六处。小说后来被改编为系列电影,续拍至今。如今詹姆斯·邦德已成为全球流行文化的重要元素之一。

疲,而且深谙其中之道。詹姆斯·邦德(James Bond)系列的配角形象,就全是漫画式的,被作者刻意丑化成了漫画书里的怪诞人物形象。这些人物的名字很古怪,长相和举止也很怪诞。正因为这些怪诞、鲜活的人物形象,才让詹姆斯·邦德系列小说栩栩如生,让人难忘,整个系列的成功很大程度上也与这一点分不开。不过,这也让人物显得不真实,对于那些认为只有描写出逼真感觉才能享受小说阅读乐趣的读者来说,这就是很大的问题。

倘若你写的是现实主义小说,却采用夸张的笔法刻画里面的角色,你就是自找麻烦。你偶尔也能让整本书都充斥着怪诞的人物,但除非你是卡森·麦卡勒斯(Carson McCullers)①,否则很难办。

关于漫画式笔法,还有一种比较低调的做法,就是让普通角色拥有独特的个性或举止,这能引起读者的关注。那个女招待的蜂窝发型就是一个例证。倘若她在书中的地位更重要一些,倘若我们老是强调她的蜂窝发型,就走过头了。这种角色应该是快照,留下印象就可以了。

在《谋杀与创造之时》(Time to Murder and Create)中,我在第一章就有一个角色,名叫"旋转手加布伦"。他有这个绰号,是因为他在说话时,老是习惯性地在桌上旋转一枚银币。幸亏在此章末尾,这家伙就死掉了,否则,在接下来的六万字里老写他转银币,连我自己也受不了。按此写法,这个旋转手难免会变成漫画人物。

---

① 卡森·麦卡勒斯(1917—1967)是20世纪美国文学的杰出作家之一,作为仅次于福克纳的美国南方文学的代表作家,麦卡勒斯擅长用诡谲、神秘、荒诞的方式表达孤立和疏离的主题。著名作品有《心是孤独的猎手》(The Heart is a Lonely Hunter)等。

有时候,角色若是选取很恰当,也会有助于后面情节的开展。我在写这个专栏的同时,也正在写一本关于雅贼的小说,他受朋友委托,去朋友前妻的公寓去偷东西。(正在实施偷窃的时候,朋友的前妻被杀,朋友因此入狱,他只好出手帮忙,调查这宗谋杀案。)

我试着琢磨这个朋友该是什么样的人。我决定他该是雅贼的扑克牌牌友,但我要他们还有些别的联系。于是我决定让他做雅贼的牙医,就构想了这样一幕场景:伯尼躺在医疗椅上,牙医正在给他的牙齿钻孔,他张着嘴,嘴里东西都流出来了,牙医则趁机向他倾吐心声,请他帮忙。

我决定,牙医之所以想让人偷东西,是因为他想再婚,再婚的对象是他的牙齿保健护士,她曾被介绍过来帮伯尼洗过牙。接下来,这两人就被卷进案子。实施谋杀的凶器,真见鬼,偏偏可能是那些恐怖的牙医专用器材,所有牙医都有这样的一套,真正的杀人犯可能是——

对不起。故事真相你自己去看《衣橱里的贼》(The Burglar in the Closet)。不过,所有的情节安排,都是在角色选定后发展而来的。

有鉴于此,我想我可以说,这张老旧的选角导演椅(casting couch)①的功能不止一个。或者我可以趁机卖弄几个双关语:把珍珠抛在猪面前(casting pearls before swine)②,将面包撒在水面上(casting thy bread upon the waters)③,或者是洒水(casting asper-

---

① 比喻义为"潜规则"。即选角导演会诱导争抢角色的演员出卖色相的做法。
② 比喻义为"对牛弹琴""明珠暗投"。
③ 语出《圣经》,比喻义为"行善而不求回报"。

sions)①。

但我不会做那种事,相信我。

44. 如何取名

你该如何给你的角色取名?每个行当都有自身的诀窍,那么取名的诀窍是什么?

我们先得承认,很少有小说的成败取决于角色的名字,我也从未听说过哪个编辑因为这个原因决定是否退稿。不过在另一个层面上,人物的名字肯定能影响他们对你的故事的感觉,在最终决定接受还是拒绝稿件的时候,多少还是会成为编辑衡量的因素。当然,这肯定不是有意识的。

你一坐下来写小说,就得决定小说里的角色取什么名字,这种决定通常都不用费心思,是自然而然的——但不管我前期准备工作做得如何周全,在写作进程中会时不时冒出一些未曾料到的角色,虽然他们只是出来起陪衬作用,走走过场,但还是需要个名字。因此,还是学学如何有效地解决这些问题为好。

下面是关于取名的一些观察结果,顺序不分先后。

1. 避免混淆。这道理太过浅显,可不少作家都时不时在这个小地方犯错。比如,卡尔(Carl)、卡勒(Cal)、卡罗(Carol)、卡洛琳(Carolyn),会出现在同一章。或者在有很多人的场景里,会出现斯马瑟斯(Smathers)和斯密瑟(Smither)、迪瑟斯(Dithers)和马瑟(Mather)。要注意避免这种命名方法。在现实生活中,

---

① 比喻义为"诋毁、诽谤、中伤"。

这种重名现象的确没啥关系。你常常会发现在你身边同时出现四五个约翰。嗯,这是现实生活与小说的差异,小说应该是合情合理的。

有些作家写作时,颇为谨慎,每个角色的姓名首字母都没有与其他角色雷同的现象。关于怎么才算是雷同的分界线,你可以凭借常识来判断。大多数读者不会混淆艾尔(Al)与阿德里安(Adrian),或者古奇(Gooch)与古尔布兰德森(Gulbrandsen),但很多人可能混淆赫尔(Hal)与梅尔(Mal)、格里(Gerry)与格瑞(Gary)、珍妮特(Janet)和珍妮丝(Janice),诸如此类。

2. 当心过世的老明星。有时候,一个名字会蹦入你的脑海,你感觉这名字特别好,与你对角色的构想极为契合,乃至你忘了这名字以前听说过。

你甚至在霓虹灯上看到过这名字。多年前,我在一个文盲经纪人手下干活。有一份来稿,里面女主角的名字叫艾琳·邓恩(Irene Dunne)①。这是个好名字,可我记得"妈妈",客户却不记得。当我指出艾琳·邓恩实际上是以前一个相当有名的女演员的名字时,他若有所思地点头,"我一直觉得名字很好听,"他说,"但我一直不知道为什么。"

就算你给小说的角色命名时,避开了克拉克·盖博(Clark Gable)②与瑙玛·希拉(Norma Shearer)③之类的名人,还是很有可能用

---

① 艾琳·邓恩(1898—1990),好莱坞黄金时代的著名演员,活跃于 1930—1950 年代,曾以《壮志千秋》(*Cimarron*,1931)等影片五次获得奥斯卡最佳女主角奖的提名。她于 1948 年出演过一部著名影片《我记得妈妈》(*I Remember Mama*),下文布洛克说我记得"妈妈",是讽刺客户没看过邓恩演的这部电影。

② 克拉克·盖博(1901—1960)是美国国宝级电影男演员,《乱世佳人》(*Gone with the Wind*,1939)、《一夜风流》(*It Happened One Night*,1934)等经典名片的主演。

③ 瑙玛·希拉(1902—1983),美国早期影坛当红女演员之一,曾凭 1930 年的电影《弃妇怨》(*The Divorcee*)获得奥斯卡最佳女主角奖。

到一些你不熟悉的名人姓名。你不必感到烦恼。倘若你对一个特别的名字有疑问,倘若这名字听上去太好,简直不像真的,那就去查一下百科全书,或者名人录。(查过之后,放弃还是不放弃,就靠你自己判断了。我写的推理小说《第一次死亡》中的男主角,名叫亚历山大·潘恩[Alexander Penn],在此书眼看就要付印时,我发现一个苏联诗人也叫这个名字。我思考了一会儿,意识到有多少地方要随之改动,还有名字的双关语等等,于是我决定还是让那个诗人改名字好了。)

3. 选有趣的名字。 在这个世界上,我认识好多叫约翰·史密斯的人,我祝他们平安如意,可我不想在小说里与他们相遇。假如我是编辑,肯定会认为该作者太缺乏想象力,竟然给角色按上这种平淡的名字。史密斯、约翰、汤普森、米勒、威廉姆斯、约翰逊这类名字在现实生活中太过稀松平常,在小说中使用会索然无趣。你可以偶尔给次要角色按个这样的名字,但不要用得太多。这些名字非常无趣。

在这方面,我可以提供给你一个偶然得来的信息。新手作家在取名方面,就像那些化名入住汽车宾馆或一时冲动使用假名的家伙那样,爱好把姓当作名使用——理查兹、彼得斯、约翰逊、爱德华兹,这些姓氏本来就很常见,当作名来用,简直就是最常见的假名。

有趣的名字是怎么组成的?你又是怎么选的?好问题。在过去几年,我对名字越来越入迷,对角色取名问题比以前更为关注。就我个人爱好来说,我喜欢长名字而不是短名字,喜欢比较稀有的姓名,而不是常见的那种。

我最喜欢的几个角色名字基本都是我自己杜撰的(这倒不是说现实生活中没有这种名字)。我曾为《埃勒里·奎因》推理杂志写过一个系列,主角是一个名叫马丁·埃伦格拉夫的邪恶律师。

埃伦格拉夫这个名字很独特,因为我是用两个普通的德国单词组合而成的。我写的雅贼,迄今为止在两本小说中担纲的伯尼·罗登巴尔,姓氏也很少有。我的朋友比尔·普隆齐尼(Bill Pronzini)写信询问,这姓氏是不是我将两个大联盟棒球投手罗登(Rhoden)与巴尔(Barr)合并而来的?不是。我有个亲戚姓罗登伯格(Rodenberg),我改了下这个姓氏的结尾,又在 R 后面加了个 h,因为这样看起来更好些。一个明星就此诞生了。

倘若你随身带个笔记本——你真的应该带着——你就可以随时收集有趣的名字,以备将来使用。几年前,作家、桥牌专家帕特丽夏·福克斯·谢因沃尔德(Patricia Fox Sheinwold),向我夸耀她的小狗"蜂蜜熊",她希望有朝一日它能出演狗粮广告。"就算没入选,"帕特丽夏说,"也该请它'吠音'(Barkover)。"①

我礼貌性地笑了笑——否则,要朋友干什么?——随后就在笔记本里记下了"Barkover",没过太久,西蒙·巴克福(Simon Barkover)就在《郁金香迷情》(*The Topless Tulip Caper*)一书中作为天才的化身闪亮登场。

曾有一次,我在密西西比州格瑞纳(Grenada, Mississipp)的一家汽车旅馆里,度过一夜,那一夜除了看电话簿,没东西看,肯定有人偷走了旅馆例行摆放的《圣经》。因此我只能翻阅电话簿,发现当地有个家族姓"帕尔墨垂"(Palmertree)②,我觉得这名字很出彩,只是还没找到可用的地方,它在我的笔记本里,静悄悄地等待。

4. 名字也可以很有趣。近来我常把姓氏当名来用,并且很喜欢

---

① 这是个语言玩笑,英文中的配音、旁白是"voice-over",而狗叫是"bark",帕特丽夏将二者拆分组合,造出了"barkover"以表示"小狗配音"。——编者注
② 英文中"Parlmer"有朝圣者之意,而"tree"是树,合起来就是"朝圣者之树"。

这效果。要想展现角色的财富与地位,最好的办法就是拿老派英国贵族的姓氏给他当名。记住,不少人名字都来自姓氏,比如弥尔顿(Milton)、西摩尔(Seymour)、欧文(Irving)等等。给孩子取名时,拿姓氏当名儿由来已久。最近几个月,我给角色取的名字,是威尔逊·科利亚德(Wilson Colliard)、格兰瑟姆·比尔(Grantham Beale)、沃克·格莱斯顿·默奇森(Walker Gladstone Murchison)这类的名字。

顺便说一句,格兰瑟姆·比尔起初名为格雷厄姆·比尔(Graham Beale),但这听起来太像格雷厄姆·贝尔(Graham Bell),与发明电话的亚历山大·格雷厄姆·贝尔名字雷同,因此我用格兰瑟姆·比尔代替。

5. 不要聪明过头。倘若你小说中每个角色的名字都太过有趣,小说的可信度就会大大受损。你肯定不愿读者一看到你给角色取的名字,就停下来玩味一番,因为这会妨碍读者融入你设计的小说情境中。

罗斯·托马斯(Ross Thomas)就喜欢给他的角色取有趣的名字,但我有时觉得他走过头了。如《镇上傻瓜都支持我们》(The Fools in Town Are on Our Side)中的警察局长,名字竟然叫荷马·奈塞瑟瑞(Homer Necessary)。如今没有父母会给孩子取名为荷马,"奈塞瑟瑞"呢,虽是正儿八经的姓氏,不是作者的发明,但居然有人叫荷马·莱斯赛利,而且这人还与路西法·戴(Lucifer Dye)①出现

---

① 路西法·戴是罗斯·托马斯(1926—1995)笔下的传奇间谍。罗斯·托马斯是美国犯罪小说家,以揭露职业政治机制的诙谐惊险小说而闻名。上述人名中,姓氏"Necessary"作为单词的意思是"必需的、必要的",因此这个人名有"荷马必需"之意。而"路西法·戴(Lucifer Dye)"则是一个"谐音梗"。路西法是基督教中背叛上帝的天使,亦有魔鬼之意。而"dye"与死亡(die)谐音,这个名字连起来有"路西法死了"之意。——编者注

在同一本书里,让我难以置信。

当然,假如你不想自己的小说看起来过于正经死板,给他们取一些带有异国情调的名字也可以。比如伊恩·弗莱明笔下的普西·格劳尔(Pussy Galore),以及我个人的最爱——特里文尼安(Trevanian)笔下的乌拉西斯·龙(Urassis Dragon)。

6. 不要太拗口的名字。就算你写小说并不是供人大声朗读的,就算你无意让读者拿你的小说来练习绕口令,你还是要避免把佶屈聱牙的名字扔给读者,他至少要能读得出。读者阅读时也许不会读出声,但他会在心里默读,假如他不确定该怎么发音,会妨碍他完成下一步的阅读。

这也不意味着,小说里的名字非得让所有读者都读得字正腔圆。重要的是,读者确信知道怎么发音就行了。

比如,"科尔"(Kerr)这个名字,有些地方读"伏尔"(Fur),另一些地方读"巴尔"(Bar),读者并不知道你想管角色叫什么名字,也不会在这个问题上纠缠不休,他会毫不迟疑,当即决定这个名字念"卡尔"(Car)或者"克尔"(Cur)。但是,假如你书中角色名叫"Przyjbmnshkvich",每次读者看到,都会感到很恼火。

7. 研究民族姓名。倘若你的一个角色是拉脱维亚人,或者是黑山人(Montenegrin),为使作品真实可信,你当然得给他挑个本民族的名字。这名字很容易就能在百科全书类的书籍中找到。你的角色若是拉脱维亚人,那就查阅《拉脱维亚》(Latvia)或《拉脱维亚语言与文学》(Latvian Language and Literature)这类书。这种书里包含很多历史人物或作家的名字。你借用这个人的姓氏,那个人的名儿,组合在一起,就得到一个真实、原创的拉脱维亚名字。这花不了多少时间,却很有效果。

名字里究竟有什么奥秘？很多奥秘——别以为莎士比亚不知道其中玄机，不妨想想他给他笔下的众多角色所取的名字。玫瑰不管叫什么名字，总有甜美的芳香，但你会送人一把"美国丽人臭花葱"（American Beauty Skunkweeds）吗？

45. 重复演出，再度作战

伊凡·谭纳大脑的睡眠中枢，在朝鲜战争期间，被一枚弹片所伤，从此再也无法睡觉了。他住在纽约百老汇西边第一百零五街，一栋没有电梯的公寓楼五楼，与一个叫米娜的女孩同居。米娜是明道加斯国王（Mindaugas）的唯一后裔，明道加斯是立陶宛的建国者，13世纪时统治过立陶宛。谭纳会讲十几种语言，参加的是一些疯癫的政治组织，支持的是那些早已宣告失败的事业，靠给那些学习意志不坚定的研究生撰写硕士、博士论文为生。他间或会出国从事特工活动，名义上是受华盛顿超级机密情报部门的派遣，但每次他都有办法借此实现个人的目标。

伯尼·罗登巴尔也住在纽约上西区，西区大道与第七十一街的交界处。他在东十一街开了一家二手书店，书店收入仅敷支出。他总是与开宠物狗美容店的卡洛琳·凯瑟一起厮混，凯瑟的那家店与罗登巴尔的书店仅隔两个店面。伯尼其实靠偷东西为生。他是个雅贼，但并非莱福士（Raffles）①那种闹着玩的神偷。他是盗窃的行家，盗窃既是因为钱，也是因为盗窃会给他带来无可争辩的

---

① 莱福士是英国侦探小说家 E. W. 霍尔农（E. W. Hornung，1866—1921）创造的角色，白天是上流社会的绅士，晚上化身小偷。

刺激和兴奋。他知道盗窃在道义上是该受谴责的,但他就是忍不住。

马修·斯卡德是个已辞职的警察,他原本是个行为规矩的刑警,可他开枪阻止罪犯行凶时,误伤了一个小女孩,致其死亡。于是他离开老婆儿子,搬到西五十七街,独住在一家破旧旅馆里,每天喝得醉醺醺的,靠当没有执照的私家侦探谋生。他虽没有信仰,却还是喜欢去教堂坐一会儿,悄悄把收入的十分之一塞进捐款箱。他喜欢沉思默想,活在存在主义式的痛苦之中,他洞悉世事,却把自己当作局外人,对世事冷眼旁观。

奇普·哈里森(Chip Harrison)是个十八岁的孩子,住处与他的雇主、私家侦探雷欧·海格(Leo Haig)相隔一条街。海格是个侦探迷,特崇拜尼罗·沃尔夫。他继承了叔叔的遗产,得以在切尔西的一家波多黎各妓院的楼上开业,他租了半层阁楼,在里面养热带鱼,并尝试模仿他偶像尼罗·沃尔夫那些古怪举止和敏锐直觉。奇普是个小跑腿,对男女之事还是一张白纸,帮助海格侦破了一宗宗离奇的案子。

马丁·H.埃伦格拉夫是个矮个子律师,爱好诗歌,对服饰有着花花公子一般的讲究。他的外表光鲜完美,但办公室里却乱七八糟。埃伦格拉夫独特的地方,在于他只接手那种紧急的案子,只愿意在客户免于起诉或无罪释放后,才会收费。他很少在法庭露面,只是幕后不择手段协助客户脱罪——他会编织伪证、构陷他人、动手杀人,游走在法律的灰色地带。至于他住在哪里,书中并未明确指出,但敏锐的读者也许会看出他住在水牛城。

你不会在水牛城电话簿里找到他。你在纽约,也找不到上文提到的那四个人的电话。他们是我的系列小说中的角色。谭纳系列有七本,罗登巴尔雅贼系列目前是两本,奇普·哈里森系列是四本。斯卡德系列有三个长篇,两个短篇。埃伦格拉夫系列目前有六个短篇。①

这五个角色在我心中,都特别鲜活。不可否认,五人中有的更为活跃,有的则稍嫌沉寂。我有十年之久都没再写谭纳了,奇普·哈里森也有几年没再出现。但这无损于这两个角色在我心中的鲜活形象。我也许不是很清楚他们的长相,以及他们生活背景的某些方面,也不知道今后还会不会再写他们的故事。但这都不重要。这些人都是卓越的角色,不仅存于我的文学生涯里,也存于我不断演化的思想里。他们一直是我生命的一部分。他们在书中的世界里演化、成长、变化并定义自己,正如我在现实世界中所做的那样。既然他们身上有我的影子,他们也已经成为我的一部分。

这些系列的创造,来自我早年的雄心。一旦我走过只想创作伟大著作的阶段,开始考虑具体写作目标时,我意识到,我想塑造一个经久不衰的人物形象,要围绕他写出大量作品。

这个写作动力,来自一个初学者的信念,以为写作成功有捷径可走。很多没当过作家的人都是这样以为的。"一旦你发明了写作公式,就会成功。"永远有人对我说这种话,并且语气中难掩妒羡。我觉得他们有两个错误假设:(1)我发明了写作公式;(2)我因此获得成功。大错特错。(稍后你会看到,我若真的发明什么写作公式,麻烦可就大了。)

与"公式说"同样荒谬的是,这些没当过作家的人还以为,只

---

① 这是布洛克写作此文时的情况。现在谭纳系列共出版 8 本,雅贼系列有 11 本,马修·斯卡德系列有 19 本。此外布洛克从 1998 年开始还出版了杀手"凯勒"(Keller)系列,共 5 本。——编者注

要塑造出一个系列性的角色，就能迈向成功，让你衣食无忧，甚至能最终治愈你身上恼人的牛皮癣。"一旦你塑造出一个角色，"他们说，"你这辈子只需写他就行了。"

妙极了。一旦你得到一双跑鞋，就要穿着这双鞋从霍普金顿（Hopkinton）跑到波士顿（Boston）；一旦你学会了澳大利亚爬泳（Australian Crawl），就要横渡英吉利海峡。一旦到了发情期——噢，不能再说了。

说得更确切一点，我想写系列角色，是因为我爱读其他作家写的系列小说。一旦我与一个很吸引人的角色相识，我就想再见到他，了解他更多。假如我发现他看世界的目光非常有趣，很有启发性，我就想透过他的目光，来看这个世界。

尽管有此雄心，直到开始写作生涯七年后，我才塑造了首个系列角色，埃德·伦敦，他是小说《死亡骗局》里的侦探，也是故事的叙述者。我依稀记得在此之前就这个角色写过一两个短篇故事发在杂志上。但第二本埃德·伦敦系列的长篇小说，一直难产。不过我觉得这也没什么。伦敦不是一个出色的角色，我当时也不是个出色的作家。我能让故事铺展开来，行文对话也还凑合，但人物形象的塑造则不太够格。

谭纳，是我的第一个真正的系列男主角。在我把他写进书里之前，就已大体掌握了他的个性和生活方式，到我构思《无法睡觉的贼》的故事情节时，我已经对他有了很多了解。在写那本书的过程中，我对他的了解越来越深入，而随着故事的展开，书的页数的进展，谭纳的性格和说话的腔调逐渐成形。还没等书写完，我就非常清楚，我想继续了解这个人，接着写关于这个人的故事。

这个系列的其他小说，就这样依次问世了，谭纳系列如果说不是公式的话,也建立了一套自己的模式。我几乎把所有的写作时间,都放在创作谭纳的冒险编年史上,但接连写了七本之后,我陡然停笔,转而做其他的事去了。

为什么突然搁笔呢?嗯,这个系列在市场上虽说没滞销,但也谈不上打破了什么销售记录,我确信这样的销售情况影响了我。假如这个系列确实卖得好,我的写作热情也许会维持更久。况且,随着时代的变化,谭纳的世界也没那么好玩了。他毕生追求的那些失败事业,突然在现实世界里遍地开花,战争四处爆发,炸弹满天飞。曾经古怪有趣的构想,现在突然觉得很烦人,我感到,是时候让我那位睡不着觉的骑士打会盹儿了。

更重要的理由其实在于,这个系列出现的雷同让我越写越觉得乏味。只是谭纳的书迷——人数虽少但非常热忱——从来不愿放弃谭纳的固定造型。同样,作为读者,我肯定也不会对系列小说作家老是挖掘同一条矿脉而恼火。理查德·斯塔克的派克系列,是浑然一体的。每次看到令自己记忆深刻的角色从上一本书的经历中归来,我会乐在其中,愉快之至。雷克斯·斯托特的尼罗·沃尔夫也有相似的风格,但我就是百看不厌。相反,系列里有几本一反常规的书,硬把沃尔夫从三十五街的大公寓里拉出来,跑到未知领域,我觉得此举让人物失去了原有的光彩。同理,我觉得阿加莎·克里斯蒂(Agatha Christie)①的简·马普尔(Jane Marple)就该待在自己该待的地方,在沉闷的圣·玛莉米德村里过日子。因此,

---

① 阿加莎·克里斯蒂(1890—1976),英国侦探小说家、剧作家,推理文学宗师之一。代表作品有《东方快车谋杀案》(Murder on the Orient Express)、《尼罗河上的惨案》(Death on the Nile)等。她的作品在全世界都很受欢迎,被翻译成超过103种语言,总销量突破20亿本。她的推理故事大部分围绕着两个系列侦探角色,赫尔克里·波洛(Hercule Poirot)和简·马普尔小姐。

当克里斯蒂打破常规,送她出门去加勒比海或者伦敦,我就感到自己受骗上当了。

系列小说的书迷,总是希望每本书都是异中有同。谭纳的书迷一年花六到十个钟头,看一本谭纳的冒险故事,可我每年得花几个月才能写完一本。我老是觉得自己在重复,这种感受让人烦闷。

同时,我也觉得,我已经超过谭纳,不再需要他来表达自我了。作为一名作家,我还需要进一步完善自己,我需要创作其他的书,其他的故事,来促进自己的成长。

有些作家,会让角色在系列小说中不断成长,来克服重复问题。我觉得这方面最成功的案例是罗斯·麦克唐纳(Ross Macdonald)的卢·阿彻(Lew Archer)系列。卢·阿彻最早在书中出现时,差不多是雷蒙·钱德勒(Raymond Chandler)①的菲利普·马洛(Philip Marlowe)的翻版,只不过会多说几句俏皮话而已。可卢·阿彻随着作家麦克唐纳一起不断成长、完善。到二十世纪五十年代末期,《格尔顿案》(*The Galton Case*)出版时,卢·阿彻已经有了全新的形象。这些年来,这个形象一直在成长、演化,这个系列每出一本新书,我都想看看卢·阿彻有什么新变化。

可我觉得我不能这样处理谭纳。改变这个形象,就意味着他会面目全非。还是让他休息,放他到牧场上闲晃,或者索性不去管他,我过我自己的日子。

奇普·哈里森的情况不同,他的可塑性很强,我也许可以继续

---

① 雷蒙·钱德勒(1888—1959)是美国著名小说家,其作品对现代推理小说有深远的影响,被视为"硬汉派"侦探小说宗师。他虚构的系列主角,菲利普·马洛,也成为"硬汉派"私家侦探的代表。他的代表作有《漫长的告别》(*The Long Goodbye*)、《长眠不醒》(*The Big Sleep*)等。

往下写。他在《首开纪录》(*No Score*)中初次露面时,还只是个十七岁的处男,渴望改变自己的处男身份。此书包含诸多插曲,奇普到处游荡,遭遇一连串困境,他想方设法,却无法得到任何年轻女人的欢心,直到最后一章,他才最终心想事成。

我原本没想过接着写奇普,但《首开纪录》的销售格外出色,于是我想,我会乐意再花一个月左右的时间,通过奇普纯真的目光,来看这个世界。因此,我在《梅开二度》(*Chip Harrison Scores Again*)中,再次让他闪亮登场,基本套路与上篇相似,效果也相当不错。

两本书还不算一个系列。只是我发现自己还想进一步研究这个人物。于是我想出雷欧·海格这个人物,让奇普为他做事。我完好无损地保留了他爱拈花惹草的习性,但也让他朝学徒侦探的方向发展。

将一个偶然得来的系列角色,发展成侦探,我肯定不是第一个。丹·马洛(Dan Marlowe)在《游戏的名字是死亡》(*The Name of the Game Is Death*)中,就塑造了一个名叫厄尔·德雷克(Earl Drake)的职业罪犯。此书写得很精彩,反响很好。在接下来的德雷克系列中,马洛逐步把他从一个罪犯变成了一个解决问题的人,为某国家情报部门工作。一个持枪抢劫的罪犯,摇身一变,就成了正义的化身,干起情报人员的活儿,我觉得这个人物形象最有光彩的部分已经丢失,从此不再阅读这个系列。

不过,我能理解马洛为何要改变这个角色。因为很难让系列小说的主角,一直是个罪犯。在时间的进程中,这个角色就会变得温和起来,越来越倾向于捍卫法律。因为他们的创作者,似乎对他们继续犯罪感到不舒服,所以想改造他们。若冒险探索一下作家的心理,我们会发现,这或许是因为作家写作时,老是通过罪犯的目光来观察这个世界,内心难免不安所致。

据说伏尔泰曾造访过一家高级妓院,很是风流快活了一回。但他拒绝再次造访。"去一次是哲学家,"他说,"去两次,就是性变态了。"

或许作家也是这样。通过罪犯的视角来写一本书,探索罪犯的心理,是一回事,把罪犯作为系列小说的主角,当作作家的另一个自我,就是另一回事了。

伯尼·罗登巴尔无疑是个罪犯,而且还是非常职业的那种。他也是我无意中得来的系列角色。伯尼的原型出自永不完结的斯卡德系列,是个小偷,遭人诬陷成谋杀犯,去寻求斯卡德的帮助。我开始写这个系列时,保留了他在原作中的基本处境,但重新塑造了他的形象,让他幽默搞笑,为人彬彬有礼,让他自己去解决遭人诬陷的问题。

伯尼成为系列人物,是因为我发现自己喜欢写他。我后来接连写出第二本、第三本,当你读到这篇文章时,我希望能写出第四本。我不知道会不会把伯尼无限期写下去,不过,考虑到自己偏爱写人物系列,只要我感觉还能继续,再写一两本肯定还是可以的。但我真诚地希望,我不会把一个小丑式的人物改成受人尊敬的正派人士。让伯尼华丽转身,让他利用他在盗窃方面的才智,维护法律和正义,这会让我很反感。

马丁·埃伦格拉夫也是这样。他的系列我打算就此终结了。埃伦格拉夫刚在书中出现的时候,我也没意识到会发展成一个系列。故事一个个写下去时,我发现,根据他的个性来构思新的情节,变得越来越难。弗莱德·丹奈曾指出:伦道夫·梅森(同样是一个小说系列中的腐败刑事律师）最终会改邪归正,利用他的才智捍卫法律,我可不想埃伦格拉夫有同样的下场。

马修·斯卡德是我的另一个系列角色,在我未动笔之前,这个人就已经在我心中孕育出来了。我当时正好有机会为戴尔出版社打造一组系列小说,我脑子里塞满了各种构想,想塑造一个出色的系列角色。莱昂纳德·谢克特的《绳之以法》给了我灵感。我在前面《塑造角色》那一章里曾描述过这个角色的塑造过程。我把脑中的各种印象打磨铸型,使之符合自己的观点。我一直觉得每一个系列人物在很大程度上都是作家自我的投射,斯卡德与我正是如此。

我在写斯卡德系列的第一本小说《父之罪》之前,为了理清自己对这个人物的想法,就斯卡德的性格和生活方式写了几张纸,当作是写给自己的一封信,然后把它交给戴尔出版社的比尔·格罗斯,当作一份系列小说的写作方案。等我开始动笔时,我对这个形象已经有很多了解。但是,直到他的形象在稿纸上一页页地展开,用他自己的声音讲话,向我展现他如何行动和反应,如何看这个世界以及相关一切时,我对他才有了真正的了解。不管我事前的准备是多么充分,写作永远不等于简单的填空。在实际创作中出现的灵感,是写作过程不可或缺的一部分。

根据我原先的计划,斯卡德形象会随着系列的进展逐步成长、成熟。但令人恼火的是,某个书评人认为第三部似乎没第二部好,结果,戴尔就把第三本和第二本的顺序颠倒过来出版了。

几年来,斯卡德似乎与我一起走过,相互影响。我在上文提到过,我写了第四本斯卡德系列小说,那感觉就像拥抱一个老朋友那样亲切。或许一个演员,隔几年后重演早先让他大获成功的角色,也会有类似的感觉。我非常高兴地发现,斯卡德在他休闲的时光是个更有魅力的角色。《黑暗之刺》(*A Stab in the Dark*)是迄今为止我最为满意的作品。

虽然我一点不觉得自己是系列小说方面的专家,但我似乎在以激烈的姿态,实现我年轻时的梦想。对于创作系列小说,我大体上有些感悟,在此提供给你们,或许会对怀有同样梦想的你们有所帮助。

1. 把精力集中在手头的这本书上。 我收到不少写作新手的来信,号称他们正在写某个系列的第一部,我知道出版商和经纪人手里常有这种号称某系列第一部的稿件,但出版商和经纪人对此并不关心。他们关心的是书稿自身的优点或缺点,而不是这本书之后的后续作品。

能把一本小说写出来,还要把它写好,这就够难的了,这时还要顾及后续的系列,只会分散你的精力。把握现在,只关注你正在写的书,直到你完成手头的书,再去想将来的问题。

2. 有的书会耗尽主角的能量。 一个角色有内在的能量和吸引力,不代表能围绕这个角色写出一系列的小说。《危险的人》(是我以保罗·卡瓦纳为笔名发表的)可以说是我写得最好的一本小说,里面的主角是我塑造得最为成功的人物形象。但这本书吸干了他的能量。这并不是说把他给杀了,而是他在该书里已经完成了自己的任务。近来,好莱坞一见到卖座的片子,就去编个续集,结果大部分都是狗尾续貂,质量低劣,就是因为忽视了这条规则。倘若你的主角因为自身的经历而彻底改变了,你就不能把他放到另一本书里,去做同样的事情,那会让他失去吸引力。就我个人的创作经历而言,我得把奇普·哈里森放进侦探小说系列,赋予他新的任务,才不会耗尽他的能量。

3. 别以为读者看过先前的系列。你写的第六本私家侦探"史达德·无聊"系列小说,也许只是某些读者接触这个系列的第一本。你不能想当然地认为读者对前面几本交代的内容都一清二楚。另一方面,你也用不着把主角在前面几本中的经历事无巨细地再讲一遍。这里需要保持一个微妙的平衡。你既要让新读者完全领悟书中内容,又不能让老读者感到厌烦。以我为例,我肯定不想老听迈耶·迈耶为什么叫这个名字,为什么他掉光了所有头发,可埃德·麦克贝恩(Ed McBain)的《八十七分局》(*87th Precinct*)系列①每次都要喋喋不休地重复,让我日益厌烦。在斯卡德系列中,倘若我每写一本都要详细交代一番他的流弹如何误中小女孩,从此让他堕入痛苦的深渊,我的读者肯定也会很厌烦。真的,在说与不说之间,要保持微妙的平衡。

4. 要记得你写过的内容。间隔数年时间写系列小说,让你抓狂的是你必须记得前面故事中的角色、他们的朋友及社会关系等诸多细节。谭纳住几楼?卡洛琳·凯瑟的情人的那个住在巴斯海滩(Bath Beach)的姨妈叫什么名字?我先前是不是让那个姨妈住在本森赫斯特(Bensonhurst)了?奇普喜欢在里面看纽约大都会队比赛的那家酒吧,叫啥名儿?跟斯卡德有一腿的妓女伊莱恩,她姓什么?埃伦格拉夫总是在庆祝胜利的时刻打的那条领带有卡德蒙社(Caedmon Society)②的会员标识,可是它包括哪几种颜色?

---

① 《八十七分局》是埃德·麦克贝恩(1926—2005)的著名系列小说,迈耶·迈耶是系列小说中的一个刑警。
② 卡德蒙是公元 7 世纪盎格鲁—撒克逊基督教诗人,是已知的最早的英国诗人。"卡德蒙社"是布洛克在小说中虚构的牛津大学社团。

有些作家是顾后不顾前,写哪儿算哪儿的。尼罗·沃尔夫明明住在三十五街的大公寓,可雷克斯·斯托特偏偏随意编排街道名称,让他住遍了纽约的街道,这种前后不一致的小失误在沃尔夫系列中比比皆是。至于我自己,我的强迫症足以让我尽可能避免此类失误。碰到不确定的地方,我发现唯一的办法,就是搁笔翻阅前面的章节,予以确认。阿瑟·马林(Arthur Maling)在写"普莱斯、波特和波塔克系列"(Price, Potter and Petacque series)时,还绘制了一张图表,上面有所有的人物和彼此的关系。我就算有这样的图表,也懒得更新——我老发现自己需要弄清某些小细节,可这些细节又没在第一时间标注上去。

5. 第一人称与第三人称的选择。我写的系列小说,除了埃伦格拉夫之外,全部是第一人称。这不是说第一人称一定正确。根据经验,我会建议,那些具有传奇色彩的角色,采用第三人称或让故事叙述者旁观的方式,会更好掌控一些。比如詹姆斯·邦德、夏洛克·福尔摩斯、尼罗·沃尔夫这样的角色,不是采用第三人称,就是通过华生这样的助手——间接的第一人称,观察主角的言行,这样会取得更好的效果。直接用第一人称,往往是作者对主角有强烈的认同感,想透过主角的目光来看这个世界,以主角的语气来表达内心的感受。但究竟要如何选择,关键还是要看作者觉得哪种方式更为自然。

我在打字机前,最愉快的时光,是与我的系列角色一起度过的。因此,当一个系列完成任务,走向终点时,我往往会感到遗憾,不再写这个系列,感觉就像抛弃了一个老朋友。很感激我的写作生涯不是那么顽固刻板,很高兴过去的十五年里,除了谭纳系列之外,我还写了其他作品——不过,有时想起自己把谭纳像扔破衬衫一样丢弃,难免有些负疚感。

是否也有一个系列适合你?你会找到的——一次一本,经年写作,好好享受。

46. 书名总是能改

很久很久以前,一个女人写了一本关于美国内战的小说,她给该书命名为《明天是新的一天》(Tomorrow Is Another Day)。可在该书印行前,在出版商的建议下,她将书名改为《飘》(Gone with the Wind)。

涉及书名问题,很多人都喜欢事后聪明。现在谁都可以说,玛格丽特·米切尔(Margaret Mitchell)的《飘》卖得如此之好,取得那么大的成功,全是因为书名改得好。倘若书名还是《明天是新的一天》,恐怕连一万本都卖不掉。

我对此不敢苟同。如果一本书有其自身的魅力,无论书名取得好不好,都会找到自己的读者。反之,书名再好,也不能给销售数字添加光彩。

不过,毫无疑问,《飘》这个书名比《明天是新的一天》要高明,它有助于本书的推广与促销活动,也容易快速锁定读者,效果会立竿见影。

这样说够公平了。

这里有个微妙的问题。为什么《飘》比《明天是新的一天》要高明呢?

这问题不好回答,就像很多音乐家被人追问爵士乐的定义那样,只能故作莫测高深,"如果你问这种问题,"他们说,"你永远不会知道答案。"换言之,你可以凭直觉感到《飘》比《明天是新的一天》高明,因为《飘》这个书名有活力,能够激起阅读欲望,引人注目,而《明天是新的一天》让人感到陈旧、沉闷、乏味。

另一方面,出版界多年前就清楚,一个好书名只有一个诚实的定义——能畅销的,就是好书名。

比如,《佩顿地方》(Peyton Place)①就是一个非常精彩的书名。它甚至已成为英语的特有词汇。然而,若没有格雷斯·梅塔琉斯(Grace Metalious)小说的热销,这个押头韵的三音节词,啥也不是。只是,该书碰巧就像哈里斯堡(Harrisburg)②的盖革计数器(Geiger Counter)③一样,引发了购买的热潮。这个词也迅速走红,成为全美国家喻户晓的一个名词。从众效应扩大了这个词的影响范围。有几年,凡是略带色情、以小镇为背景的小说,每一部都要吹嘘:"又一部《佩顿地方》!"这对小说原著的影响,更是推波助澜。

《大法师》(The Exorcist)是个好书名吗?在此书出版前我还真没觉得它好。我甚至觉得大多数人都不知道这个书名的意思。可纵使这书名很烂,似乎也没妨碍它良好的销售业绩。

《另一个》(The Other)怎么样?假如这书名有什么好的地方,我愿意洗耳恭听。这书名绝对平淡无奇,在你脑中不会留下任何

---

① 国内该小说及改编的同名电影均译作《冷暖人间》。故事以二战前后的美国新英格兰为背景,讲述三个女人在一个保守的、流言蜚语四起的小镇上被迫接受自己的身份的故事,包含了虚伪、社会不平等和阶级特权等反复出现的主题,涉及乱伦、堕胎、通奸、淫乱和谋杀等情节。——编者注
② 美国宾夕法尼亚州首府,1979年,附近的三哩岛核电厂发生核泄漏事故,是现代美国最严重的一起核安全事件。
③ 一种辐射探测器,用于测量辐射量。

印象。从这个书名里,你瞧不出这本书写什么,甚至连该书的类型都不知道。这书名没有任何神秘之处,能激起你的好奇心,让你拿起书来看。可是,该书卖得很好。

《双胞胎》(*The Twins*)这个书名好吗?或者《荆棘鸟》(*The Thorn Birds*)呢?《闪灵》(*The Shining*)呢?《昏迷》(*Coma*)怎么样?或许这是首部你看了会落得与书名同样下场的小说,你觉得如何?好书名究竟是如何打造出来的?要怎么做,才能为你自己的小说或故事找个好名字?

首先,我们要正确地看待这个问题。你给你的书稿起的名字,与书稿最后是否卖出,相关度几乎为零。一个非常好的书名,也许会让编辑对你的书稿有较好的第一印象,但是,如果你的书稿达不到预定的目标,名字再好也没用。同样道理,书名平淡,可能会降低编辑对你作品的兴趣,但是,只要作品写得好,他就不会放过,因为他肯定明白,书名是可以改的。

下面是我关于书名问题的一些随想。

1. 书名应该让人记得住。我还在读《作家文摘》短篇小说比赛的参赛作品。虽说书名的好坏与故事本身的好坏没什么关联,与往年一样,今年我还是觉得单调平庸的篇名过多。摆到我书桌上的一篇篇稿子,书名不是《狗》《笔》《老师》,就是《秋日午后》《玛丽琳》《婚外情》,或者……够了,不是吗?这些标题太过平淡,没什么趣味,看不出有什么潜力,吊不起观众的胃口。题目没有做到标题通常该做的事情。

2. 书名应该与故事匹配。书名要尽量反映故事类型。你若给你的书取名为《枪战里欧·罗波》(*Gunfight at Rio Lobo*),大多数人一看书名就会认定,这是一本西部小说。可该书若不是西部小说,这个书名就不太适合了。就算该书把一个重要的枪战场景放在里欧·罗波,也不行。

两年前,查理·麦克格雷(Charles McGarry)写过一本悬疑小说,书名为《秘密情人》(*The Secret Lovers*),该书名的含义,据说是指书中的两个重要角色——间谍与官员——都酷爱秘密。除非你每本书都配一个小推销员,跟在后面解释书名的含义,否则,很多人都会以为这是一部爱情罗曼史。

3. 当心发音拗口的字眼。罗伯特·勒德拉姆给作品命名时,总爱精心选择一个与众不同的专有名词,后加一个普通名词,比如《斯卡拉蒂的遗产》(*The Scarlatti Inheritance*)、《奥斯特曼的周末》(*The Osterman Weekend*)、《马特拉克文件》(*The Matlock Paper*)、《马特莱斯圆环》(*The Matarese Circle*)等等。有一本书,他险些命名为《伍尔夫斯恰恩兹誓约》(*The Wolfsschanze Covenant*),幸亏有个非正式调查,揭示很多人都念不出"Wolfsschanze"这个字眼,因此才改名为《霍尔克罗夫特誓约》(*The Holcroft Covenant*)。后来,该书以《霍尔克罗夫特誓约》为书名登上了畅销书排行榜的榜首。难道可以把书名抛在一边吗?或许吧。或许有读者不读书名,就拿起该书去付款,或许还有读者被书名吓住了,只能询问"有没有勒德拉姆最新的那本小说"。

但是,你何必要冒那样的风险?

4. 别让书名讲故事。我曾在一家文学经纪公司待过一年,整天看那些乱七八糟的来稿。有时,我似乎觉得足足有百分之四十的来稿书名,都是《当树枝弯曲时》(*As the Twig Is Bent*),另有百分之三十五的来稿,书名为《树木成长时》(*So Grows the Tree*)。

毫无疑问,我是夸张了点。但在今年的参赛作品中,我注意到,还是有不少新手作家,书名喜欢套用那些老掉牙的成语。这会引发两方面的问题,首先,这样的书名会是陈词滥调,容易落入俗套。说得更确切一些,它会提前告知读者故事的结论,从而大大削弱了作品的力道。本来听故事的说教就令人厌烦了,现在书名提前说教,谁还会去读这个故事呢?

还有一些读者,打着标新立异的名义,往书名里面塞了太多的信息,这会大大削弱故事的力度。比如,《杰米·杰夫·雷伯恩开车去哈里森威尔拿文件的那一天》(*The Day Jimmie Jeff Rayburn Drove Clear to Harrisonville for the Papers*),就是这种例子。

我初写故事时,书名往往平淡无奇,过目即忘。近年来,我很高兴自己给故事命名的本领得到提高,能取一些令人难忘的书名了。有时书名缺乏想象力,我也看得出来。比如,我写过一个抢劫加油站的故事,我曾愉快地给这个故事命名为《高速公路抢劫案》(*Highway Robbery*),但我后来把它改为《简直就是高速公路抢劫案》(*Nothing Short of Highway Robbery*),改后的书名,更有吸引力,让人难忘,也与故事主题相搭配。

我最喜爱的书名是《别无选择的贼》,我一直坚信,是因为这书名出色,才让伯尼·罗登巴尔系列的首本书卖得好。这个书名简洁顺口,同时还传达了原作的味道,用轻松调侃的态度看待犯罪的事实。一想到这个书名,我当即敲定,绝不更改。

但我差点错过这个书名。在我准备把书稿寄给兰登书屋(Random House)的时候,我还没想好书名。就在校对前五六十页时,我突然看到伯尼·罗登巴尔的那句内心独白。我甚至忘了自己写过这句话,但幸运的是,它找上门来,我也能判断出这是个好书名。因此我当即把书名写到首页。

顺便提一句,系列小说的书名,有自己独特的问题。一方面,书名让你有机会告诉读者,这会是一个系列作品,因此,系列的书名要有某种一致性。但一致的成分如果太多了,就会让读者很难分清他读过的是哪一部作品。比如马特·赫尔姆(Matt Helm)系列的《背叛者》(*The Betrayers*)、《埋伏者》(*The Ambushers*)、《掠夺者》(*The Ravagers*),你怎么能区分它们呢?

对此问题,约翰·D.麦克唐纳(John D. MacDonald)在特拉维斯·麦基(Travis McGee)系列中,找到了一个解决方案。他在这系列的每个书名中,插入了不同的颜色词,同时也轻而易举地保持了系列的一致性。《粉红噩梦》(*Nightmare in Pink*)、《棕褐色的沙哑沉默》(*A Tan and Sandy Silence*)、《猩红诡计》(*The Scarlet Ruse*),这些书名,通过这些颜色词,既揭示出每本书独特的一面,又展示了同一个系列的一致性,令人难忘。

我的谭纳系列第二本小说以《作废的捷克人》为书名出版后,我决定在后面的系列作品全部采用这个文字游戏。谭纳第三部,故事发生在拉脱维亚,我命名为《恋爱中的拉脱维亚人》(*Letts Fall in Love*),还提供了一个候补书名《拉脱维亚番茄》(*The Lettish Tomatoes*),结果出版的时候,书名却被改成《谭纳的十二体操金钗》。谭纳第四部,写的是一个在性爱上很不成功的泰国男人,我骄傲地以《零分泰》(*The Scoreless Thai*)①为书名交稿,结果法赛特出版社却把书名改成《谭纳的两个》(*Two for Tanner*),让它见鬼去吧。

所有这些都显示出,我们或许不该过分强调书名的重要性。出版商不仅会改掉坏书名,有时也会快速改掉好名字。好莱坞制

---

① 该书中文版出版时被命名为《谭纳的非常泰冒险》。

片厂有时会干这种事:(1)因为书名而买下书;(2)扔掉书中故事,另起炉灶,写一个全新的剧本;(3)最后连书名也改掉。出版商未必会这么离谱,但他们也擅长一些古怪的行为。

让我们回到二十世纪五十年代末期,科幻小说家兰道尔·P.加勒特(Randall P. Garrett)有项写作任务,即每月为《惊奇故事》(Amazing Stories)写三到四篇故事,字数为一万字。每篇故事都有篇名,还有他常用的某个笔名,但每个月,《惊奇故事》的编辑都必定要改掉他的篇名和笔名。

兰道尔觉得,反正自己的篇名与笔名肯定要被改掉,他就不必再创新了,不妨给自己找找乐子。他的经纪人留下的档案可以作证,在接下来的一年,他写给编辑的作品如下:《远大前程》(Great Expectations),笔名查尔斯·狄更斯(Charles Dickens);《弗洛斯河上的磨坊》(The Mill on the Floss),笔名乔治·艾略特(George Eliot);《弃儿汤姆·琼斯史》(Tom Jones),笔名亨利·菲尔丁(Henry Fielding);《白鲸》,笔名赫尔曼·梅尔维尔。《惊奇故事》杂志社里没人觉得好笑。支票和税单照寄不误,故事的篇名与笔名照改不误,一切还是按老规矩办事。

不知为何,这让我想到了一个或许是杜撰的故事——一名记者堵住了一个好莱坞电影制片厂的大老板,想要采访。"不好意思,先生,我名叫亨利·乔真普拉斯,我——"

"别担心,"大老板说,"名字不好,我们总是能改。"

第五章　这难道不是真的吗：
论小说创作心理

47. 作家的祈祷

主啊,但愿您现在有几分钟时间。我有好多事请您帮忙。

从根本上讲,主啊,我想请您帮忙,让我在力所能及的范围内,充分发挥您赋予我的天赋,让我成为最好的作家。我的请求本来可以到此结束的,但我想,讲得更详细一些,会好一些。

首先,请您帮我消除我的攀比心理。我每次与其他作家比较,都会给自己招来无尽的烦恼,每次都会自怨自艾:

"我明明比亚伦写得出色,为什么没他那么成功?为什么我的书登不上图书俱乐部销售排行榜?为什么我上本书没有被改编成电视迷你剧?凭什么贝利从出版社那里弄到的图书推广费用,比我的多出好多?卡罗的书有什么好,居然还在《纽约时报》拥有两页的书评?每次打开电视,为什么都看到丹又上了个脱口秀节目,在那里卖弄口才?他究竟有什么独特之处?为什么艾伦每年都有四到五篇作品刊登在《红书》(Redbook)①上？我也写同样类型的故事,为什么每次收到的只是退稿信？

"另一方面,我永远也成不了法兰克那样的作家。他能用近乎严苛的诚实态度来解剖自我,讲述自己的人生经历。格洛丽亚真正具有艺术家的目光,她的描写,是如此的栩栩如生,让我自愧不如。霍华德是真正的写作高手,他写作如行云流水,不费吹灰之力。他一天的写作成果,我写一个月也追不上。艾琳每天坐在打字机前的时间是我的两倍,或许她正好有恰当的点子,而我太懒了,在写作界没我的位置是我罪有应得。至于杰里米——"

主啊,请让我记住,不要与其他作家攀比。其他作家是成功还是失败,跟我风马牛不相及。他们写他们的故事,我写我的。他们有他们的写作手法,我有我的。他们有他们的职业生涯,我有我的。我越注重与他们攀比,就越不能集中精力做好自己,写好自己的作品,其结果是怀疑自己的能力,自尝苦果,毁掉自己。

主啊,请帮助我,写自己的作品。在开始时,我会花一定的时间,笨拙地模仿别人。这是因为,我需要学习,才能发现我自己的故事,并学会如何把它们挖掘出来。我确信它们是存在的,确信我最终能找到它们。

弗兰纳里·奥康纳(Flannery O'Conner)②曾说过,每个人只要没在童年时期夭折,他就有足够的题材,可以写一辈子。主啊,

---

① 《红书》是美国知名的女性杂志。1903年创刊,2019年1月起停止印刷版出版,仅保留网络版。

② 弗兰纳里·奥康纳(1925—1964),著名小说家、评论家,曾获得欧·亨利短篇小说奖、美国国家图书奖等诸多奖项。她著有两部长篇小说、31篇短篇小说及大量书评和影评,代表作有《智血》(Wise Blood)、《好人难寻》(A Good Man Is Hard to Find)等。

我相信这一点,相信每个有创作冲动的人,心中有无数的故事可写。这些故事可能与我自己的生活经验没有相似之处,可能发生在我从未去过的地方,或者不是我生活的年代。但是,如果是我一定要写的故事,这些故事就会从我的生活观察和经验中,以很有意义的方式生根发芽。我深深了解那些感觉、那些认知、那些反应,因为我曾深刻地经历过。

在能协助我接近这些故事的品质中,最重要的或许是诚实。主啊,请帮助我,让我每次坐在电脑前时,都能诚实地面对自己的内心。我的意思不是说,我要用小说的外衣包裹真实的故事,也不是说,诚实就是按现实生活中实际发生的样子讲故事。毕竟,小说就是一堆谎言。但是,且让我的小说,有它自身内在的真实。

当我的角色说话时,且让我能听到,并写下来。且让我不依赖对别人作品的模糊记忆去生搬硬套,而是通过自己对他的感觉,描述他的形象。

在我看来,诚实写作的关键因素在于对读者的尊重。主啊,请不要允许我轻视读者。有时,我觉得这是诱惑,因为只要轻视读者,我就不必竭尽全力去吸引他们的兴趣,引起他们的注意。但我知道,我若长期这样轻视读者,作品最终会没有读者去读,我会自尝苦果。

我若轻视某个市场的读者,却还为那个读者市场写作,其结果会是碰得头破血流。我若不关爱青少年,却写青少年小说,我就不可能为自己的作品感到骄傲,也写不好这样的作品。无论是忏悔小说、哥特小说,还是西部小说,我若在写的时候还在想着,这种类型的小说全是垃圾,读者全是天生的白痴,就不可能写得好,也不会从自己的写作中得到满足。让我写自己能尊敬的作品,让我尊敬读这些作品的读者。

主啊,让我在伸手可及的地方放一本字典。当我不确定某个单词的拼写时,让我查阅字典——不是说拼错字后果严重,而是说为了避免我出于懒惰,胡乱找个字来代替。同样,在我不确定某个词的意思时,我也可以随手查阅。

但是,主啊,不要让我把一本真正精彩绝伦的字典摆在案头。只有在真正重要的时刻,才让我去查《牛津通用大词典》(*Oxford Universal Dictionary*)。我若每次想确认一下"夸张"(exaggerate)这个词的拼写,都得花二十分钟,愉快地研究词源、历史用法和各种典故,我的工作就别做了。一本随手可得的普通小字典,就足够了。

检查拼写和词义,需要一定程度的谦虚精神。主啊,谦虚是让我受用不尽的品格。可我经常轻易就耗光了谦虚——这似乎很奇怪,因为我是多么的自惭形秽啊。可是,我感觉写作需要巨大(colossal,我刚在字典上查过这词的含义,谢谢)的傲慢,谦虚往往退到一边。坐在打字机前,编造故事,期望完全陌生的读者会受到书的吸引,这难道不需要傲慢吗?艺术家总是暗自认为自己的个人幻想、感觉,值得别人欣喜若狂的关注,这种暗藏的骄傲,不正是傲慢吗?

谦虚让我目光深远。当我保持足够的谦虚时,无论成败我都容易接受。我会认识到,我只能做好自己该做的工作,至于天命,则不是人力所能决定的,我会明白,我的作品永远不可能绝对完美,绝对的完美不是我该奢求的目标。我该做的,就是尽力做好我该做的事情。

主啊,让我学会放手吧。我的傲慢和自我放纵达到什么程度,对自我的贬低就达到什么程度。主啊,我会对自己太过严苛,可这样是毫无意义的。假如我一天写出五页,再努力些,我就能写六七页、十来页的。写一个场景,假如没去查证其中的关键因素,我会谴责自己马虎了事;假如去查证了,我又会痛骂自己浪费时间,而本来是可以完成稿子的。假如我重写稿子,我会说是浪费时间,简直就是在淘洗一堆垃圾。假如没有重写,我又会说自己懒惰。

这种自虐只会造成负面效应。主啊,给我勇气,让我在人生道路上杜绝这种自虐。

主啊,帮助我成长吧,让我成为一名作家。我有那么多成长的机会,只要我不自我封闭,而是张开眼睛,肯坚持训练技艺。我读的每一本书,只要我抱着学习的态度去读,都会对我有所教益。有的作家比我写得好,读他的书是一种学习。有的作家写作时犯了严重的错误,我也能从他的错误中吸取教训。

主啊,请给我冒险的勇气吧。我在早年的写作生涯中,花了太多时间去写那些低劣的作品,那些作品对我毫无挑战性,也无法获得我的尊重,让我无法再成长。我写那些东西是出于害怕心理,我害怕在经济上和艺术上冒险,害怕写的东西不能出版。

只有在愿意发展自己,敢于冒险的时候,我才会成长。我当然也会失败,但请让我记住,这种失败总会让我学到很多东西,总会对我长远的发展大有裨益。因此,我若冒险失败,请让我记住这一点,这会缓解失败的痛苦。

主啊,请让我在生活中,在打字机前,以开放的心态面对各种经验。让我有勇气汲取原汁原味的经验,不依赖任何化学药物的帮助。主啊,曾有一段时间,我每天早晨服用一个绿色小药丸,似乎只有那样才能集中精力,提升写作水平。结果,我只是在提前预支自己的精力,可我因此而付出的代价,太过高昂。还有段时间,我得依赖吞服别的化学药品,才能让自己放松下来。这些依赖性的药物,限制了我汲取经验的能力,就像给马蒙上眼罩一样,让我无法开拓自己的视野。主啊,我原以为依赖这些药物才能写作,结果却发现,不依赖它们,我反而写得更好。这些药物妨碍我成长、学习、提高。请帮我远离它们。请让我知道,我作为作家的责任从哪里开始,到哪里结束。请让我把精力集中在我能施加影响的写作领域,至于我无能为力的领域,就随它去吧。稿件一旦寄出,就让我忘了它,直到被退稿,或者发表。主啊,请让我做自己该做的事情,不要去担心其结果。我的主要工作是写作,次要工作是把写出来的东西卖出去。至于稿件是否采用,那是别人的事情。

主啊,别让我忘了,作品是被录用还是遭退稿,都不重要。艺术活动(也可以说是人类所有的活动)的主要回报,是作品本身。工作完成了,就是成功,结果如何,与成功无关。我写得好,就是成功。财富和名声或许让你开心(也可能不会),但无关紧要。

收到退稿时,且让我坦然接受,就当它是最终录用的必经阶段。主啊,创作枯竭时,也让我坦然接受,就当它是文思如涌的必经阶段。纵观全局,主啊,有些事是我无能为力的,请让我接受;有些事是我能处理的,请让我处理,让我能辨别两者的界限。

主啊,让我永远心存感激。我现在是作家,我做的是自己毕生渴望的工作,不需要谁的批准,只要有可写的题材,有写作的技能,我就会一直写下去。

谢谢您所做的一切,谢谢您的倾听。